BRETONISCH MIT MEERBLICK

Gabriela Kasperski war als Moderatorin im Radio- und TV-Bereich und als Theaterschauspielerin tätig. Heute lebt sie als Autorin mit ihrer Familie in Zürich und ist Dozentin für Synchronisation, Figurenentwicklung und Kreatives Schreiben. Ihre Sommerferien verbringt sie seit vielen Jahren in der Bretagne.

GABRIELA KASPERSKI

BRETONISCH MIT MEERBLICK

Kriminalroman

emons:

LChoice

Hier bestellen

Lust auf mehr? Laden Sie sich die »LChoice«-App runter, scannen Sie den QR-Code und bestellen Sie weitere Bücher direkt in Ihrer Buchhandlung.

Bibliografische Information der Deutschen Nationalbibliothek
Die Deutsche Nationalbibliothek verzeichnet diese Publikation in der Deutschen Nationalbibliografie; detaillierte bibliografische Daten sind im Internet über http://dnb.d-nb.de abrufbar.

FSC www.fsc.org MIX Papier aus verantwortungsvollen Quellen FSC® C083411

Umschlagmotiv: Montage aus istockphoto.com/jazzpote, shutterstock.com/brickrena
Umschlaggestaltung: Nina Schäfer
Gestaltung Innenteil: César Satz & Grafik GmbH, Köln
Lektorat: Susann Säuberlich, Neubiberg
Druck und Bindung: CPI – Clausen & Bosse, Leck
Printed in Germany 2020
ISBN 978-3-7408-0796-2
Originalausgabe

Für meine Familie: Auf unsere Bretagne-Sommer!

Pris de la Prière à l'Océan

Ciel à l'envers, Hublot de l'enfer,
Quelqu'un de formidable parmi tous les êtres,
Chose la plus grande parmi tant de choses,
Geste le plus vaste parmi tous les gestes,
Majesté la première au rang des majestés, Océan,
Catastrophe constante, Agrégat de tourmente,
Tragédie sans fin ...

Gebet an den Atlantik

Der Himmel steht Kopf, das Fenster zur Hölle,
wunderbarst im Wunderbaren, größer als alles,
unendlicher als jedes, königlicher als die Könige,
mein Ozean, schicksalsträchtig, wo Qualen verschmelzen,
ewige Tragödie ...

Saint-Pol-Roux, 14. August 1927

Prolog

Camaret-sur-Mer, 11. April

»Presqu'île Sophie«/Radiosendung
»Coucou, bonjour und herzlich willkommen zu ›Presqu'île Sophie‹. Haben Sie den Sturm der letzten drei Tage gut überlebt? Ich hoffe es inständig. Auf unserer wunderbaren Halbinsel hat es mit Windstärke acht getobt, es war der reine Weltuntergang. Jetzt stehe ich bei strahlendem Sonnenschein am Strand von Pen Hat in Camaret-sur-Mer, wo heute Morgen eine Leiche angeschwemmt wurde: der siebzigjährige Baumeister Bruno Y., in seiner Freizeit Fischer, wie viele andere Männer unseres Dorfes auch. Über die Hintergründe des Unfalls hat der Staatssender ›France Deux‹ bereits mit Gabriel Mahon gesprochen, dem Commissaire der Police nationale in Brest, vorübergehend stationiert auf der Presqu-île de Crozon. Die Polizei geht davon aus, dass Bruno Y. in einen Meeresstrudel der Iroise geraten ist. Die Interessenvereinigung Frauen von Camaret hat in einer Mitteilung einen Zusammenhang zwischen der Stärke der Meeresströmungen und dem Klimawandel festgestellt. Die Polizei nimmt dazu keine Stellung. Ich habe nun das Glück, die Surflehrerin Ayala Ngkachana vor das Mikrofon zu bekommen, die die Leiche gefunden hat.

Madame Ngkachana, die tödlichen Strömungen von Pen Hat sind bekannt, Warnschilder weisen darauf hin. Und doch steht Ihre Surfschule da. Haben Sie täglich das Leben vieler Urlauber riskiert?«

1

Presqu'île de Crozon, 12. Juli

»*Merde alors.*« Vor Schreck machte ich eine Vollbremsung.

Eben noch war ich durch einen Platzregen gefahren, an einer düsteren Kirche, einem zugeparkten Dorfkern und einem Supermarkt vorbei. Hier war wirklich zwölf Uhr mittags, Endstation. Ich hätte den Hausverkauf doch einem Makler übergeben sollen. Ganz ohne persönlichen Bezug, so wie es mein Ex-Mann empfohlen hatte: Haus verscherbeln, Geld einsacken, ab nach Hause. Und nun das.

Die Straße kippte einfach nach hinten. Da war nur noch ein Himmel von prachtvollstem Blau zu sehen, der übergangslos ins Meer abtauchte, ebenso leuchtend, ebenso blau. Dazu ein Hafen, gesäumt von einer Zeile bunter Häuser, hingeklatscht an eine Mole, begrenzt von einer schroffen Klippe. Über alledem lag eine Art orange-golden-sandfarbenes Licht und verwandelte die Aussicht in ein Bild, ein Bild von schockierend betörender Schönheit.

Zu Hause würde ich sagen: Kitsch. Hier war ich erschlagen.

Bis mich ein Hupen aus der Stimmung riss.

»Idiotin, pennst du?«, schrie der Fahrer in astreinem Deutsch und zeigte mir den Stinkefinger.

Ich entschuldigte mich gestisch und legte den Rückwärtsgang ein. Er klemmte. Meine himbeerrote Ente, genannt DD, war ein Auslaufmodell, genau wie ich.

Im Fünfzig-Grad-Winkel hebelte ich das Getriebe aus. Wäre DD gestern in der Inspektion gewesen, sie wäre durchgefallen. Darum hatte ich sie in die Bretagne entführt, ins Finistère, das »Bout du Monde«, das Ende der Welt im äußersten Westen Europas.

Nachdem ich ein kleines Industrieviertel passiert hatte, zog sich die Straße in einer langen Kurve über einen Hügel, während am Horizont bereits die nächste Wolkenwand auftauchte. Wohin war all das Blau verschwunden? Bestimmt kam jetzt die Schlechtwetterperiode. Mein Ex hatte mir zu Öljacke und Winterstiefeln geraten, mit hämischem Grinsen, weil er meine Kältephobie kannte. Und meine Sensibilität, wenn es um Schokolade ging. Zum Abschied hatte er mir eine Familienpackung Truffes du Jour mitgegeben, die besten, die von Sprüngli. Nur ich wusste, wie es gemeint war. Nicht nett auf jeden Fall.

Ich hatte mir vorgenommen, die Pralinen wegzuschmeißen, aber die Versuchung war stärker gewesen, immer wieder hatte ich einen der Schokohaufen in den Mund gesteckt. Ekelhaft triebgesteuert, schlimmer als unser Hund, wie gut, dass ich für einige Wochen in eine Schokoladenwüste fuhr.

Zum dritten Mal umrundete ich einen Kreisel. Die Namen auf den Schildern sagten mir nichts, es musste Bretonisch sein. Ich wählte nach dem Zufallsprinzip und kam an einem Weiler voller geduckter Natursteinhütten vorbei. Stein mag ich nicht. Wo Stein ist, gibt es Spinnen.

Manche Häuser waren jedoch anders: mehrstöckig, mit Schieferdächern samt Giebelfenstern und taubenblauen Läden. »Maison neobretonne«, so stand es in den Unterlagen. Nun verstand ich, was damit gemeint war: gehobener Landhausstil. Direkt am Atlantik. Das Haus würde sich verkaufen lassen wie nichts. Und ich wäre fein raus. Das wäre mal eine Abwechslung, Tereza Manon Elektra Berger – ohne Geldsorgen.

Und dann passierte es wieder. Die Straße kippte. Ein breiter Sandstrand rutschte ins Bild, die Gischt der Wellen so hell, dass weiß zu dunkel war.

Oh mein Gott! In der Besitzurkunde war die Rede von Meerblick gewesen, *vue sur mer*.

Ich verdoppelte den Verkaufspreis im Kopf und parkte DD auf einem Grasstreifen. Wasser, so weit das Auge reichte. Eine unfassbare Aussicht – zum Sterben schön. Ich stieg aus und verharrte minutenlang. Bis ich einen Punkt im Wasser bemerkte. Ein Surfer? Sah er nicht das Schild: Plage de Pen Hat, tödliche Strömung, Baden verboten! Für den dümmsten aller Touristen versehen mit einer unmissverständlichen Zeichnung. Stopp. Gefahr. DANGER. Wer hier reingeht, riskiert sein Leben.

Der Surfer verschwand in einem Wellental, war ganz offensichtlich in Not. Würde ich das schaffen? Meine Zeit als Rettungsschwimmerin lag Jahre zurück. Normalerweise sitze ich im Sessel und fiebere dem Ende auf Buchseiten entgegen.

Aber der orange Punkt brauchte Hilfe, und außer mir war niemand da. Also rannte ich zum Wasser, schlüpfte aus meinem Flatterrock, aus den Sandalen und dem Poncho. Das T-Shirt behielt ich an. Meine Dellen wollte ich keinem zumuten, auch nicht, wenn es um Leben und Tod ging.

Kaum im Wasser, klatschte mich eine Welle um. Ich bekam Panik, stand auf, nur um erneut zu straucheln. Und noch mal. Am Ende ertrank ich noch vor dem Surfer.

Da umfassten mich zwei Hände, und ich erblickte einen orangen Neoprenanzug.

»*Vous êtes folles?* Verrückt!«, schrie eine Stimme.

Einen Moment standen wir schwankend zusammen, bis mich die Frau, die sich als die Surferin entpuppte, in Richtung Strand zog.

»Wollten Sie hier schwimmen?«, fragte sie, während ich meine durchnässten Kleider einsammelte. »Ist verboten, haben Sie das Schild nicht gesehen?«

Ihr Französisch klang eigenartig, und ich wechselte für meine Antwort ins Englische. Das bewahrte mich vor der Entscheidung, ob ich sie duzen sollte. Sie schien mir ein Jahrhundert jünger als ich.

»Natürlich habe ich das Schild gesehen. Aber du offenbar nicht. Ich dachte, du hast ein Problem.«

»Ich sag's doch, du spinnst.«

Die Frau nahm eine kleine Kamera ab, die an einem Band um ihren Kopf befestigt war. Als sie die Bademütze wegzog, enthüllte sie eine Fülle von langen, dünnen Zöpfen und erklärte, dass sie Ayala Ngkachana heiße und Surflehrerin sei.

»Das ist meine Bude.« Sie zeigte zum anderen Ende des Strandes, dahin, wo die Klippe begann. »Schon die dritte Saison.«
Tatsächlich. Direkt bei den Felsen, umrahmt von einer überwucherten Ruine, war ein Holzbau zu erkennen. Einige Surfbretter in bunten Farben lehnten an der Wand, daneben ein Feigenbaum im Kübel, violette Sommerclematis und zwei wehende Flaggen: weiß-schwarz für die Bretagne, rot-weiß-grün-gelb-schwarz für Südafrika. Daneben ein Schild mit einer geschwungenen Schrift – »Surf Silver Spray«.

»Ich gebe Workshops. Longboard, Skimboard, Wellenreiten, alles, was du willst.« Ayala schüttelte ihre Zöpfe, dass die Spritzer nur so flogen.

»Wie kannst du hier unterrichten, wenn Baden verboten ist?«

»Normalerweise ist das kein Problem.« Sie runzelte die Stirn. »Aber im Frühjahr wurde eine Leiche angeschwemmt. Nun sind alle panisch.«

»Eine Leiche?«

»Genauer gesagt zwei. Der eine war ein Einheimischer, der fand, er sei stärker als das Meer, der andere ein Student, der fand, er sei klüger als das Meer.«

Sie erzählte mir den philosophischen Aspekt der Todesfälle, als ob sie eine Einkaufsliste herunterrattern würde.

»So tragisch es ist«, erklärte Ayala, »aber die waren bekloppt. Selbst schuld, kann ich da nur sagen. Wären sie bei mir im Kurs gewesen, wäre das nicht passiert. *You don't fuck around with the sea, if you know what I mean.*«

Ayala stellte sich auf ein Badetuch und schälte sich aus dem Neoprenanzug. Normalerweise die plumpeste Tätigkeit der Welt, wirkte es bei ihr elegant, umso mehr, weil die Wassertropfen auf ihrer dunklen Haut so schön glitzerten. Danach reichte sie mir das Handtuch und zeigte auf den V-Ausschnitt meines nassen T-Shirts.

»Du hast einen üblen Ausschlag. Kälteallergie?«

Ich nickte. »Alles unter dreißig Grad gilt bei mir als Eismeer.«

»Dann wird der Atlantik eine Herausforderung für dich.«

»Ich will ja nicht bleiben.« Ich sammelte meine Kleider ein, bevor ich hinter Ayala herging. Bei der Hütte legte sie die GoPro-Kamera auf den Klapptisch und schloss sie an ihr Handy an. Plötzlich fühlte ich einige Tropfen. Als ich nach oben sah, war der Himmel dunkelgrau. »Kommt schlechtes Wetter?« Ich zog den Poncho um mich.

»Ach was, das wird gleich wieder. Hier oben gibt es vier Jahreszeiten, einmal pro Tag.« Ayala lächelte mich an. »Wie heißt du eigentlich? Und warum willst du wieder gehen? Normalerweise wollen die Leute hier gar nicht mehr weg.«

Eine lange Geschichte. Ich entschloss mich für die Kurzversion. »Tereza Berger. Ich habe ein Haus geerbt, das will ich verkaufen.«

»Du meinst jetzt? Also, gleich? Kein guter Zeitpunkt. Die Toten vom Strand.« Ayala zeigte zum Verbotsschild. »Sie wirken verkaufsschädigend.«

Sie erklärte mir, dass die Strömungen schon einige Male zu Unfällen geführt hatten. Aber noch nie habe es so kurz hintereinander zwei Tote gegeben. Pech für mich? Ach wo, Schwierigkeiten waren dazu da, überwunden zu werden. Mit Hilfe eines guten Maklers würde ich das schaffen. Ayala konnte mir keinen nennen, nicht ihre Domäne. Aber sie empfahl mir eine Bar am Eingangskreisel von Camaret, das »La Coquille«, da würde ich alles Wichtige erfahren.

Während ich mich in meinen feuchten Rock zwängte, bot Ayala mir einen Keks aus einer bemalten Blechbüchse an. Er schmeckte himmlisch.

Ayala schüttelte sich. »Reine Butter, ich hasse sie. Ich brauch bloß die Verpackung. Sie ergibt die perfekte Sparbüchse.«

»Du lässt hier Bargeld rumliegen?«

Sie fand das normal. »Zu Hause in Kapstadt wär das nicht möglich. Aber hier klaut keiner.«

Nun langte sie in eine Eisbox, holte zwei Getränke raus. »Breizh Cola, *the best*.«

Es schmeckte eigenartig, bitter irgendwie.

»Kannst du mir mehr erzählen?«, fragte ich. »Über diese Ertrunkenen?«

Sie wischte ihre Finger an der Hose ab, nahm ihr Handy und zeigte mir ein Bild.

Es war einer der Toten. Ein entsetzlicher Anblick. Als ich würgte, wischte sie das Bild weg.

»Der Baumeister von Camaret. Ich habe ihn gefunden«, erklärte Ayala. »Das Foto wurde von beiden örtlichen Zeitungen übernommen, ›France Ouest‹ und ›Télégramme‹. Ich habe einen Deal mit denen, gegen ein Foto schalten sie Werbung für die Surfschule. Normalerweise sind es Landschaftsbilder. Sieh mal.« Sie fand ein weiteres Foto. Darauf waren Tausende Schattierungen von Blau.

Ayala zeigte aufs Meer hinaus. »Die berühmten Wirbel der Iroise.« Dann auf das verblichene Symbol der flatternden Flagge. »Alles im Triskel enthalten. Steht für Vergangenheit, Gegenwart, Zukunft. Oder für Erde, Luft und Wasser. Nun konzentrier dich auf das Foto. Na, was siehst du?«

Es war faszinierend: Wenn man lang genug daraufschaute, erkannte man drei Kreise.

»Hast du das Bild auch gemacht?«

Ayala nickte. »Beim Surfen. Meine Spezialität. Ganz okay, nicht wahr?«

Bei ihr wirkte es nicht eingebildet, eher bescheiden. Dabei war der Schnappschuss unfassbar gut.

»Es kam im ›Surf-Magazin‹. Das Honorar finanziert mir drei Wintermonate, wenn die Touristen abgereist sind und ich keinen Cent mehr verdiene. Krass, nicht?«

»Was ist die Iroise?«

»Die Strömung, wo Atlantik und Nordsee zusammenkommen, die keltische See und der Ärmelkanal. Wer da reingeschlürft wird, kommt nicht lebend zurück.«

»Geschlürft? Das klingt nach Austern«, schwächte ich die Dramatik ab. »Soll ja eine bretonische Spezialität sein.«

Ayala nickte und empfahl mir gleich ein Restaurant am Hafen von Camaret-sur-Mer, »Les Viviers de la pêche Camarétoise«. »Die haben jeden Tag frische, sie sollen super sein. Ich war nie da, keine Zeit, im Sommer arbeite ich rund um die Uhr. Sonnenuntergangs-Surfing, weißt du? Der Kurs ist ausgebucht bis Ende September.«

Ich schüttelte mich. »Ich glaube nicht, dass ich Austern essen werde. Ich bin eher der Schokolade-Typ.«

In dem Moment lief ein Pärchen über den Strand, je ein gerolltes Tuch unter dem Arm.

»Das sind Einheimische«, erklärte Ayala. »Niemand von hier kümmert sich um das Verbot. Es ist für die Touristen.«

Wenn ich mir so was in einer Zürcher Badeanstalt vorstellte.

»Du gibst weiterhin Kurse? An einem Strand mit zwei Leichen?«

»Natürlich nicht. Du findest mich mal da, mal da. Surfnomadin je nach Gezeiten- und Algenlage. Diese Woche bin ich bei La Palue. Hinter den Erbsen da vorn.«

Damit meinte sie eine Reihe gezackter Felsen, die sich in absteigender Größe ins Meer hinauszogen. »Offiziell ist da Schwimmen auch verboten. Trotzdem surfen wir weiter.«

Sie erklärte mir, dass es sogar in Küstennähe gefährliche Strömungen geben konnte und die Gemeinde bislang die Verantwortung den Badenden überließ. »Noch. Die polizeilichen Untersuchungen sind im Gang. Ein Kommissar aus Brest, der immer in den Sommermonaten die Gendarmerie unterstützt. Sie arbeiten mit dem Meeresinstitut zusammen und messen die Strömungen.«

»Hast du keine Angst?« Ich zeigte zum Meer.

»Nö. Wir Frauen sind fein raus.«

»Was meinst du damit? Ertrinkt man hier geschlechtergetrennt?«

»Es gibt eine alte bretonische Sage, in der die Schlürferin einen Namen hat: Morwen.«

»Eine Sagengöttin als Ursache? Ich hätte auch eher auf den Klimawandel getippt.«

Sie lachte. »Meine Worte. Aber die Leute von hier ticken anders. Sagen sind allgegenwärtig. Es ist das Land der Kelten.«

»Nimmst du das ernst?«

Sie trank ihre Breizh Cola leer. »Die Sage ist auf jeden Fall geheimnisvoller als die Klimawandeltheorie. Morwen ist sehr durstig. Alle hundert Jahre will sie drei Männer für sich. Ein Toter ist also noch fällig. Und dann hätten wir wieder Ruhe.« Ayala nahm mir die Flasche aus der Hand. »Du bekommst übrigens eine Gratis-Surfstunde. Skimboarden, die einfachste und älteste Surfart. Als Dank dafür, dass du mich ›gerettet‹ hast.« Sie zwinkerte mir zu. »Keine Angst, du bist nicht allein. Les Femmes de Camaret kommen auch zum Training.«

Mir schwirrte der Kopf ob all der Namen. »Wer sind diese Frauen von Camaret?«

»Erklär ich dir ein anderes Mal. Ich zähl auf dich.«

Sie winkte mir zu und rannte zu ihrem Van, der am Rand des kleinen Sandplatzes geparkt war, der Anhänger voll mit Boards.

Das Bild des Ertrunkenen fiel mir ein. Der Körper am Strand, die starren Augen, das aufgedunsene Gesicht. Bedeckt von den dünnen, überlangen Armen der rötlichen Algen. Klimawandel oder die schlürfende Sagengöttin?

***

Als ich das Faltdach öffnete, weil es so heiß geworden war, röchelte DD. Ja klar, sie wollte endlich ankommen und ungefähr hundert Stunden am Stück schlafen, genau wie ich auch.

Die letzten Monate waren hart gewesen. Da sagt dir dein Chef nach einem Vierteljahrhundert Loyalität, Überstunden und Sonntagsarbeit, dass er dich entlässt, und anstatt zusammenzubrechen, verwickelst du ihn in eine Knutscherei. Hatte ich mal in einem Film gesehen, schien mir die einzig adäquate Reaktion, schließlich raubte der Typ mir meine Existenz.

Wenn ich daran dachte, wurde ich rot. Noch röter beim Gedanken an die Wohnungsabnahme, die auf die Kündigung folgte. Obwohl alles herausgerissen werden würde, hatte ich sauber putzen müssen. Prompt hatte der Besitzer Kalkspuren nachgewiesen. Der Blick, mit dem er meine untere Hälfte – zu dick – und meine obere Hälfte – zu dünn – musterte, sprach Bände. Die komplizierte Nachreinigung und die Reparaturen hatten mein Budget gesprengt. Das Abschiedsessen mit den Kindern war mager ausgefallen, Take-away-Thai, Hühnchen für mich, Tofu für meine Brut.

»Ich hol es nach, ihr Lieben, sobald ich das Haus verkauft und die Wabe bezogen habe.«

Wenn die Kinder ausgezogen sind und man fast die Hälfte des Lebens noch vor sich hat, kauft man sich Alters-Waben. Meine Freundin Brigitte Eulmann hatte das Projekt ausfindig gemacht. Wir kennen uns seit Kindertagen. Sie ist gelähmt, führt trotzdem eine eigene Praxis, ist eine brillante Anwältin. Ich bewundere sie für ihren Lebensmut und ihre Energie.

Brigittes Einrichtungsplänen hatte ich neidisch zugehört, während ich mit meinem Krempel in der WG meiner Tochter untergekommen war. So eine Wabe war leider zu teuer für mich. Bis ich erfahren hatte, dass ich in der Bretagne ein Haus geerbt hatte, das Haus meiner mir bis dahin komplett unbekannten Großpatentante Annie Gisler, so eine Art Schwester meiner Oma – komplizierte Verhältnisse. Ihr Tod lag schon einige Monate zurück, sie war im Februar gestorben. Maître Rebetez, ein Anwalt aus Brest, hatte ausführliche Nachforschungen betreiben müssen, um mich zu finden. Denn im Testament stand mein alter Name: Elektra Berger. Vor vielen Jahren, nach dem Tod meiner Eltern, hatte ich einen Wechsel vorgenommen: Aus Elektra war Tereza geworden. Nicht mehr den Namen einer griechischen Tragödin tragen zu müssen, hatte mich entlastet.

Auf dem Schwarz-Weiß-Foto war das Haus nur unscharf zu sehen. In der Beschreibung aber stand: »Vue sur mer«, Meeresblick. Brigitte und ich hatten Immobilienpreise gegoogelt, und, was soll ich sagen, bei Meeresblick, da rollen die Euros.

»Es gibt eine Drittelmillion«, hatte ich Brigitte prophezeit.

Auch wenn sie skeptisch geblieben war, die Erbschaftssteuern seien in Frankreich astronomisch, ließ ich mich nicht deprimieren. Eine Drittelmillion. Das war genau der Betrag, den ich bräuchte. Dank Brigittes guten Beziehungen war ich sogar auf die Waben-Warteliste gekommen. Abgesehen von einer sofortigen Anzahlung hatte ich vier Wochen Zeit für einen Finanzierungsnachweis.

Mein Plan: ankommen, schlafen, Maklerin finden, Haus verkaufen und wieder heimfahren. Dass das nicht in ein paar Stunden zu bewerkstelligen war, hatte ich vorausgesehen. Und den Kofferraum bis zum Eichstrich mit Büchern gefüllt. Um mir die Wartezeit zu versüßen.

Als das Schild auftauchte, unterdrückte ich einen Schluchzer. Camaret-sur-Mer. Ich hatte das Meer im Ortsnamen! Das würde den Verkaufspreis erhöhen. Damit könnte ich den Kindern die Ausbildungen finanzieren. Wenn die beiden Toten vom Strand mir keinen Strich durch die Rechnung machten. Ich beschloss, mich diesbezüglich umzuhören. Konnte nicht schaden, wenn ich mehr wusste als meine künftigen Hauskäufer.

Im Fahren versuchte ich, die Umgebung zu sichten. Einige Plakate säumten die steile Einfahrtsstraße, Cité des Portuaires, Cité des Ecrivains, Cité des Artistes, alles recht künstlerisch. In einer Biscuiterie legte ich einen Zwischenstopp ein und besorgte mir eine blecherne Keksdose, die noch größer war als Ayalas. Ich fühle mich immer erleichtert, wenn die Nahrungsmittelversorgung gewährleistet ist.

An einem geschlossenen Sportshop und einer Pizzeria mit rosa Schild vorbei zuckelte ich zum Quai hinunter und staunte über die samtblaue Bucht voller Segelschiffe. Wo war denn nun die Bar, die Ayala erwähnt hatte, das »La Coquille«?

Auf der Hafenmole war der Bär los, ein Gewusel von Autos und Menschen. Ich bemerkte Restaurants und Segelboote, eine Reihe von rot-grünen Mini-Katamaranen, einige Schiffswracks, einen lachsrosa Turm, eine uralte Steinkirche. Es roch nach Abgasen, vermischt mit der gleichen scharfen Duftnote wie eben an der Plage de Pen Hat. Von Angst war hier nichts zu spüren. Es gab jede Menge Touristen, deutsche, englische und französische, das entnahm ich den Wortfetzen, die ich aufschnappte.

Ein Wagen fiel mir auf, blau, mit einem weißen Seitenstreifen, auf dem »Gendarmerie« stand. Der Typ in Uniform und Béret plauderte mit einer Frau an einem Crêpes-Stand. Alles sehr friedlich. Ayala hatte übertrieben.

»Pardon. Wissen Sie, wo das ›La Coquille‹ ist?«

Der Gendarm beugte sich zu meinem geöffneten Fenster. »An der Place de Gaulle. Gleich am Anfang beim Kreisel.« Er lachte mich an. »Gute Wahl. Beste Bar am Platz.«

Einmal mehr suchte ich nach dem Rückwärtsgang und fuhr alles wieder zurück. Ich musste dringend auf die Toilette, Zeit für einen Halt.

Einen Parkplatz zu finden, war unmöglich. Hinter einem verrosteten Pick-up stellte ich mich schließlich direkt vor der Bar ins Halteverbot. »La Coquille«, stand auf der Markise. Eine winzige Frau in Stöckelschuhen, mit blondiertem Haar und aprikosenfarbenen Lippen winkte mir vom Tresen her zu: Kein Problem, für einen kurzen Moment könne ich hier parken, dem Gendarm würde sie es erklären, falls nötig.

Als ich einen Kaffee *avec énormément de lait* orderte, stellte sie keine Fragen, wie ich das gewohnt war.

»Mit unglaublich viel Milch? Aber gern, wird gemacht.«

Sehr freundlich, fand ich, ein guter Empfang.

Aus dem Innern drang Musik auf die schmale Holzterrasse, die sich, blumengeschmückt, von der Front bis zur Seite zog, »La Ballade des gens heureux«. Schrecklich, ein Ohrwurm, den man nie mehr loswird.

Mein bestes Französisch und den Notizzettel hervorkramend, bat ich die Frau nach dem Toilettenbesuch um eine Wegbeschreibung zu meiner *maison neobretonne*. Von Zürich aus war es nicht möglich gewesen, den genauen Standort herauszufinden, der Straßenname, der auf der Besitzurkunde stand, ploppte auf keiner Karte auf. Darum hatte ich mich entschieden, vor Ort zu recherchieren.

Die Frau setzte ein Lesebrillchen auf die Nase, während sie

ungefragt einem kolossartigen Mann im dunkelblauen Kapuzenregenmantel drei Packungen Gauloise blau ohne Filter und eine Zeitung über den Tresen schob.

»*Voilà, chéri*, da, für dich, und jetzt setz dich nach draußen, hier bist du mir im Weg, Armand.«

Dann studierte sie die Angaben auf dem zerknitterten Papier.

»Pardon, das kann ich nicht lesen.« Die Barfrau drehte das Radio leiser und wechselte das Programm. Dabei warf sie einen verstohlenen Blick auf die Terrasse. Als ob sie Angst hätte.

»Coucou, bonjour und herzlich willkommen bei ›Presqu'île Sophie‹. Heute aus Camaret-sur-Mer, wo, wie überall in Frankreich, die Vorbereitungen für den Nationalfeiertag laufen. Noch zweimal schlafen, bis es so weit ist.«

Ein örtliches Programm also. Die weibliche Stimme klang warm, und vor allem erzählte sie von einem Ort, an dem ich gerade war. Ich war hin und weg.

»›Le Spectacle‹, das Feuerwerk, wird von der Tour de Vauban aus gezündet. Unser Wahrzeichen, unser Blickfang, unser Schmuckstück. Der Turm steht kurz vor seiner Eröffnung. Es gibt jedoch ein Haar in der Suppe. Der Umbau hat sieben Jahre gedauert. Sieben Jahre! Wir haben uns umgehört und eine Spezialistin aus dem Kreis der Compagnons gefunden, das sind die nationalen Expertinnen, die solche Umbauten fein säuberlich und meist von Hand während Monaten ausführen. Sie ist die Jüngste, eine Hiesige, und ihre Aussage ist klar.«

Eine raue, jünger wirkende Stimme gab Auskunft. *»Der Umbau war viel teurer als geplant. Obszön teuer. Es gab Bauverzögerungen wegen Fehlplanung und Problemen mit dem Heimatschutz.«*

Nun übernahm wieder Sophie. *»Die Expertin will anonym bleiben. Der zuständige Bürgermeister war für eine Stellungnahme nicht erreichbar, seine Stellvertreterin Gwenn Yrne …«*

»Zut. Arrête!«

Der scharfe Ruf des Kolosses mit Namen Armand brachte die Bardame auf der Stelle dazu, den Radiosender zu ändern.

Dass niemand protestierte, erstaunte mich, denn gleich darauf klang Joe Dassins »Eté indien« durch den Raum. Musikkitsch anstelle brisanter lokaler Neuigkeiten um eine Fehlplanung in der Renovation des örtlichen Wahrzeichens? Eine spannende Wahl. Dieses Dorf interessierte mich immer mehr.

Die Frau gab mir den Kaffee in die Hand und zeigte zur Männergruppe auf der Terrasse.

»Fragen Sie die nach der Adresse.«

Ein Mann mit einer dunkelblauen Schirmmütze, knielanger Shorts und Flipflops steckte sich ein Würstchen in den Mund, bevor er das Papier glatt strich und einen Fettfleck auf meiner Schrift hinterließ.

»Direkt am Meer, haben Sie gesagt? Kann es sein, dass Sie die Mole meinen?«

»An der Mole war ich schon, da bin ich nicht fündig geworden. Tut mir leid, meine Schrift. Es soll eine Villa sein.«

Ein weiteres Würstchen in der Hand, zeigte der Mann auf den Hügel voller Häuser.

»Das sind *les maisons de Camaret.* Die Villen von Camaret, Mademoiselle.«

Mademoiselle? War das ein Kompliment oder eine Beleidigung?

»Nicht auf einem Hügel, das Haus liegt direkt am Meer«, sagte ich.

»Meint sie die Rue Quatre Vents?«, sagte der Mann zu Armand, der neben ihm an seiner Gauloise sog.

Seine Antwort bestand aus kehligen Lauten, die wie Kauderwelsch klangen. Bretonisch? Irgendwo hatte ich gelesen, dass die Sprache im Alltag nicht mehr gesprochen wurde.

Nun mischte sich ein dritter Mann mit weißem Haarbusch und geringeltem Wollpulli samt Schal ein, seinerseits mit einer Elektrozigarette beschäftigt.

»Pardon, Mademoiselle, suchen Sie vielleicht das ›Hôtel Styvell‹? Oder das ›Thalassa‹? Die sind auf der anderen Seite des Hafens und haben Meerblick.« Sein Französisch war viel eleganter als das der anderen.

Ich verneinte. »Nein, mein eigenes Haus.«

Genau. Auch wenn ich es gleich wieder verkaufen würde, just in diesem Moment war es meins. Automatisch tätschelte ich meine Boule-rouge-Tasche, in der sich die vielen Dokumente und Gutachten befanden, die ich beim Notar würde vorweisen müssen.

»Sie sind die Besitzerin? *Madame la propriétaire?*«

»Jawohl«, sagte ich. »Kann es sein, dass die Villa Vauban heißt?«

»Vauban?« Der Mann mit der Schirmmütze zeigte dorthin, wo sich die Hafenmole ins Meer hinauszog. »Das ist der Turm Vauban. Wird gerade renoviert. Den können Sie nicht besitzen, der gehört der Gemeinde.«

»Und Gwenn«, ergänzte der mit dem Edel-Französisch.

Alle drei schüttelten sich vor Lachen über den Scherz, den ich nicht verstand. Allerdings fiel mir der Name auf. Gwenn. Den hatte die Radiomoderatorin doch eben in ihrer Sendung über den Turm erwähnt. Interessant, diese bretonischen Namen. Vielleicht sollte ich mich vorstellen?

Allgemeines Händeschütteln, ich erfuhr, dass der Schirmmützenmann Isidore Breonnec hieß und der mit dem Ringelpulli Erwan Danieau.

Über der Turmspitze stand eine dunkle Wolke, das ganze Blau war verschwunden. Auch der Wind war stärker geworden, ich fror, zog den Poncho um mich.

»Meint sie die ›Villa Wunderblau‹?«, sagte die Barfrau, die wieder auf die Terrasse gekommen war.

Der Name von Tante Annies Haus veränderte die Sachlage auf einen Schlag. Von dem folgenden blitzschnellen Hin und Her verstand ich nichts. Irgendetwas schien Armand zu erzürnen.

»Sie ist *la petite Suisse*.«

Seine Worte klangen wie eine Anklage. Die die Bardame milderte, indem sie in trillerndes Lachen ausbrach. »Genau. Die kleine Schweizerin.«

Das war mein Stichwort. Ich holte die fast leere Pralinenschachtel aus der Tasche, bot die geschmolzenen Schokokugeln in die Runde und, was soll ich sagen, sie waren im Nu weg. Armand schien besänftigt und die Bardame erleichtert.

»Sie sind Annies Nichte?«, fragte Isidore Breonnec schmatzend.

»Eine Art Großnichte«, sagte ich, »es ist kompliziert, ich erkläre es Ihnen ein anderes Mal. Jetzt will ich mir aber endlich mein Haus ansehen. Den Schlüssel soll ich in der Mairie abholen …«

»Da haben Sie Pech«, sagte Isidore. »Unser Bürgermeister ist im Urlaub.«

»Urlaub nennst du das?« Erwan grinste süffisant.

»Was auch immer. Die Mairie von Camaret wird auf jeden Fall umgebaut. Schrecklicher Bau, was Modernes.« Das Wort spuckte Isidore aus wie saure Milch. »Sie müssen nach Crozon.«

Nach Crozon? Das war der Hauptort der Insel, da war ich gerade vorbeigefahren.

Isidore winkte ab. »Heute Nachmittag ist geschlossen. Die sind erst morgen wieder im Büro.«

Bravo. Wie kam ich ohne Schlüssel ins Haus?

Das interessierte keinen mehr, denn der Pullovermann stieß einige Laute aus und zeigte auf die Uhr. Worauf die anderen beiden ihre Kaffees stürzten und mit ihm davoneilten.

Die Barfrau tätschelte meinen Arm. »Grämen Sie sich nicht, hat nichts mit Ihnen zu tun. Die sind im Stress. Bis zur Feier muss noch viel gemacht werden, Tische und Bänke, die Tribüne. Und dann … le Spectacle, das Feuerwerk. Es soll grandios werden.«

Einen Moment lang war nur eine Melodie zu hören, so traurig-schön, dass ich Gänsehaut bekam.

Die Barfrau summte einige Takte. »*Bro gozh ma zadoù*. Unsere eigene Hymne, die bretonische.« Sie erklärte mir außerdem, dass am Nationalfeiertag, am *quatorze juillet*, das ganze Dorf auf den Beinen sein werde. »Wir feiern gern hier, in der Bretagne.«

Dann unterbrach sie sich. »Ich bin eine blöde Plaudertasche. Warten Sie, ich zeichne Ihnen den Weg auf.«

Sie nahm einen Stift und setzte sich an einen der kleinen Bistrotische, dessen Oberfläche aus einem Bild bestand. Ein düsteres Tier mit acht Beinen, eine Art Spinne. Die blütenweiße Serviette, auf die die Frau den Plan zeichnete, bildete einen scharfen Kontrast.

»Das Haus ist sehr schön«, meinte sie versonnen, »eines der schönsten von Camaret.«

Eine wunderbare Nachricht. »Wissen Sie vielleicht einen guten Makler?«, fragte ich.

»Sie wollen es verkaufen?«

Als ich nickte, notierte sie ihre Telefonnummer. »Schade. Überlegen Sie es sich gut. Rufen Sie mich an, wenn Sie sich eingerichtet haben.«

Sie heiße Magalie Kerouag, sei jeden Tag im »La Coquille« anzutreffen, von sechs bis vierzehn Uhr, außer sonntags.

»Merci beaucoup«, sagte ich. »Vielen, vielen Dank.« Bevor ich in meinen Wagen einstieg, drehte ich mich noch mal um. »Was war das eben für ein Streit?«

»Ach, nichts Wichtiges. Die Straße, in der Ihre Tante wohnte, wurde umbenannt. Nun heißt sie Rue des Beaux Arts.«

»Die Straße der schönen Künste«, sagte ich. »Wie passend. Camaret soll ja ein Künstlerdorf sein.«

»Sehr bescheiden. Es gibt allerdings Leute, die es berühmt machen wollen.«

***

»*Attention.* Passen Sie auf. Wollen Sie mich überfahren?«

Abrupt bremste ich ab.

Vor mir stand ein Gott. Braun gebrannt, weißblonde Kringel, Augen wie Heidelbeeren. Ein hellgrünes Leinenhemd, der Oberkörper durchtrainiert, er sprach akzentfreies Hochdeutsch.

»Hier können Sie nicht parken, es ist Halteverbot.«

»Ich habe kein Schild gesehen.«

Er deutete auf den selbst bemalten Karton an einem Schaufenster.

»Marchée, parking interdit«, von Montag sieben Uhr bis Sonntag neunzehn Uhr.

»Wo soll denn ein Markt sein?«, fragte ich.

»Morgen. Dann ist hier alles voll mit Ständen und Menschen.«

»Ein Kunstmarkt?«

»Klamotten, Gemüse, Käse.« Der Mann sah mich neugierig an. »Mögen Sie Kunst?«

Ich nickte. »Kultur generell. Ich komme aus dem Buch-Bereich. Camaret soll ja eine verdeckte Perle sein.«

»Das wird sich ändern. Dass die Perle verdeckt ist, meine ich. Wir haben viel vor.«

Nun verstand ich Magalies Andeutung von eben. Es sollte Veränderungen geben.

Eh ich es mich versah, zog der Gott sein Handy hervor. Würde er mir auch eine Leiche zeigen? Vielleicht als Kunstinstallation?

Es war das Foto eines Schriftzugs, »Galerie Lukesch« war in geschwungener Schrift auf eine Glastür gemalt. Er war Maler und lud mich ein, sein Werk zu besichtigen.

»An der Place Saint-Thomas, im alten Künstlerviertel.«

»Ist das die Rue des Beaux Arts?«, fragte ich. »Ich suche die Nummer eins.«

»Auf die Hausnummern können Sie nicht gehen. Bei mir in der Straße gibt's die Eins sogar viermal. Wir sind hier in der Bretagne.«

Sein offener Mund enthüllte eine Reihe perfekter Zähne, bis auf einen, der leicht abgebrochen war.

»Die Straße hieß früher anders«, sagte ich, auf meinem Anliegen beharrend.

»Ach so. Sie suchen das Haus von Annie Gisler?«

Ach nein. »Sie haben sie gekannt?«

Er nickte. »Es ist traurig, dass sie gestorben ist. Wenn Sie wollen, kann ich Ihnen das Grab zeigen.«

Ich schluckte, war gerührt. »Gern, vielen Dank.«

»Es ist etwas ganz Besonderes«, sagte er. »Ein wenig illegal, es passt zu Annie.«

»Wieso illegal?«

Er ging nicht darauf ein. »Sie hat mich unterstützt. Zwei Bilder hat sie mir abgekauft, sie hängen in der Villa. Und meine Idee, das Neubeleben des Künstlerviertels, fand sie …« Er stockte. »*Merveilleux*, Severin, hat sie gesagt. Wunderbar.«

Der Gott hieß also Severin. »Severin Lukesch aus Köln.« Er deutete eine Verbeugung an.

»Sie hat Französisch mit Ihnen geredet?«

»*Mais bien sûr.* Du musst ihre Sprache sprechen, die Bretonen sind da eigen.«

»Können Sie auch Bretonisch?«

Severin gab ein paar kehlige Laute von sich.

»Was soll das heißen?«, fragte ich. »Sie sind eine blöde Touristin?«

Er grinste. »Im Gegenteil. Ich habe mich gefragt, wer diese zauberhafte Gesetzesbrecherin sein könnte?«

Ich fühlte mich wider Willen geschmeichelt. »Ich bin Annies Erbin. Eine Art Großnichte, die Verhältnisse sind kompliziert.«

»La petite Suisse?«

Dieselben Worte wie die Einheimischen. Ich erzählte ihm von meinen Verkaufsplänen.

»Das kann ich gut verstehen«, sagte Severin. »Das Haus ist uralt, es muss extrem viel gemacht werden.«

Machte er mir mein Erbe madig?

Bevor ich darüber nachdenken konnte, quetschte sich Severin neben mich in die Ente.

Wie er roch! Nach einem Gemisch aus Salz und Zitrone.

Als aus den Lautsprechern meines Autoradios »Love over Gold« von den Dire Straits tönte, machte er das Daumenhoch-Zeichen und lotste mich zurück zum Quai, wo wir neben dem Crêpes-Stand, der mir eben schon aufgefallen war, anhielten. Nach dem Aussteigen begrüßte er die grauhaarige, sonnenbebrillte Dame mit Umarmung. Ein Berührer, der Mann.

»Kommen Sie.« Er blickte zu mir. »Ein kleiner Willkommensgruß. Die Crêpes von Aileen, die müssen Sie gekostet haben.«

Seifte er mich ein? Essen gehen, davon war keine Rede gewesen. Dennoch stieg ich aus. Mit Nahrung kriegt man mich fast immer herum.

Gierig biss ich in die warme Crêpe. Zucker, Eier, dazu süßer Apfelkompott und jede Menge Butter.

»Mögen Sie es?«, fragte Aileen.

»Ohnegleichen«, sagte ich mit vollem Mund und stellte mich auf ihre Einladung hin neben sie. Das Wetter hatte schon wieder gewechselt, die Sonne brannte vom Himmel.

»Hier ist Butter ein Muss«, erklärte Aileen, während sie mit einer Kelle in der Eimasse herumrührte.

»Ihr Französisch hat den englischen Akzent, weil sie eine ausgewanderte Britin ist«, erklärte Severin. »Aileen ist schneller als die Konkurrenz, sie backt Crêpes im Minutentakt. Kommen Sie gegen Abend noch mal vorbei, dann ist der Stand völlig überlaufen, die Schlange geht bis zur Place de Gaulle.«

Sie betreibe eine kleine Geschenkboutique, im Sommer mit Crêpes-Stand. Ihr Mann Emil Vanderbroucke sei der Ortspolizist von Crozon und Camaret-sur-Mer. Er meinte den Gendarmen, der mir eben den Weg gezeigt hatte und der nun, sein kantiges Kinn vorgestreckt, den Verkehr beobachtete.

»Bonjour, Emil, ich habe eine Bitte«, rief Severin und ging zu ihm. Soweit ich es hören konnte, ging das Gespräch um eine Bewilligung für seine Galerie. Die beiden schienen sich zu mögen.

»Darf ich Sie etwas fragen?«, sagte ich leise zu Aileen, die längst mit der nächsten Crêpe beschäftigt war. »Die Toten vom Strand … sie haben keine Auswirkung, wie es aussieht. Hier wimmelt es von Touristen.«

Sie hielt inne, den Teiglöffel in der Hand, und sprach, ohne mich anzusehen. »Nicht mehr lange. Beim dritten Toten wird alles anders.«

Das klang düster. »Rechnen Sie damit?«

»Natürlich.« Der Teig tropfte neben die Kochplatte.

»Es waren Unglücksfälle, sagt man.«

»Nie im Leben.«

»Was dann?«

»Auf jeden Fall waren es keine Zufälle.«

Mehr war nicht aus ihr rauszukriegen.

»Was denken die Leute von hier?«

»Kommt drauf an, mit wem Sie sprechen. Die einen beruhigen ihr Gewissen, indem sie die Schuld auf die böse Morwen schieben, die anderen auf den Klimawandel.«

»Wer sind die anderen?«, fragte ich.

Aileen holte einen Schwung Nutella aus einer Dose. »Die Police nationale. Verbreiten die Theorie, dass die Strömungen immer schlimmer werden. Mein Mann Emil findet das auch.«

Das klang nach Konflikt.

»Und Sie?« Ich wischte mir den Mund mit einer Serviette ab.

»Der eine Tote, Bruno Yrne, war ein Fuchs. Er hatte ein Zweiklassensystem. Wir mussten viel weniger bezahlen für den Umbau als andere. Außerdem hat er sich gegen eine autofreie Hafenmole gewehrt.«

»Ein Mann mit vielen Feinden also.«

Bevor sie mir Antwort geben konnte, winkte Severin mir zu. »Gehen wir, Tereza«, sagte er.

»A tout.« Aileen wirkte plötzlich reserviert.

»Sehr gern.« Ich hoffte, dass ich hier nicht zum letzten Mal gegessen hatte. »Entschuldigen Sie meine indiskrete Fragerei.«

Noch ganz unter dem Eindruck des Gesprächs ließ ich mich hinter dem Steuer nieder und fuhr nach Severins Angaben durch das Einbahnstraßen-System des Viertels.

»Voilà, die ehemalige Rue de Verdun Numéro un«, sagte

er schließlich, als wir das letzte Haus einer ganzen Reihe auf einer Anhöhe erreicht hatten. Ein schmaler Durchgang trennte es von den anderen.

Wir parkten direkt neben der Haustür und stiegen aus.

»Villa Wunderblau.« Der deutsche Name prangte auf einem Emailleschild. Er erinnerte mich an Pippi Langstrumpf. In den Granitstein über der Eingangstür war die Jahreszahl 1920 gemeißelt.

Ein Schauder durchfuhr mich. Das Haus war keine Villa, aber auf schäbige Weise grandios. Mit hellen Mauern, zwei Lukarnen und Schieferdach. Eine Glastür, umrahmt von verwaschenem Blau, führte in ein Ladenlokal mit einem Schaufenster, auf dem einige verblichene Flyer hafteten. Einer stach mir ins Auge.

»Surf Silver Spray«, las ich. »Das ist Ayala.«

»Kennen Sie sie?«, fragte Severin. »Sie hat mit Annie gesurft.«

»Gesurft? Mit einundachtzig?« Annie war eine alte Frau gewesen.

»Sie war die erste Surflehrerin Camarets«, erklärte Severin.

Das schien mir unglaublich. Meine Großtante entpuppte sich als Wundertüte.

»War hier mal ein Geschäft?« Ich deutete auf das Schaufenster.

»Ursprünglich war es wohl ein Friseur, Annie hat es für alles Mögliche genutzt. Zuletzt als Bibliothek. Sie hat übrigens viele deutsche Bücher. Hier gibt's ja nur französische, vielleicht haben Sie das schon bemerkt. Das hat Annie geärgert. Sie hat oft Bücher verliehen und nie mehr zurückbekommen.« Der Gott lächelte. »So war sie, Ihre Tante. Sehr offen, auch wenn sie eher zurückgezogen hauste.« Er zeigte in Richtung des Dorfes. »Das Leben beginnt vorn an der Place Saint-Thomas, hier ist das tote Ende. Außer wenn Markt ist. Dann ist es überfüllt, und die Touristen pinkeln in die Hausecken.« Er deutete auf ein bemaltes Kartonschild an der Hausmauer. »Das Halteverbot müssen Sie nicht ernst nehmen.«

»Wohnen Sie in der Nachbarschaft?«, fragte ich.

»Vorn in Morgat. Auch ein Hafendorf, aber mit mehr Stil. Kommen Sie mal vorbei.«

Bevor ich der Einladung folgen konnte, sollte ich duschen. Noch hatte ich allerdings keinen Schlüssel. Auch für dieses Problem wusste Severin Rat.

»Ich zeig Ihnen, wie man reinkommt.«

Ich folgte ihm nicht gleich, blieb stehen, nahm alles in mir auf. An den Moment würde ich irgendwann zurückdenken. Das Leben verändert sich meist schleichend. Das hier war größer.

Plötzlich sah ich eine Bewegung hinter einer Scheibe im Haus gegenüber. Ich winkte. Mit den Nachbarn sollte man sich gut stellen.

Dann packte ich meine Handtasche und folgte Severin in einen großen Garten, voll mit orangen, gelben und violetten Blumen und wucherndem Gras. In der Mitte stand eine Linde. Eine Linde in der Bretagne? Der Duft war betörend. Darunter ein alter Liegestuhl, halb verrottete Korbsessel um einen rostigen Blechtisch. Was für eine wunderbare Nachmittagsstimmung.

Auf der Suche nach einem Hausschlüssel hob Severin die Blumenschale neben dem Hintereingang an. Darunter war nichts. Auch der Kerzenständer daneben gab nichts her, erst beim Vogelbad wurde er fündig. In der Kuhle fand er nicht nur vertrocknetes Laub und eine Million Kellerasseln, sondern auch einen alten Schlüssel.

»Hier klaut keiner. Verbrecherquote gleich null.« Er wischte den Schlüssel an seiner Jeans ab und drückte ihn mir in die Hand. »Voilà.«

»Pardon«, sagte ich und schniefte ein wenig. »Ich bin überwältigt, mein eigenes Haus. Schade, dass ich es gleich wieder verkaufen werde.«

Severin unterbrach meine Rührseligkeit. »Ich habe einige Kontakte, die trotz der Lage und der Schäbigkeit interessiert sein könnten.«

Interessant. Ein guter Geschäftsmann, wie mir schien. Würde er gleich die Leichen erwähnen, um mich im Preis zu drücken?

»Sie haben bestimmt von den Toten gehört. Es ist eigentlich kein guter Zeitpunkt zum Verkaufen.«

So ein Gauner.

Als ob er meinen Stimmungswechsel spürte, legte Severin das Gehabe ab. »Ehrlich gesagt, ich habe es darauf angelegt, Sie kennenzulernen. Sorry wegen der Charade. Man hat mir Ihr Kommen bereits angekündigt.«

»Wer? Magalie Kerouag vom ›La Coquille‹?«, fragte ich.

Severin blieb vage. »Neuigkeiten reisen schnell auf Crozon. Aber kommen Sie erst mal an. Wer weiß, vielleicht gefällt es Ihnen so gut, dass Sie hierbleiben wollen.«

Ein Blickwechsel. Etwas zu lang.

»Na, dann will ich mal«, sagte ich. »Die *vue sur mer* anschauen.«

»Das Haus soll Meerblick haben? Annie ist wirklich eine echte Bretonin geworden. Übertreibt es sogar im Sterben«, sagte er.

Kein Meerblick und eine todbringende Strömung? Nicht gerade ermutigend. Mir war nach Schokolade zumute.

Als ich die Packung aus der Tasche zog, war nur noch eine einzige der Pralinen übrig. Ich bot sie Severin an, alles andere wäre unhöflich gewesen.

Er sei eher der Austern-Typ, meinte er. Es gäbe da eine Bar am Hafen, die hätten immer frische, auch anderen Fisch, falls ich Lust habe.

»›Les Viviers de la pêche Camarétoise‹«, sagte ich.

Er staunte. »Sie sind ja schon ausgesprochen integriert. Sollen wir mal zusammen hingehen?«

Gute Leistung, fand ich. Kaum eine Stunde hier und ein Date mit einem Gott.

***

»Sind Sie seine Gattin?«, fragte eine warme Stimme, als sich Severin mit zwei Küsschen verabschiedet hatte und in Richtung Place Saint-Thomas davonschlenderte.

Ich fuhr herum. Vor mir stand eine alte Frau. Spitze Nase, schneeweißes Haar, Haube auf dem Kopf, hellgraue Schwesterntracht, eine Basttasche mit einigen Baguettes in der Hand. Sie wirkte zäh und zerbrechlich zugleich. Neben ihr eine zweite Schwester, viel jünger. Sie stand bloß da und sah durch mich hindurch. Die Elektrobikes der beiden wirkten wie ein Stilbruch in einem alten Gemälde.

»Madame Lukesch aus Köln?«, wiederholte die alte Nonne und trat näher.

Der Typ hat eine Frau? Auch das noch, dachte ich. »Er hat mir nur den Weg gezeigt.«

Sie nahm mir meine Gleichgültigkeit nicht ab. »Grämen Sie sich nicht. Ich glaube, er hat sie erfunden. Die Gattin aus Köln, meine ich. Um sich die Frauen vom Leib zu halten. Er ist sehr beliebt hier. Er macht's mit Charme, ein Schürzenjäger. *L'Homme qui aimait les femmes.*«

Ich verstand die Anspielung auf den Truffaut-Film. In der Zürcher Buchhandlung war die DVD-Abteilung meine Sache gewesen.

»Der Mann, der die Frauen liebte? Warum sprechen Sie in der Vergangenheit? Er ist sehr lebendig.«

»Sie sagen es. Aber er spielt ein gefährliches Spiel.«

Die Nonne schwächte die Drohung mit einem Lächeln ab und schüttelte mir die Hand. »*Bienvenu.* Sie müssen Annies Großnichte sein. Herzlich willkommen, ich bin Sœur Nominoë. Und das ist Sœur Jeanne. Wir sind auf dem Heimweg.«

Unglaublich, das Buschtelefon hier: Auch die Nonne wusste Bescheid.

Ich stellte mich vor.

»Teresa?«, fragte Sœur Nominoë. »Wie Mutter Teresa?«

»Tereza Manon Elektra Berger«, sagte ich. Und fügte die übliche Erklärung an. »Mein Vater war Opernkritiker.«

Dass sie nickte, als ob sie verstünde, war mir sympathisch.

»Können Sie mir sagen … in den Unterlagen steht: ›maison neobretonne mit vue sur mer‹. Hat das Haus denn nun Meerblick oder nicht?«

Sœur Nominoë lachte. »Ich sage es mal so: Geistig sieht man das Meer überall. Auch wenn man es nicht sieht.«

Mit anderen Worten, Severin hatte recht gehabt. Ich zog innerlich die Fünfzigtausend wieder ab und gleich noch mal so viel wegen des toten Straßenendes und der Toten am Strand. Ob es in Winterthur auch kleinere Waben gab?

Sœur Nominoë hatte mittlerweile mein Auto begutachtet.

»Eine nette Ente. Ich würde sie allerdings wegstellen. Morgen ist Markt, Sie riskieren eine Strafe«, sagte sie. Dann zog sie einen Flyer hervor. »Wir machen nächste Woche eine *soirée musicale* mit unseren Kindern. Beehren Sie uns mit einem Besuch? Wir würden uns freuen. Das Haus beim Leuchtturm, es liegt direkt am Küstenwanderweg und ist am besten zu Fuß erreichbar. Sie können es nicht verfehlen.«

Während sie mir erklärte, dass ihre Ferienkolonie an einem Rundweg lag, der um die ganze Halbinsel führte und Wanderer aus der ganzen Welt in diesen weitläufigen Naturpark namens Armorique lockte, ging mir ein Gedanke nicht aus dem Kopf.

»Sagen Sie, Sœur Nominoë, hat man meine Großtante im Dorf gemocht?«

»Gute Frage. Es kommt immer darauf an, mit wem man spricht. Sie müssen wissen: Annie war bei den Frauen von Camaret.«

Hatte Ayala die nicht erwähnt? Ich bat Schwester Nominoë um Auskunft.

Es sei eine Gruppe fortschrittlicher Frauen, vor wenigen Jahren gegründet und sehr umtriebig. »Sie setzen sich für eine autofreie Mole ein. Das mögen nicht alle.« Nominoë ging zu ihrem Rad und stellte die Basttasche in den Fahrradkorb. »Besonders nicht die ›Groupe des Anciens‹, die Gruppe der Altehrwürdigen. Lauter Männer. Es sind die Rückständigen, und sie machen die Mehrheit aus. Leider. Sie kämpfen dafür, dass alles beim Alten bleibt.«

»Also keine autofreie Mole und auch sonst nichts Neues. Frauen zurück an den Herd?«

Sœur Nominoë bejahte. »Ihr Erkennungslied heißt ›Les Filles de Camaret‹, ein, wie soll ich das nennen, eher schlüpfriger Gassenhauer. Er besingt die alten Zeiten, als die Männer noch Kerle waren und die Frauen Mädchen. Ein *chanson paillarde*, wie das hier genannt wird. Es wird bis heute gespielt.«

»Vermutlich nicht von den Frauen.«

»Da können Sie Gift drauf nehmen. Die haben eine eigene Hymne.«

Wieso nicht »wir«? »Sind Sie nicht dabei, Sœur Nominoë?«

Sie lächelte schweigend.

»Und Aileen vom Crêpes-Stand, ist sie dabei?«

Schwester Nominoë legte den Zeigefinger auf den Mund und bestieg ihr Fahrrad, während Sœur Jeanne mir einen Zettel hinhielt. Die Schwestern des Leuchtturmordens, das sei ihr Name, seien dem Schweigegelübde verpflichtet. Man bitte um Respekt für diese Form der Besinnung.

Aber ja doch, sicher, ich würde den Teufel tun und eine Nonne belästigen.

Nachdem ich Schlafsack und Kulturbeutel aus dem Auto geholt hatte, drehte ich den Schlüssel und betrat mein neobretonisches Erbe. Sofort fiel mir der Geruch auf. Staub, Möbelpolitur, Feuchtigkeit und dieselbe scharfe Note wie am Strand und am Hafen. Rattenpipi? Fischkadaver? Salzlake?

Im Vergleich zur sandfarbenen Helligkeit draußen war es drinnen düster. Nachdem ich einen Schalter gesucht und betätigt hatte, passierte nichts. Kein Licht. Dafür fiel mich eine Spinne an. Als ich aufschrie, huschte sie davon. Hier war seit Februar keiner mehr gewesen.

Ich zog mein Handy heraus. Meine Kinder machten sich bestimmt Sorgen. Zum letzten Mal angerufen hatte ich aus dem Motel in Rennes. Das Gerät war im Ultrasparmodus, ich sollte bald einmal laden. Morgen war auch noch ein Tag. Nicht erreichbar zu sein, hatte Vorteile, keiner wollte etwas von mir – ein ungewohntes Gefühl.

Für die Taschenlampenfunktion reichte der Akku dennoch.

Der Eingangsbereich war schmal, lang und hoch. Es gab kein einziges Foto an den Wänden. Auch kein Bild von Severin Lukesch. Es wirkte sehr kahl. Im Hintergrund eine Treppe, daneben ein Kleiderständer mit einem Neoprenanzug. Und etwas, das aussah wie ein Surfboard. Die Handgriffe waren geschnitzt, bemalt in hellem Blau, während der Rest des Bretts verblasst war.

Annie hatte wirklich bis ins hohe Alter gesurft. Es berührte mich. Einen Moment war ich den Tränen nah, kam mir vor wie ein Eindringling. Dass das Haus mir gehören sollte, schien mir nicht nur absurd, sondern falsch.

Die erste Treppenstufe knarrte, dann knirschte sie, dann brach sie entzwei. Morsch, verfault. War das Wort »neobretonisch« ein Synonym für Steinzeit? Vorsichtig stieg ich weiter, bei jedem Knacken zusammenzuckend.

Was, wenn ich das Haus nicht verkaufen konnte? Das hatte ich nie überlegt. Natürlich könnte ich weiterhin bei meiner Tochter in der WG campieren, aber erstens mochte ich ihre Mitbewohner nicht, und zweitens war ich Mitte vierzig. Ich wollte ein Zimmer für mich allein.

Im Badezimmer floss eine rostige Brühe aus dem Hahn, und die Emaillewanne stand wacklig auf drei geschwungenen Füßchen. Als ich den Klodeckel hob, stoben die Fliegen davon.

Um den schmalen Flur angeordnet lagen weitere Zimmer: alle leer, mit geschlossenen Holzläden und schauerlichen Tapeten. Im zweiten Stock dasselbe in Dunkelgrün. Ein Blick durch das einzige Fenster ohne Laden: weit und breit keine *vue sur mer*.

In einem Raum entdeckte ich eine Himmelbettstatt und ein Nachthemd am Bügel, ansonsten fehlte jeglicher persönliche Gegenstand. Hatte Annie wirklich hier gewohnt?

Im Hinblick auf eine weitere Spinnenattacke schenkte ich mir den Dachboden.

Nachdem ich einige Steckdosen ausprobiert hatte und kein Strom angezeigt wurde, ging ich zurück ins Erdgeschoss. Eine der beiden Türen war aus Glas und führte in den Laden, wo ich endlich Spuren menschlichen Lebens fand. Einen Ledersessel sowie ein Klappbett samt gestrickter Patchworkdecke in allen Schattierungen von Blau. Als ich sie aufschüttelte, tanzte der Staub in den letzten Strahlen der Abendsonne.

Hier gab es auch Fotos, aber die würde ich mir für später aufsparen. Was mich in Bann schlug, waren die vielen Bücher. Bücher, Bücher, Bücher. Drei riesige Regale, bis unter die Decke vollgestopft: Es war die von Severin erwähnte Bibliothek.

Mein geschultes Auge huschte über die Titel: Nebst einigen französischen Klassikern in Ledereinbänden und dem Gesamtwerk von Shakespeare gab es ganze Regale voller deutscher und englischer Bücher. Der Wahnsinn, meine Großpatentante war Buchstabenfresserin gewesen. Wieso hatte ich keine Ahnung gehabt, dass es sie gab?

»Mama, das ist ein Fake. Nur in Schundromanen erben Frauen Häuser am Ende der Welt«, hatte Lovis gesagt. Sie war zwanzig Jahre alt und Umweltaktivistin. Fake war ihr Lieblingswort.

»Ein düsteres Familiengeheimnis, Leiche im Keller inklusive«, hatte Kai gemeint. Mein Ältester, Philosophiestudent in Berlin. Verwöhnt bis unter die blonden Flaumhaare.

Beide seit Langem ausgezogen und dennoch eingeschnappt, dass ich ihre alten Kinderzimmer mit einer Wabe vertauschen wollte. »Mama, wo sollen wir zu Weihnachten schlafen?«

Zurück im Flur führte die letzte Tür in die Küche. Sie war riesig und sehr dunkel, ein Tisch, Stühle, eine Anrichte aus massivem Holz. Auf dem Tisch eine Tasse, der Boden mit einer dunklen Substanz bedeckt. Es sah aus wie Schimmel.

Im Vorratsschrank fand ich abgelaufene Teigwaren und eine Tafel schwarze Schokolade. Eine zerknautschte Packung Gauloise-Zigaretten ohne Filter.

Hatte Annie so gehaust? Mit Gasherd und einer Spüle aus Steingut? Einem Wasserhahn aus orangem Plastik, der unter meinen Fingern zerbröselte?

Nachdenklich ging ich in die Bibliothek zurück, sah durchs

Schaufenster auf die Straße. Er war zweiundzwanzig Uhr. Schatten breiteten sich aus, das Haus gegenüber wirkte grau und abwesend. Einen Moment glaubte ich, im Fenster wieder diese Bewegung zu sehen, die Umrisse einer Kapuze. Zur Sicherheit winkte ich auch diesmal.

Plötzlich fühlte ich mich so erschöpft, dass ich im Stehen hätte schlafen können. Was für ein Tag. Ohne den Rest des Hauses gesehen zu haben, rollte ich meinen Schlafsack auf dem Klappbett aus, legte mich darauf und zog Annies blaue Decke über mich.

2

Camaret-sur-Mer, 13. Juli

Als ich nach einer unruhigen Nacht aus dem Halbschlaf erwachte, waren meine Arme von Mückenstichen übersät. Es mussten mindestens fünfhundert sein. Es juckte schlimm.

Ich stand auf, um nach dem Übeltäter zu suchen. Dabei blickte ich durch die Glastür nach draußen – und erstarrte im wahrsten Sinne des Wortes. Die Straße war nicht mehr leer, sondern voller Menschen, es gab kein Durchkommen. Auf dem Platz drängte sich ein Stand am anderen, DD war eingeklemmt zwischen einem Stand mit Silberschmuck und einem mit Honig. Das also hatte Severin Lukesch gemeint, als er von Wochenmarkt sprach.

Ich zog den Poncho über, ging raus und direkt zur Schmuckverkäuferin.

»Wo krieg ich hier Wasser, bitte?«, fragte ich heiser. Nachdem mir die Frau erst die Herkunft ihres Silberschmucks erläutert und erzählt hatte, dass sie eine Bretonin vom Land sei und nur einmal die Woche wegen des Marktes herkomme, bot sie mir von ihrem Mineralwasser an.

»Vielen Dank, dafür lade ich Sie zu einem Kaffee ein, wenn ich dann mal Strom habe.«

Während ich trank, blieb mein Blick an meinem Schaufenster hängen. Neben dem Surf-Flyer war etwas mit dunkler Farbe hingeschmiert worden. Nanu? Das hatte gestern ganz sicher noch nicht dagestanden.

»Was heißt das?«, fragte ich die Frau.

Sie hatte keine Ahnung.

»Es ist Bretonisch«, erklärte der Honigmann. »*Casse-toi du bout du monde!* Verschwinde vom Ende der Welt!«

Als er meine Aufregung bemerkte, fügte er beruhigend hinzu: »Ist bestimmt nur ein Kinderscherz.«

»*Merde.*« Dieses französische Schimpfwort hatte meine Mutter immer verwendet. Die Gegend hieß »Le Bout du Monde«. Wenn jemand wollte, dass ich von hier verschwand, war das vermutlich kein Scherz, sondern eine Drohung.

Kurze Zeit später saß ich im »La Coquille«, wo mir Magalie bereits den zweiten Kaffee *avec enormément de lait* hinstellte. Der Schock ließ allmählich nach, obwohl meine Beine immer noch zitterten.

»Gibt es hier so was wie einen Ku-Klux-Klan?«, fragte ich. »Mir war, als hätte ich im Haus gegenüber eine Person mit einer Kapuze gesehen.«

Magalie wehrte ab. »Auf gar keinen Fall, Sie müssen sich getäuscht haben. Das Haus steht leer, wie alle Häuser am Ende dieser Straße. Nehmen Sie das Geschmier nicht ernst. Das waren bestimmt die Jungen.« Sie seufzte. »Die machen Blödsinn, weil sie hier keine Zukunft haben. In Morgat könnten sie den Sommer über Geld verdienen, eine Boutique aufmachen, einen Fahrradverleih, einen Geschenkshop. Dagegen ist Camaret eine Sackgasse.«

»Der Hafen ist doch voller Touristen.«

»Da ist nichts. Bis auf die Restaurants und Souvenirläden, einige Kunstgalerien, die Fischerei und Saint-Pol-Roux, ein Literat, den niemand kennt.« Es klang bitter.

Die Toten vom Strand fielen mir ein. »Ist das der Fluch der Morwen?«

»Sie kennen die Sage?«

Das passte Magalie sichtlich nicht. Ich erdichtete einen Reiseführer, in dem ich darüber gelesen habe.

Magalie fand nicht gut, dass so etwas in einem Buch stand, sie regte sich richtig auf. »Dass Sie das ausgegraben haben! Die Sage ist doch uralt. Die interessiert wirklich niemanden. Es waren zwei Unfälle und basta.«

»Sie reden von den Toten?«

Sie nickte und hatte unvermittelt Tränen in den Augen.

Ach du je, hatte ich sie verletzt? Als ich ihr eine Hand auf den Arm legte, schüttelte sie sie nicht ab. Wie dünn sie war, fast wie ein Vogel.

»Einer der Toten war Bruno, ein Freund.« Sie griff zu ihrem Taschentuch. »Die hat er auch gebaut.« Sie zeigte auf die Pergola der Terrasse. »Pardon, entschuldigen Sie, ich … ich habe ihn sehr gemocht.«

Aha. Anders als Aileen, die Bruno als Fuchs bezeichnet hatte.

»Was ist denn bei dem Bootsunfall genau passiert?«, fragte ich.

»Das weiß niemand. Bruno war allein unterwegs. Sie haben es rekonstruiert. In einer Fernsehsendung. Gabriel Mahon von der Police nationale hat alles erklärt. Wie Bruno das Boot besteigt, trotz Sturmwarnung, wie er hinausfährt, sich durch die Wellen kämpft, wie er kentert. Wie er ins Wasser plumpst wie ein Kartoffelsack – schwimmen konnte er nicht, hat es nie gelernt.«

Das erstaunte mich. »Wie kann das sein bei einem Fischer? Gehört Schwimmen nicht zum Berufsprofil?«

Magalie verneinte. »Leider. Und er war zu stolz, es zuzugeben.«

»Wer war der andere Tote?«

Magalie bekreuzigte sich. »Ein Junge aus Crozon. Ertrunken wie Bruno. Es wurde kaum darüber berichtet. Ach. Er fehlt uns so.«

Bruno schien ein guter Freund gewesen zu sein. »Und seine Frau?«

Magalies Gesicht verzog sich. »Gwenn führt jetzt das Baugeschäft.«

Der Name sagte mir etwas. »Ist sie nicht auch Vize-Bürgermeisterin?«

Magalie nickte. »Eine ehrgeizige Frau.«

»Sie mögen Sie nicht?«

»Gwenn ist … sie ist einfach Gwenn.«

Magalie steckte das Taschentuch weg, sie hatte sich wieder gefasst. Geheimnisvoll legte sie eine Hand an den Mund. »Ich verrate es Ihnen im Vertrauen, die Schmierereien gelten nicht Ihnen, sondern der Surflehrerin. Dieser Ayala. Es ist schon früher einige Male passiert.«

Bruno, Gwenn, nun brachte sie noch Ayala ins Spiel. Ihr Flyer an der Schaufensterscheibe fiel mir ein. »Hat Ayala etwa bei meiner Tante gewohnt?«

Magalie nickte. »Sie sind sehr klug, Madame Berger. In der Tat hat Ayala die Surfschule vom Hof der ›Villa Wunderblau‹ aus betrieben und Bretter vermietet. Es lief aber nicht gut. Kunststück, kann ich da nur sagen.«

»Hat sie sich verkalkuliert.«

»Können Sie es sich nicht denken? Sie haben sie doch gesehen.« Magalie senkte ihre Stimme. »Eine *pied-noir*.«

Hatte ich richtig gehört? Das Wort war die rassistische Bezeichnung für eingewanderte Algerier. Für einen kurzen Moment war Magalie mir abgrundtief unsympathisch.

Sie merkte es sofort, und es war ihr sichtlich peinlich. »Pardon, das sagt man heute nicht mehr, es ist mir rausgerutscht. So bin ich nun mal erzogen worden. Ich mag sie sehr gern, die Ayala, aber eine Surfschule gehört an den Strand. *A la plage.* Darum sollten Sie, Madame Berger, die Sprayereien nicht ernst nehmen.«

Dann galt der Schmier-Anschlag also Ayala und nicht mir? Machte es das besser? Ich fühlte mich belästigt und bedroht. Und sehr ungewaschen. Das Angebot, Magalies Toilette zu benutzen, nahm ich trotz allem an. Was für eine Wohltat, eiskaltes Wasser über die Mückenstiche laufen zu lassen.

»Gibt's im Dorf einen Schlüsseldienst?«, fragte ich später auf dem Weg hinaus.

Magalie winkte mit der obersten Visitenkarte vom Stapel auf dem Tresen. »Ich gebe ihm Bescheid, dass er bei Ihnen vorbeikommt.«

Ich drängte mich durch einen Schwall Touristen, die mit vollen Tüten und Taschen mit Gemüse und Früchten vom Markt kamen. Ich war bereits draußen, als ich mich noch mal umdrehte. Es ließ mir keine Ruhe.

»Übrigens, Ayala ist nicht aus Algerien. Sie ist aus Südafrika.«

***

Die Menschenmenge war weniger geworden, an meinem Ende der Straße war fast niemand mehr. Umso deutlicher war in der Nachmittagssonne der Gendarm zu sehen, Emil Vanderbroucke, der Mann von Aileen, in dunkelblauer Uniform samt Béret und farbigen Ordensbändeln, eben dabei, einen Strafzettel auszufüllen. Noch nie im Leben hatte ich ein Bußgeld zahlen müssen: fünfundzwanzig Jahre DD und völlig straffrei.

Das konnte ich nicht auf mir sitzen lassen. Gerade wollte ich auf Emil Vanderbroucke zugehen, um mit ihm über die Auslegung eines Halteverbots auf Karton zu diskutieren, als ein Motor ertönte, ein tiefes, warmes Brummen, dem gemütlichen Knurren unseres Hundes bei seinen Streicheleinheiten am Sonntagmorgen ähnlich. Das Geräusch wurde voller, runder und erhob sich über die Gasse hinaus. Erstaunt sah ich, wie ein Mann im ledernen Motorradmantel mit seinem Gefährt neben Emil zum Stehen kam, während der Motor leise weitersurrte und der Mann den Helm auszog, mit der Hand durch das silberschwarze, dichte Haar fahrend. Etwas an der Bewegung traf mich auf eine erschreckend körperliche Weise. Dass der Motorradfahrer mir dabei direkt in die Augen sah, war mehr als peinlich.

Was war los mit mir? Jahrelang hatte ich es locker ohne Mann ausgehalten, Sex fand ich total überbewertet. Und ich war gut damit gefahren. Nun flirtete ich bereits den zweiten Unbekannten an.

»Monsieur le Commissaire«, erklang Emils Stimme.

Abrupt drehte ich mich ab und suchte in meiner Boulerouge-Tasche nach dem Schlüssel. Dabei überhörte ich den Dialog der beiden, in dem es um den Umstand ging, dass die Hausnummer eins mehrere Häuser schmücke und wie diese Nummerierung zur Verwirrung beitrage. Emil fragte, welche

Adresse denn nun auf dem Strafzettel notiert werden müsse, und bekam vom Commissaire die Empfehlung, den Namen des Hauses, »Villa Wunderblau«, anzufügen.

Ich entschied mich gegen eine persönliche Vorstellung, verdrückte mich durch den Garten und versteckte mich in einem alten Schuppen im hinteren Teil, der mir bislang nicht aufgefallen war.

Als meine Augen sich an das Dämmerlicht gewöhnt hatten, wurde ich überrascht: ein Regal voller gepflegter Gartenwerkzeuge. Daneben standen auf einem Holztisch eine himmelblaue Henkeltasse, eine Schale mit einem vertrockneten Teebeutel und ein angefangenes Strickzeug. Die blauen Patchworkdecken im Haus mussten Tante Annies Werk sein.

Beim Hinaustreten strich ich über einen Lavendelbusch. Sofort war die Luft erfüllt von diesem Duft, der mich an den Schrank meiner Mutter erinnerte.

Von der Straße her verklang Motorenlärm, die Polizisten fuhren weg, und ich konnte endlich ins Haus.

Die Küche war so verstaubt und leer wie eben, es fehlte an Wasser, an Strom, an allem. Um eine Maklerin hatte ich mich auch nicht gekümmert. Wie um Himmels willen sollte ich dieses Haus verkaufen?

Mit Edgar Allen Poes »The Murders in the Rue Morgue« zog ich mich auf das Klappbett zurück. Lesen kann ich in jeder Lebenslage, meist lenkt es mich ab.

Diesmal gelang es nicht. Die Gedanken wollten einfach nicht zur Ruhe kommen. Außerdem juckten mich die Mückenstiche. Meine Arme waren rot und verschwollen. Was für ein Desaster. Nur einmal schnell die Augen zumachen.

***

Ich wurde von lautem Klopfen und Rufen geweckt. Es musste später Nachmittag sein. Vor der Ladentür stand Isidore Breonnec aus dem »La Coquille« im strömenden Regen und lächelte mir zu, als ob wir verabredet gewesen wären.

»Bonsoir«, sagte er. »Ich komme wegen des Schlosses.«

Damit hatte ich nicht gerechnet. »Sind Sie der Schlüsselmann?«

»Und der Elektriker.« Anstatt eines Hutes zog er die Kapuze seiner Pelerine vom Kopf und überreichte mir als Gastgeschenk eine Taschenlampe. »Isidore, Ihr Mann fürs Grobe. Hat Magalie das nicht erwähnt?«

Nein, hatte sie nicht. Isidore war mir gleich sympathisch gewesen, nun kam er mir vor wie ein Engel.

Nachdem ich mich ausführlich bedankt und ihm meine Lage erklärt hatte, tutete er mitleidig vor sich hin, bevor er einen Rundgang vorschlug, um sich einen Überblick zu verschaffen. Er sei noch nie in der »Villa Wunderblau« gewesen, meine Patentante habe alles Handwerkliche selbst gemacht.

»Eine wunderbare Frau, Annie Gisler. *Allons-y.*«

Zum ersten Mal sah ich die Zimmer bei Licht und stellte fest, dass die Tapete noch scheußlicher war als ursprünglich gedacht. Am Ende würde ich noch draufzahlen müssen, um das Haus loszuwerden.

»Elektrizität, Wasser, die morsche Treppe … da haben Sie ganz schön was zu tun«, echote Isidore meine Gedanken.

»Ich verkaufe das Haus. Haben Sie bestimmt schon gehört.«

Er nickte. »Schade. Die Bausubstanz ist gut, daraus könnte man etwas machen.«

Das erste Mal, dass ich etwas Positives vernahm.

Isidore wollte runter in den Keller wegen der Sicherungen.

»Ich schau mir den Dachstock an«, sagte ich und stieg die Leiter hoch.

Oben erwartete mich eine Überraschung. Der Raum war leer und weiß gestrichen, klinisch im Vergleich zum Rest des Hauses. Es gab nur wenige Gegenstände, eine Yogamatte und eine weitere blaue Strickdecke. Ins Giebeldach waren an der Längsseite zwei rechteckige Fenster eingelassen, nach vorn gab es ein kleines, rundes, das aussah, als ob es später eingefügt worden wäre. Ein Luftzug war spürbar, es zog, die Isolation war bestimmt nicht die beste. Aber das war egal, denn dieses Bullauge bot eine beeindruckende Aussicht.

Da war es, das Meer. Wie der Himmel in so kurzer Zeit hatte aufklaren können, blieb mir ein Rätsel. Regen und Wolken waren verschwunden. Das Blau leuchtete noch etwas strahlender als in meiner Phantasie. Die Flut stand auf dem Höhepunkt, die Schiffswracks lagen im seichten Wasser. Dahinter sah ich das Wahrzeichen des Dorfes, den rosa Turm Vauban, den ich von der Radiosendung her kannte, und daneben die Kirche. Hatten sich die Matrosen da segnen lassen, bevor sie aufs Meer hinausfuhren, nie sicher, ob Morwen sie unterwegs holte?

Ich versank in dem Anblick und wurde von Isidores Stimme herausgerissen. Er habe sich gewundert, wo ich abgeblieben war.

»Also hat Annie nicht gelogen, Sie haben Meerblick«, sagte er und stellte sich neben mich. »*Mais c'est merveilleux, non?* Wunderbar!« Seine Stimme klang ehrfürchtig.

Mein Herz flog ihm zu. Und gleich darauf wieder zurück, denn er hatte nichts Schönes zu berichten.

»Die Oberleitung, die zum Haus führt, ist kaputt. Darum haben Sie keinen Strom.«

»Ein Sturm?«, fragte ich.

Isidore druckste herum. »Vermutlich. Vielleicht auch ein dummer Streich.«

Die gute Nachricht sei, er, Isidore, habe beste Beziehungen zur Stromversorgung in Crozon, der Cousin eines Cousins sei da angestellt. Er würde für die schnellstmögliche Reparatur sorgen, auch das Schloss habe er bestellt, es würde am Montag geliefert.

»Dazu bekommen Sie einen Gaskocher und Petrollampen. Um das Handy aufzuladen und für WLAN-Empfang empfehle ich Ihnen das ›Café des Beaux Arts‹.« Außerdem drückte er mir eine Flasche Aceton in die Hand. »Damit bringen Sie das Geschmiere am Schaufenster weg. Das waren bestimmt die Jugendlichen. Sollten Sie nicht ernst nehmen, blöder Streich.«

Zum Abschied gaben wir uns zwei Küsschen, ganz wie alte Freunde.

Versonnen blieb ich auf der Straße stehen und schaute zu, wie er auf seinem Moped in den Abend hineinfuhr. Was für eine Idylle. Die gleich darauf jäh gestört wurde. Ganz deutlich erkannte ich die Kapuze im Fenster gegenüber.

Verdammt.

Ohne zu überlegen, ging ich über die Straße und klopfte. Keine Reaktion. Auch nach mehrmaligem Klopfen nicht. Schließlich drückte ich auf die Klinke, und siehe da, die Tür ging auf.

»Pardon? Hallo? Ist hier jemand?«

Ob ich einfach reingehen sollte? Ich wollte endlich wissen, was da vorging.

Der Eingangsbereich war leer, die Küche ebenso, das ganze Haus unbewohnt. Es war das absolute Gegenteil von meinem. Kleine Räume, Linoleumböden, viel Holz. Und kein Mensch, auch keine Ku-Klux-Kutte oder eine Kapuzenjacke. Keine Essensreste, keine Zigarettenstummel, kein Teleskop und keine Vorhänge. Kein Hinweis auf einen Beobachter, alles Einbildung.

Zu viele Tote, zu viele Sagen, zu viele Dorfintrigen hatten meine Phantasie angeheizt.

»Chill mal, Mam.« Die Stimmen meiner Kids im Ohr, ging ich wieder zurück und mummelte mich in meinen Schlafsack.

3

Camaret-sur-Mer, 14. Juli

»Fuck off, go home.« Das stand am nächsten Morgen in großen roten Lettern auf meinem Schaufenster. Das Englische traf mich am meisten. Es klang noch viel schlimmer als auf Französisch.

Wer auch immer das gemacht hatte, ob irgendein Unbekannter mit Kapuze oder ein Jugendlicher mit Langeweile, es reichte. Ich musste zur Polizei, am besten zu Emil, den kannte ich ja schon.

So aber konnte ich nicht gehen, ungeduscht, in alten Kleidern, voller Mückenstiche. Meine Reisetasche lag immer noch im Auto, nicht mal zum Auspacken war ich gekommen.

In der Straße lag zur Abwechslung dicker Nebel. Als ich den Kofferraum öffnen wollte, bemerkte ich eine knallgelbe Kralle am Vorderreifen. Unfassbar, die hatten mich geblockt. Auf der Heckablage – wie immer hatte ich DD nicht zugesperrt – lag ein amtlich aussehendes Formular. Der Besitzer des Schweizer Nummernschilds solle sich mit der Gendarmerie Crozon in Verbindung setzen, dazu eine Telefonnummer. Darauf bekam ich einen Lachkrampf. Wie gut sich das traf. Ich zog mich in den Garten zurück und hinterließ mit dem allerletzten Akkurest und in meinem besten Schulfranzösisch eine Meldung auf dem Anrufbeantworter der Gendarmerie: Sachbeschädigung an meinem Schaufenster und unrechtmäßiges Eindringen in mein Auto. Den Strafzettel wegen Falschparkens würde ich erst bezahlen, wenn die Kralle wieder weg sei.

Danach war mein Handy tot. Als ich gleich darauf den Laden betrat, um mich anzuziehen, ertönte eine Stimme.

»Bonjour, sind Sie Tereza?«

Vor mir stand eine Frau. Mir fielen fast die Augen aus dem

Kopf. Was um alles in der Welt machte sie in meiner Bibliothek?

»Verzeihen Sie. Es ist doch geöffnet?« Ihr Französisch hatte einen starken Akzent. »Dürfen wir kurz reinschauen? Sœur Nominoë hat uns hergeschickt.«

Die Nonne? »Wieso denn?«

»Wegen der Bücher. Sie haben englische und deutsche, viele Krimis, hat sie gesagt. Das stimmt doch?«

Ach so, sie wollte Bücher ausleihen. »Ich habe auch französische Klassiker, aber die sind in der Minderzahl. Sie sind Deutsche, nehme ich an?«

Die Frau gurtete ihren grünen Regenmantel auf, lachte mit zündrotgeschminktem Mund und schüttelte die Nebelfeuchtigkeit aus ihrem pechschwarzen Pagenkopf. Sie war ein Spitting Image von Mireille Mathieu. »Ausgewandert. Von Heidelberg.« Sie zeigte auf die vollen Bücherregale. »Echt super, eine Marktlücke. Darüber wird sich mein Literaturclub freuen.« Sie zog eine Büchse mit Keksen hervor. »Für Sie! Nur Butter und Zucker. Aus der Camareter Biscuiterie, die besten der Insel. Ein Willkommensgeschenk. Catherine, komm mal her.«

Hinter einem Regal kam eine weitere Frau hervor, im hellblauen Trainingsanzug und mit Stirnband. Sie hielt einen Bannalec-Krimi in der Hand.

»Bonjour, Madame. Genau den suche ich. Und zwar auf Englisch. Was für ein Glücksfall. Wie viel kostet der?«

Dachten die echt, ich wäre eine Buchhandlung? Ich war sprachlos.

Catherine warf der anderen einen unsicheren Blick zu. »Ich hab's dir gesagt, das Klappbett, der Schlafsack und der komische Geruch ...«, flüsterte sie deutlich hörbar. »Komm, gehen wir.«

Da schnappte etwas in mir. Anders kann ich es nicht beschreiben. Ich hörte sogar das Geräusch.

»Nein, bleiben Sie ruhig. Ich habe noch nicht offiziell eröffnet, darum sieht es etwas chaotisch aus.«

Während ich weitersprach, räumte ich eilig das Klappbett durch die Tür in die Garage daneben. »*Bienvenu*, Sie sind meine ersten Kundinnen.«

Ein begeistertes Hin und Her, wir beschlossen, uns zu duzen. Die Hellblaue stellte sich als Catherine Cook vor, eine ausgewanderte Britin. Sie führte den Campingplatz an der Plage de Veryach, wo Sylvie Meerwein, die Mireille Matthieu, einen Wohnwagen gemietet hatte.

»Wunderbar, dass du hier bist, Tereza. In der ganzen Bretagne gibt's kaum deutsche Bücher. Nur französische oder Bestseller.«

Das war der Auftakt zu einem ausführlichen Streifzug durch meine Regale. Während ich den beiden zusah, ließ ich mir die Kekse schmecken. Wie gut es tat, nachdem es gestern kein Abendessen mehr gegeben hatte.

»Was macht das?«

Sylvie hatte sich »Ediths Tagebuch« und ein zerlesenes Exemplar von Margaret Atwoods »Katzenauge« ausgesucht.

»Zwanzig Euro fünfzig«, sagte ich.

Und, was soll ich sagen, sie bezahlte ohne Murren. Das Geld steckte ich in die leer gefutterte Keksdose. Ayalas Prinzip.

»Wieso wart ihr eigentlich bei den Schwestern im Kloster?«, fragte ich.

Sylvie setzte zu einer Erklärung an. »Wusstest du das nicht? Nominoës Bücher-Tauschhandel ist weitherum bekannt, ein Geheimtipp unter uns Ausgewanderten. Sie schenkt die Bücher her, wenn man was Neues dalässt. Übrigens hat sie dich allerwärmstens empfohlen. Sonst wären wir kaum in diese Straße geraten. Wie heißt denn nun dein Laden?« Sie deutete auf die verschmierten Buchstaben am Schaufenster. »Das kann ja wohl kaum der Name sein, sieht nach einem Dummejungenstreich aus.«

Sollte ich ihr von dem Unbekannten erzählen, der mir das Leben schwer machte?

»Kommt bald wieder vorbei«, sagte ich. »Bis dann habe ich einen Namen kreiert. Ich bin noch in der Findungsphase.«

Hatte ich soeben ein Geschäft eröffnet? Den beiden schien das ganz normal. Zum Abschied gaben sie mir einen Flyer.

»Die Einladung zu unserem Literaturabend. Auf der Wiese von Lagatjar. Eine Vollmondlesung.«

Ich sah mir das Datum an. Schade. Bis dahin würde ich bereits wieder weg sein.

Sylvie und Catherine winkten. »Wir wünschen dir einen tollen Nationalfeiertag. Das Feuerwerk beim Turm darfst du nicht verpassen. Es wird wunderschön.«

***

Natürlich, heute war der vierzehnte Juli. Wie in ganz Frankreich wurde er auch in der Bretagne gefeiert.

Nachdem ich den Laden aufgeräumt und geputzt hatte, beschloss ich, mich unter die Leute zu mischen. Es war später Nachmittag geworden, ein heftiger Wind wehte, der Nebel war weg. Das goldene Licht brachte meinen Körper zum Vibrieren, als ich – notdürftig gewaschen, dafür in frischen Kleidern – von der wimpelgeschmückten Gasse her auf die Place Saint-Thomas einschwenkte, das Herz des gleichnamigen Künstlerviertels. Es war voll kleiner Ateliers, charmant verlebt.

Als Erstes bemerkte ich ein französisches Buchantiquariat, *déformation professionelle*. Das blau gestrichene Ladenlokal war in geschwungenen Blechbuchstaben angeschrieben: »Bouquinerie«.

Davor war ein Motorrad mit bauchigem Tank geparkt. Es kam mir bekannt vor. Gehörte es nicht dem Polizisten von gestern, dem Kollegen, den Emil Commissaire genannt hatte?

»Bonjour, Mademoiselle. Wollen Sie probieren?« Der Mann vom Honigstand winkte mich herbei und reichte mir einen Löffel.

Ich verlor mich in der Süße des cremig weißen Miel de printemps und erstand zwei Gläser.

Plötzlich fiel alle Anspannung von mir ab. Es war so wunderschön hier, bislang hatte ich kaum Augen dafür gehabt. Auf den Bistrostühlen des »Café des Beaux Arts« drängten sich die Menschen um die Tische und hielten die Sonnenschirme fest, die im Wind wackelten. Sie tranken Cidre aus Tontassen und Espresso aus Gläsern, aßen Plat du jour, Muscheln und Galette complète mit Ei und Schinken. Es roch nach geschmolzenem Käse, nach Karamell, nach Fisch und nach Kaffeebohnen. Ein Pärchen hatte sich aufgestellt, sie mit Flöte, er mit Banjo, gerade beendeten sie die letzten Takte eines bretonischen Volkslieds und wurden beklatscht, als wäre es das Hallenstadion.

Im Café drinnen war es angenehm schattig und ruhig. Während ich auf die Bedienung wartete, blätterte ich die Sonntagszeitungen durch. Es war nichts zu lesen von gesperrten Stränden und gefährlichen Strömungen, dafür wurde eine Hitzewelle angekündigt.

Wer's glaubt, dachte ich. Draußen war es zwar schön, aber mittlerweile kannte ich die vier Jahreszeiten der Bretagne.

»Können Sie mir den WLAN-Code geben?«, fragte ich in Richtung Bar.

Als die Bedienung sich umdrehte, war ich überrascht. Ein schmales Gesicht, weiß geschminkt, blutrote Lippen, die Hände voll schwerer Ringe mit dem Triskel-Symbol, ein Piercing an den Lippen, eines in der Wange, verbunden durch eine Kette – ein veritables Gothic-Girl. Darum auch die düstere Rockmusik, die im Hintergrund lief und die das Mädchen jetzt leiser machte, um mir mit der Stimme einer versoffenen Oma mitzuteilen, WLAN sei ausgefallen, einfach später wieder versuchen. Dafür bot sie mir zu meinem Kaffee *avec enormément de lait* zwei Croissants an.

»Es sind die besten. Vom ›Fournie Presqu'île‹ in Crozon.«

Eine Holzofenbäckerei? Das Wasser lief mir im Mund zusammen.

»Was bedeutet der Triskel für Sie?«, fragte ich und zeigte auf die dicke Silberkette im Ausschnitt ihres Ledermieders.

»Mein persönliches Pentagramm, Schutz und Macht.« Ihre Augen wanderten zum Foto eines pickligen Jungen, ebenfalls im Gothic-Style gekleidet. Das Bild stand an einen altmodischen CD-Player gelehnt. In einem verzierten Glas brannte eine schwarze Kerze, daneben eine verblühte Hyazinthe. Ein eigenartiges Stillleben.

»Ihr Freund?«

Sie rieb die Hände, als ob sie fröre. »Arbeitskollege. Ronan le Breton. Er hat hier gearbeitet. Er ist vor einigen Wochen gestorben.«

Sprach sie vom zweiten Toten, den bislang kaum jemand erwähnt hatte? »Der Junge vom Meer? Der ertrunken ist?«

Ihr Blinzeln war Antwort genug. Spontan legte ich die Hand auf ihre.

»Das tut mir leid. Ich bin Tereza Berger.«

Sie hieß Vivienne.

»Was für ein schöner Name. Sind Sie von hier?«

Sie studiere Sozialwissenschaften an der Sorbonne, lebe bei ihrer Maman in Paris, besuche manchmal den Vater in Crozon, habe mehrmals in den Semesterferien hier gejobbt.

Interessant, was sie da erzählte, und überraschend.

Noch überraschender war, wie sie auf die Mückenstiche an meinen Armen reagierte.

»Sieht schlimm aus. Wollen Sie mein Hausmittel?« Aus ihrer schwarzen Umhängetasche holte sie eine Cremetube hervor. »Hilft gegen Jucken und Entzündung. Ist aus Aloe-vera-Saft. Mach ich selber. Wächst bei uns im Garten.«

»Aloe vera gibt's doch nur in den Tropen.«

»Wir sind hier *en Bretagne*. Da sind Wunder möglich.«

Sie verzog ihren Mund zu einem schmalen Lächeln, das gleich wieder erlosch. Während ich die Creme einrieb, die tatsächlich sofort wirkte, betrat ein Mann die Bar. Es war Erwan, der Typ mit dem Ringelpulli und dem hellblauen Schal aus dem »La Coquille«.

»*Vivi, ma fille.*« Er sog an seiner Elektrozigarette.

Stumm wandte sie sich der Kaffeemaschine zu und drehte die Musik sehr laut. Er sah zu mir, dann wieder zu ihr. Er wollte mich loswerden, das war offensichtlich.

Ich ging in den ersten Stock zur Toilette. Sie glich einem Badezimmer, sehr komfortabel. Beim Hinauskommen stach mir ein Plakat ins Auge. Es war mit »Galerie Lukesch« beschriftet, ein Pfeil deutete ins Nebengebäude, durch die Glastür sah ich einige Bilder. Das war also die Galerie des deutschen Gotts. Als ich wieder in den Barraum kam, stand Vivienne allein an der Kaffeemaschine.

»War das Ihr Vater?«

Sie nickte und deutete nach draußen zu einer Gruppe Männer an einem runden Tisch. »Er hat ein Treffen mit seiner Combo. ›La Groupe des Anciens‹. Ein Haufen widerlicher alter Säcke.«

Das waren offene Worte, dafür dass wir uns gerade erst kennengelernt hatten. »La Groupe des Anciens«, die Bewahrer, Schwester Nominoë hatte sie erwähnt.

»Wieso interessieren Sie sich für Ronan?«, fragte Vivienne.

Weil ich mein Haus bestmöglich verkaufen will, dachte ich. Nein, ich merkte, dass es noch etwas anderes war. »Weil ich schwer glauben kann, dass ein junger Mann von hier ertrinkt. Wenn es ein Tourist gewesen wäre … aber ein Einheimischer?«

Viviennes Augen füllten sich mit Tränen, ihr Mund zitterte so sehr, dass die grässliche Kette mitwippte. Bevor sie mir jedoch erzählen konnte, was sie beschäftigte, kam ein Arbeitskollege herein und begrüßte sie mit Hallo. Der Moment war vorbei. Ich beschloss, nach draußen zu gehen, ein Tischchen an der Wand wurde gerade frei.

Geschützt vom Wind spürte ich die Wärme, summte die Songs mit, sogar die »Ballade des gens heureux«, die das Duo ohne Angst vor Crossover als Zugabe darbot. Bis mir war, als ob mich jemand beobachtete.

Das Gefühl wurde stärker. Ich setzte die völlig zerkratzte, aber riesige Sonnenbrille auf und blickte mich um, ohne den Kopf zu bewegen. Die Menge wurde zu Individuen. Ich sah von einem zum Nächsten. Wer war es? Der Typ mit dem Schnauzbart? Oder der mit dem Schlapphut? Armand aus dem »La Coquille«, Erwan?

Wie als Antwort auf meine Frage drehten die vier Männer die Köpfe in meine Richtung und lachten. Als ich wegsah, kreuzte mein Blick den eines Typen im ledernen Mantel, der an die Bouquinerie gelehnt stand, einen Helm und die Motorrad-Fliegerbrille in der Hand. Der Polizist von gestern, Emils Kollege.

Was ging hier vor? Hatten die es auf mich abgesehen? Das konnte ich nur herausfinden, indem ich nachfragte.

Schon stand ich auf. Der Polizist hielt meinen Blick.

»Bonjour, Madame Berger, wie geht's? Na, ist das Wetter nicht prachtvoll?«

Ich war immer noch auf den Polizisten fixiert. Erst als er sich löste, um den Helm aufzusetzen, drehte ich mich um. Vor mir stand Isidore, ein Eis in der Hand. Er fühlte sich an wie ein alter Bekannter.

Als ich mich nach den Möglichkeiten für einen Breitbandanschluss in der »Villa Wunderblau« erkundigte, wehrte seine Begleitperson ab, eine Hennarothaarige in den gleichen Shorts und Flipflops wie er. Aurélie, wie er sie vorstellte, versicherte mir schrill, dass ihr Liebster, Iso, bestimmt helfen würde, aber bitte gern erst morgen, heute habe er frei.

Markierte sie hier ihr Terrain? War mir jahrelang nicht mehr passiert.

Ich lud sie auf einen Kir ein, den Aurélie gleich für beide ausschlug. Sie wollten zum Festgottesdienst in die Kirche, in die Chapelle Notre-Dame-de-Rocamadour.

»Bonjour, Madame Berger, was sagen Sie zu diesem wunderbaren Wetter?«

Magalie Kerouag, wieder mit heftigem Make-up und Stöckelschuhen, ebenfalls auf dem Weg zur Kapelle. Ob ich mitgehen wolle?

Bevor ich mich äußern konnte, plauderte sie weiter, erzählte dies und das, grüßte nach vorn und nach hinten: Man kannte sie, man mochte sie.

Nun trat eine weitere Frau zu uns. Sympathisch, in Ballerinas, vermutlich um ihre Größe zu kaschieren, das weißblonde

Haar hinter die Ohren gestrichen, die Haut tief gebräunt, ein cremefarbenes Kostüm mit einem Foulard in den Farben Frankreichs, das ihren sehnigen Hals verdeckte.

»Gwenn Yrne«, stellte Magalie vor. »Von der ich erzählt habe.«

Das war also Gwenn. Die ehrgeizige Bauunternehmerin und Vizebürgermeisterin, die ihren Mann Bruno an Morwen verloren hatte. Magalie war überfreundlich, ganz anders als gestern.

»Sie hat die Tour de Vauban renoviert, wo heute das Feuerwerk stattfindet«, erklärte sie.

»Von dem Turm habe ich schon einiges gehört. Wann kann man ihn von innen besichtigen?«

»Bald.« Gwenn Yrnes Stimme klang salopp.

»Wieso hat sich der Umbau denn verzögert?«, fragte ich.

»Schwierigkeiten mit dem Heimatschutz. Wie lange bleiben Sie? Ich lade Sie gern zur Eröffnungsfeier ein.«

Wie ich vermutet hatte. Die Frau war kompetent. Sie konnte mir bestimmt eine Maklerin angeben.

Als sie von meinen Hausverkaufsplänen hörte, reagierte Gwenn zurückhaltend. »Es ist kein guter Moment.«

Nun trat eine weitere Frau zu uns.

Nadège Ducret vom »Presqu'île Yoga«. So stellte Gwenn sie vor. Das Yoga schien eine Institution zu sein, sehr beliebt, die Leute kämen von überallher, um die Kurse zu besuchen, Touristen und Einheimische. Nadège war eine wahrhaft magische Erscheinung, ganz in Weiß, in fließender Bluse und weiter Hose.

In der Ferne ertönte Glockengeläut, um die Messe zum Nationalfeiertag anzukündigen, die Place Saint-Thomas leerte sich. Sollte ich einen Gottesdienst über mich ergehen lassen? Unentschieden ging ich ins Café zurück, um meine Tasche zu holen.

»WLAN ist wieder an«, sagte Vivienne.

Ich staunte, nach meinen bisherigen Erfahrungen hatte ich mit einem längeren Ausfall gerechnet.

»Wir sind auf dem Land, die einzige Verbindung in die Welt ist das Netz, das muss flutschen«, erklärte Vivienne.

Wieder was dazugelernt. Nun hatte ich keine Ausrede mehr. Ich war wieder online.

***

»Bonsoir, Tereza.«

Langsam tauchte ich aus der Welt der Mails und Nachrichten auf. Im Gegenlicht erkannte ich den blonden Gott. Er roch nach Zitrone und Salz.

»Ich habe gehört, du hast keinen Strom.«

Duzten wir uns?

Severin Lukesch schnappte sich einen Stuhl und ließ sich neben mich fallen. Auf dem Platz wurde es allmählich dunkel, jemand hatte Lampions angezündet, es sah bezaubernd aus. Severin machte dem Gothic-Girl ein Zeichen.

»Vivienne, Darling.«

Sie lachte – wie verwandelt sie plötzlich aussah – und brachte zwei Gläser Kir mit Crème Cassis und Cidre. Sie blieb stehen, ein schneller Austausch der beiden auf Französisch, Severin beherrschte die Sprache.

»Wohnst du immer auf Crozon?«, fragte ich, als Vivienne endlich an den runden Tisch im Restaurant drinnen gerufen wurde.

Severin verneinte. »Ich pendle. Die Hälfte des Jahres auf der Halbinsel, die andere in Köln.«

»Und wovon lebst du? Von deinen Bildern?«

»Mal dies, mal das.«

Er schwieg sich aus über sich, wollte dafür alles von mir wissen. Ich erzählte ihm viel zu viel, es war mir bewusst, meine Stimme hatte sich von meinem Hirn gelöst und tanzte Ballett. Von der Buchhandlung, von meinen Büchern, wie ich Geschichten liebte.

Bei einem neuen Kir holte ich sogar die Pläne der Winterthurer Wabe aus meiner Boule-rouge-Tasche hervor.

»Hier kommt mein Bett hin und hier die Matratze für die Kinder.«

Eine halbe Stunde und zwei Kir später kannte Severin Lovis und Kai besser als ich. Wer das Mutterschaf in mir anspricht, muss damit rechnen.

»Hör mal, Tereza …« Seine Stimme klang ernst. Die Leichtigkeit war verschwunden.

Was Severin auf den Tisch legte, war ein Vertrag. Ein Kaufvertrag für das Haus. Und dazu ein Scheck mit einer Anzahlung. Hoch.

Sprachlos sah ich ihn an. Mit allem hatte ich gerechnet, nur nicht damit.

Im Namen seiner Klientin sei er autorisiert, mir ein Angebot zu machen. Ich solle die Eile nicht als Angriff verstehen, es sei nur so, wenn in Camaret eine spannende Immobilie auf den Markt komme, würden es bald die Möwen von den Felsen kreischen. Das wolle er nicht riskieren, ein Geschäft unter Freunden sei immer das Beste.

»Kein Problem«, versicherte ich und wagte einen Blick auf das Angebot. Ich musste zweimal hinsehen und gleich noch einmal. Die Summe war höher als der Betrag, den ich brauchte. Vor Schreck kippte ich auch seinen Kir. Das ist nicht sauber, Tereza, sagte eine Stimme in meinem Kopf.

»Zuerst solltest du dir das Zertifikat bezüglich Schädlingsbefall und Abwassertank ansehen.« Ich klopfte auf meine Boule-rouge. »Ich hätte alles dabei. Und was ist mit den Maklergebühren? Und den Notariatskosten? Die sollen gigantisch sein. Teilen wir sie uns?«

Darauf grinste Severin. Zum Glück würden in der Bretagne die Uhren anders ticken, und er wisse, wie man sich fast alles sparen konnte.

»So wenig Gebühren wie möglich, sage ich immer. – Deal?« Er hielt mir die Hand hin.

»Kein Scherz?«

»Kein Scherz. Schlag ein.«

Das ging mir etwas zu schnell. »Wieso möchte deine Klientin mein Haus kaufen?«

Severin stand auf. »Komm mit, ich zeig dir was.«

In dem Moment krachte am Himmel ein Böller, das Feuerwerk ging los. Der Funkenregen über den Dächern von Camaret war zauberhaft und bescheiden, nicht das Riesenspektakel, das ich erwartet hatte.

Severin zog mich mit sich, durch das Restaurant, in den Hinterhof und über eine unscheinbare Treppe direkt in seine Galerie. Ein sehr schöner Raum von konzentrierter Stille, es duftete nach Bienenwachs.

»Herzlich willkommen im »Beaux Arts«, dem künftigen Centre Culturel von Camaret.«

Während Severin mir erklärte, dass die Galerie Teil seines großen Kulturprojekts sei, zeigte er mir die Bilder. Ich sah sie eines nach dem anderen an. Die Landschaft, die bunten Segelschiffchen, nett irgendwie, aber kein Vergleich mit dem echten Panorama, mit diesem Leuchten, das mich noch trunkener machte als der Kir.

»Da habe ich die Algen gemalt«, erklärte Severin gerade. Er wirkte ein wenig lächerlich, wie er dastand, völlig gefangen von seiner eigenen Kunst. »Sie kommen und gehen, das hängt von den Gezeiten ab. Ist dir der Geruch aufgefallen? Es gibt eine bestimmte Algenart, die Algues rouges, die kann man riechen. Salz, Tang und Jod.«

Ein abstoßendes Gemälde, und doch war es das einzig interessante. Er habe es nach dem ersten Todesfall an der Plage de Pen Hat begonnen, ein *work in progress*. Wieso kam er jetzt auf den Toten? Morwen sei gierig, sagte er, ein eigentümliches Leuchten in den Augen. Oder waren das meine, die sich in seinen spiegelten?

Mit samtweicher Stimme erzählte er von der Sage, von einem Leuchtturm, von erster Liebe und abgründigem Hass, keine Ahnung, längst verstand ich die Worte nicht mehr. Schon immer hatte ich ein Faible für Stimmen gehabt, das musste mit den endlosen Stunden zusammenhängen, die ich als Kind auf Probebühnen von Opernhäusern verbracht hatte.

»Ich möchte malen, Tereza«, raunte Severin. »Im Haus deiner Großtante. Mit diesem unvergleichlichen Blick aufs Meer.«

Hatte ich mich verhört? Ich dachte, er handle im Auftrag einer Klientin? »*Du* willst mein Haus kaufen?«

»Wie kommst du darauf?« Er sah mich an. »Du bist betrunken.«

Ich schützte einen Toilettenbesuch vor und schloss die Tür hinter mir, ließ Wasser über die Mückenstiche laufen.

Ich konnte Annie Gislers Haus nicht verkaufen. Meine Eltern waren gestorben, als ich sechzehn gewesen war, die Schulzeit hatte ich in einem Internat beendet. Der Gedanke, dass ich jemanden gehabt hätte, berührte mich.

Als ich zurückkam, zog Severin einen Stift hervor, mit einem baumelnden Triskel-Symbol. Dann schob er das Dokument über den Tisch.

»Unterschreib.«

Plötzlich war sein Gesicht ganz nah. Fast berührte er meine Lippen.

4

Camaret-sur-Mer, 15. Juli

»Severin?«

Natürlich war er nicht da, mein Schlafsack lag zerknüllt am Boden, während ich mich völlig verfroren vom Klappbett erhob. Alles nur geträumt, Severin war nicht hier gewesen. Andererseits fühlte sich meine Zunge eigenartig rau an. Als ob sich ein schiefer Zahn daran gerieben hätte.

Um Himmels willen! Hatten wir miteinander geschlafen? Leider hatte ich keine Erinnerung, wie der gestrige Abend geendet hatte, Nebel im pochenden Kopf.

In der Küche fand ich Severins Karte auf dem Tisch samt Telefonnummer. Die angebrochene schwarze Schokolade, zwei gravierte Gläser aus dem Schrank meiner Tante, eins leer, eins voll, daneben eine Flasche Wein, mit Staub bedeckt, vermutlich aus dem Keller.

Waren wir zusammen da unten gewesen? Mir wurde speiübel. Rechtsumkehrt, in den Hof, hinter den Busch.

Es musste noch früh sein, die Vögel zwitscherten, die Straße war feucht, der Himmel von einem wässrigen Hellblau, das im Osten in rosiges Orange überging. Kein Wind blies, die Luft war so sanft wie die Konturen.

Was war gestern passiert? Wieso erinnerte ich mich nicht? Hatte Severin mir K.-o.-Tropfen gegeben? Wäre das ein Kompliment? Immerhin war er ein Gott, und ich hatte Dellen. Das Bild eines Puzzleteils schob sich vor meine Netzhaut. Der baumelnde Triskel. Ich sah vor mir, wie Severin mir das Symbol erklären wollte und ich abgewinkt hatte, mit meinem Wissen geprotzt, Luft, Wasser und Erde, inspiriert von den Wirbeln der Iroise, die dich in die Tiefe zogen und aufschlürften.

Das Pochen in meinem Kopf wurde stärker. Nein, so ging das nicht. Ich musste mit jemandem reden. Mit jemandem, der die Verhältnisse hier kannte. Und dem ich vertrauen konnte. Ayala fiel mir ein, die mir hoffentlich eine Breizh Cola anbieten und ihr Ohr leihen würde. Weil DD immer noch die Kralle trug, würde ich zum Strand Pen Hat joggen. Und damit auch meinen Kater vertreiben. Win-win sozusagen.

Es war superanstrengend, die letzten Meter den Hügel hoch wurde ich immer langsamer. Als ich die Wiese auf den Klippen erreichte, warf ich mich ins Gras und schrie vor Schmerz. Dabei fielen mir die Steine ins Auge, die den flachen Platz umgaben. Lauter Megalithen, mindestens fünfzig Stück, ein magischer Kreis. Auch die Ruine weiter vorn, die Säulen und der kleine Turm waren etwas Besonderes, wert, sich das Ganze anzusehen.

Sie war sogar angeschrieben, »Manoir Saint-Pol-Roux«. Auf einer Tafel wurde die Geschichte erzählt, wie ein Wehrmachtssoldat im Zweiten Weltkrieg die Haushälterin umgebracht und die Tochter schwer verletzt hatte, was Saint-Pol-Roux als gebrochenen Mann zurückließ. Schauplatz einer Tragödie also, und dabei von unvergleichlicher Aussicht. Bis hier oben auf die Klippe war das eigenartig kraftvolle Geräusch des ablaufenden Wassers zu hören, es war, als ob Steine zermahlen würden. Der Abhang war bedeckt von hellem, platt getrampeltem Gras und gelben Heidepflanzen, dazwischen gab es kleine Wege und Vertiefungen aus Sand. Liegen gelassener Müll zeigte mir, dass der Ort oft besucht wurde, an diesem Morgen war ich jedoch die Einzige.

Von Weitem sah Ayalas Hütte verlassen aus, der Van war weg und mit ihm die Surfbretter. Sie musste an einem anderen Strand sein.

Trotzdem rannte ich hinunter. Auf dem Sand zog ich die Schuhe aus und ging barfuß weiter. Plötzlich fühlte sich mein Kopf frei an und leicht, der Kater war wie weggeblasen.

Als genau wie beim letzten Mal der Schlagschatten über den Strand jagte, gelang es mir, schneller zu sein. Im Laufen fiel mein Blick auf das Schild mit dem Totenkopf: »Baignade interdit«. Baden verboten.

Der Höchststand der Flut war vorbei, gigantisch brandete eine Welle an der anderen heran und brach sich in einem Gischtschauer. Ich stieß einen Schrei aus – nicht ahnend, dass ich solche Töne produzieren konnte. Meine Kinder blätterten von mir ab, das verpasste Abitur, die Jahre als geschiedene Frau, die ganze Geschichte, in der es keine Schuldigen gab, sondern einfach nur verschwundenes Glück.

Im Laufen riss ich die Arme hoch, mein Gebrüll wurde vom Winde verweht, das gleichnamige Buch, das ich als Jugendliche verschlungen und mit den Jahren vergessen hatte, tauchte auf – und ich hatte eine Vision, wie ich als eine Art gereifte Scarlett O'Hara mit dreifacher Taille die Welt aufrütteln würde.

Bis ich über ein Stück Fels stolperte und brutal nach vorn katapultiert wurde. Den Aufprall wehrte ich mit den Händen ab.

Einen Moment lang stand die Welt still, Wellen und Wind blendeten aus. Dann spürte ich einen unglaublich scharfen Schmerz am Knie. Und sah direkt vor mir eine dunkle Masse. Ein Seehund? Isidore hatte mir erzählt, dass es hier welche gab. Und Delfine, die kenne er persönlich, sein Liebling hieß Bob.

Ich stand auf, Gott sei Dank, die Beine funktionierten noch. Dann hinkte ich näher. Und versteinerte, im wahrsten Sinne des Wortes. Denn nun verstand mein Kopf, was mein Auge längst wusste: Was hier lag, war weder ein Seehund noch ein Delfin.

***

So einsam der Strand vor einer Stunde gewesen war, so überfüllt war er jetzt. Polizei, Sanitäter, Schaulustige mit gezückten Handys – das Ganze erinnerte an ein Volksfest und ließ vergessen, dass hinter der linken Felsformation, da wo sich bei ablaufendem Wasser eine natürliche Kuhle bildete, Severin Lukeschs Leiche lag. Die ich dort hingeschleppt hatte, um sie vor der drohenden Strömung der Morwen zu bewahren. Von alledem hatte Severin nichts gemerkt, er sah friedlich aus, so friedlich, dass er unmöglich tot sein konnte. Er spottete jeglicher Beschreibung einer Wasserleiche.

Nachdem ich Severin gefunden hatte, hatte ich eine Autofahrerin auf der Straße oben zum Halten und zur Mithilfe gebracht. Allein bis sie verstand, dass ihr Portable von mir Handy genannt wurde, waren wertvolle Minuten vergangen. Beim Warten auf die Ambulanz hatte sie sich unglaublich aufgeregt, weil ich sie als Unschuldige in die Sache reinzog. Was mich wiederum wütend machte. Hier lag ein Toter, *merde alors*!

Dass es sich dabei um Severin handelte, war ein schrecklicher Zufall, der mich sozusagen auf der Stelle in eine gläubige Person verwandelte, anders hätte ich das Ganze nicht ausgehalten. Ich versuchte, die Frau für meine Gedanken über das Schicksal zu interessieren, einfach um zu verhindern, dass sie flüchtete. Denn genau dazu hatte mich der Gendarm, den ich schließlich telefonisch erreicht hatte, angehalten.

»Sie sind Zeuginnen und müssen dableiben. Jeglicher Versuch, dem Befehl keine Folge zu leisten, wird als strafbar geahndet.«

Ich hatte ihn gebeten, den Satz zu wiederholen, und das Handy der Frau auf Lautsprecher gestellt. Danach gab sie ihren Widerstand auf, verfiel in Schweigen – die ganze Person ein stummer Vorwurf. Bis dann dieses Inferno über die einsame Plage de Pen Hat hereingebrochen war.

Als Erstes stieß Emil Vanderbroucke in Uniform zu uns – sein weiß-blaues Auto samt Polizeisirene parkte er auf dem feuchten Sand. Er erkannte mich als die Crêpes-Esserin und hörte sich meine Erklärung an, während er Severin behandschuht untersuchte.

»Sie waren doch gestern mit ihm zusammen unterwegs?«

»Ja, aber das war ein Zufall, ich meine, er hat mir nur das Haus gezeigt.« Ich kam ins Stammeln, und das war nicht gut. Würde man mir einen Strick daraus drehen? Der gemeinsame Abend fiel mir ein, Severins Augen. Was, wenn ich die Letzte war, die ihn gesehen hatte?

In dichter Folge erschienen viele weitere Leute, deren aufgeregtes Sprechen von einem anschwellenden Brummen überdeckt wurde: ein Hubschrauber, der wie ein Raumschiff aus der Sonne auftauchte und Kurs auf uns hielt. Der Lärm wurde ohrenbetäubend, alle erstarrten, bis auf zwei Sanitäter, die mit roten Signalflaggen ein Stück Sand absteckten, worauf der Hubschrauber Zentimeter über dem Boden kreiste, wieder hochzog, nach links abdrehte, um oben auf dem Plateau zu landen. Gab es da noch mehr Leichen?

Ein zweiter Hubschrauber zog nach einer Weile unverrichteter Dinge wieder ab, und der Strom der Neugierigen wurde aufgeschreckt von einem Mann, der sein Motorrad den Abhang hinunterjagte, um es auf dem platt gedrückten Gras vor dem Strandzugang abzustellen.

Ich erkannte ihn sofort: Es war der Commissaire, der mich an der Place Saint-Thomas durch seine Retro-Fliegerbrille beobachtet hatte.

Als der Mann aus den Cowboystiefeln schlüpfte und die schwarze Hose hochkrempelte, kamen unglaublich weiße Beine zum Vorschein. Wie auf Eiern ging er über den Sand, bevor er den verbliebenen Sanitäter ansprach. Dessen Diagnose fiel deutlich aus. Ich hörte es bis zu mir. Exitus. Es jagte mir einen Schauer über den Rücken.

»Wo sind die Zeuginnen?«

Der Polizist, ganz offensichtlich höher im Rang als Emil, sprach erst mit meiner Schicksalskollegin. Nur um diese gleich darauf zu verabschieden.

»Nun zu Ihnen.« Sein Französisch hatte einen englischen Akzent. Er stellte sich als Commissaire Gabriel Mahon vor. Was für ein Name.

Er nahm meine Personalien auf und deutete auf den Felsvorsprung. »Folgen Sie mir.«

Zwischen den Steinen war es windstill, der Hubschrauber kaum mehr zu hören, der Sand glühend heiß.

Gabriel Mahon platzierte sich so, dass er die Szenerie im Auge behielt. »Erzählen Sie.«

Wo soll ich bloß anfangen?, fragte ich mich.

»Ihre Aussage ist wichtig«, sagte Mahon ungeduldig. »Sie haben den Toten gefunden. Noch sind Sie eine Zeugin.«

Was meinte er mit »noch«? Einen Augenblick war ich versucht, ihn anzublaffen. Bis mir Severins Lächeln einfiel und ich den längst überfälligen Kloß im Hals spürte.

»Bitte, was müssen Sie wissen?«

Nun klappte Gabriel Mahon ein Notizbuch auf und richtete eine ganze Reihe Fragen an mich, woher ich komme, was ich hier mache, wo ich wohne. Als ich den Sturz erwähnte, warf er einen Blick auf mein Knie. Dass es blutverkrustet war, fiel mir erst jetzt auf.

»Sollten Sie desinfizieren lassen. Die Muscheln hier können giftig sein.«

Hieß das, dass ich gehen konnte? Nein, die Fragerei ging erst richtig los.

»Wissen Sie, wer der Tote ist?«

»Ja.«

»Sie kennen ihn?«

»Davon kann keine Rede sein.« Ich schwächte ab, erzählte, wie ich Severin kennengelernt und ihn gestern erneut getroffen hatte. »Aller guten Dinge sind drei«, schloss ich. »Ich meine, in dem Fall schlechter Dinge.«

Keine Reaktion auf meinen ungeschickten Scherz.

Weiter vorn tat sich etwas, ein weiterer Hubschrauber landete, und zwei Männer sprangen hinaus. Man verstand sein eigenes Wort nicht mehr.

»Dann waren Sie also gestern Abend mit ihm verabredet?«, brüllte Mahon.

»Es war ein Zufall. Das ganze Dorf war im ›Café des Beaux Arts‹. Sie doch auch. Sie haben mich angestarrt. Warum eigentlich?«

Mahons Handy klingelte und enthob ihn einer Antwort. Während er aufmerksam lauschte, nahmen seine Augen die Farbe des Himmels an – eben noch dunkelgrau, schienen sie nun tiefblau.

»Man hat mir gerade berichtet, dass Sie spätnachts mit Severin Lukesch im ›Café des Beaux Arts‹ getrunken haben«, sagte er, nachdem er aufgelegt hatte.

Damit meinte er nicht Hagebuttentee. Wer mich wohl verraten hatte? Vivienne?

In dem Moment fiel mir wieder ein Puzzleteil ein. Der Vertrag. Severin hatte mir ein Angebot gemacht. Um Gottes willen, was stand da drauf?

»Herr Lukesch hat sich für mein Haus interessiert«, sagte ich hastig. »Ich will es verkaufen. Wir haben kurz darüber gesprochen.«

»Wo? Im ›Café des Beaux Arts‹? Bei Ihnen zu Hause?«

Ich dachte an die Gläser auf dem Küchentisch. Abstreiten wäre ein Irrsinn.

Ich nickte. »Letzteres.«

»Und warum liegt Lukesch hier? Waren Sie hinterher zusammen schwimmen?«

Die beiden Sanitäter hetzten zurück. Bestimmt zum dritten Mal. Es wirkte absurd, wie eine Art Marionettentheater, das sich immer an derselben Stelle aufhängt.

»Haben Sie meine Frage nicht verstanden? Waren Sie zusammen schwimmen?«, brüllte Mahon.

»Nein. Ich habe friedlich geschlafen. Allein, notabene. Keine Ahnung, was passiert ist. Vielleicht ist Severin ein Morgenschwimmer, vielleicht hat er das Meer unterschätzt. Oder es ist der Fluch der Morwen.«

»Severin?«, fragte Mahon. »Sie waren per Du?«

Merde. Ich nickte. Wohl oder übel.

Mahon wartete ab, bis der Helikopter mit der geborgenen Leiche wegflog, bevor er sein Notizbuch zuklappte.

»Ich glaube nicht an den Fluch der Morwen, sondern an Tatsachen. Severin Lukesch ist vermutlich ertrunken. Ob menschliche Gewalt im Spiel war, wird man in der Rechtsmedizin in Brest herausfinden.«

»Gewalt?« Ich war fassungslos. »Sie denken, jemand hat ihn umgebracht?«

Er gab keine Antwort.

»Ich vielleicht?«

Tödliches Schweigen.

Nun explodierte ich. »Was wollen Sie von mir? In den letzten Wochen gab es an diesem Strand zwei weitere Todesfälle.« Ich merkte selbst, dass ich hysterisch klang.

Mahon verzog keine Miene. »Haben Sie die anderen Opfer auch gekannt?«

»Bruno Yrne und Ronan le Breton? Ich bitte Sie, ich bin gerade mal drei Tage hier.«

Sein Blick war beredt. »Aber Sie kennen ihre Namen. Und Sie haben sich nach ihnen erkundigt. Hat man mir erzählt.«

»Aus Interesse«, verteidigte ich mich. »Ist ja normal. Wenn weiter nichts ist, würde ich jetzt gern gehen.«

Er hielt mich zurück. »Bei uns zu Hause gibt's einen Ausdruck. ›*We are only human.*‹ Wo es menschelt, da gibt's Verbrechen. Es wäre gut, wenn Sie sich in den nächsten Tag nicht zu weit von Ihrem Haus entfernen.«

»Es ist nicht mehr lange mein Haus. Sobald es verkauft ist, reise ich ab«, sagte ich und begann, über den Strand zurückzuhinken.

Mahon holte mich ein. »Das müssen Sie verschieben.«

»Sie können mich nicht aufhalten.«

»Das habe ich bereits. Sie haben eine Fußfessel.«

Er meinte die Kralle am Auto. Der Hauch eines Lächelns umspielte seinen Mund. Mir wurde angst und bang. Hatte er vor zwei Tagen bereits gewusst, dass ich heute verdächtig sein würde?

»Keine Ahnung, was Sie für kranke Vermutungen anstellen«, fuhr ich fort. »Ich rufe meine Anwältin an.«

Brigitte war jedoch nicht zu erreichen. Logisch, ich hatte mich tagelang nicht gemeldet, warum sollte sie alles stehen und liegen lassen, wenn Madame Berger um Hilfe schrie.

Ich quatschte ihr die Kurzversion auf Band und bat sie um Rückruf. Danach schlief ich vierundzwanzig Stunden am Stück, trotz mindestens fünfhundert juckender Mückenstiche und eines blutenden Knies.

5

Camaret-sur-Mer, 16. Juli

Als ich aufgewacht war, mit schwerem Kopf, griff ich zum Handy. Zehn Rückrufe von Brigitte. Ich erwischte sie in einer Sitzung, und wir verabredeten uns für später zu einem WhatsApp-Call.

Nach dem Aufstehen fiel mir als Erstes eine neuerliche Schmiererei am Schaufenster ins Auge. Mittlerweile würde mir fast etwas fehlen, wenn sie nicht da wäre. Ich fluchte eine Runde und ging in die Küche, wo mich Überreste meiner Henkersmahlzeit mit Severin anstarrten. Den Impuls, alles aufzuräumen, unterdrückte ich. Mahon würde mir das mit Sicherheit falsch auslegen.

Später, im »Café des Beaux Arts«, brachte mir Vivienne, die kühl und abweisend war, einen schwarzen Kaffee. Die Milch – unglaublich viel – hatte sie überhört. Danach verschwand sie einfach. Das Signal war klar, sie wollte nicht mit mir reden. Und dabei wäre es wichtig gewesen. Sie hatte mich und Severin gesehen, sie könnte mir erzählen, was passiert war, und die fehlenden Puzzleteile meiner Erinnerung sichtbar machen.

Die Zeit bis zu meinem Telefontermin mit Brigitte nutzte ich, um die Zeitungen durchzusehen: Der Tote am Strand von Pen Hat machte eine Schlagzeile. Eine polizeiliche Untersuchung wurde angekündigt, eine Verbindung mit den anderen Todesfällen war nicht ausgeschlossen. Im Moment ging man von Ertrinken aus. Die Plage de Pen Hat blieb bis auf Weiteres geschlossen, Touristen und Einheimische wurden ausführlich gewarnt, ins Wasser zu gehen. Die Strömungen galten als hochgefährlich und unberechenbar.

Dann endlich rief Brigitte zurück. Ich entschuldigte mich erneut für meine Funkstille und bat sie um ihre Meinung.

»Hast du einen Kaufvertrag für dein Haus unterschrieben?« Das war ihre erste Frage. Typisch Brigitte, wollte keine Gründe, sprang in medias res.

»Ich weiß nicht. Ich glaube nicht.«

»Du glaubst? Warst du betrunken?«

»Ein wenig.«

»Du erinnerst dich nicht mehr? Hat er dir K.-o.-Tropfen gegeben?«

Mein Verdacht. »Vielleicht. Ich habe jedenfalls keinen Vertrag gefunden. Dieser Mahon ist mir unheimlich. Was soll ich tun, Brigitte?«

Es blieb still im Hörer.

»Falls die Polizei solche Dokumente bei Lukesch entdeckt hätte, hätten sie dich längst zum Verhör geholt«, sagte sie schließlich. »Du warst zur falschen Zeit am falschen Ort. Dass du den Toten gefunden hast, war reines Pech. Entspann dich. Und mach endlich vorwärts mit dem Hausverkauf. Die Winterthurer warten auf deine Anzahlung, die Waben gehen weg wie warme Semmeln.«

Semmelwaben. Das brachte mich zum Lachen. Brigitte hatte so recht. Ich musste Prioritäten setzen.

***

Keine halbe Stunde später hatte ich drei Verabredungen mit Maklern in Crozon organisiert. Auf geht's, Tereza. Jetzt brauchst du nur noch eine Fahrgelegenheit, sagte ich mir.

Hin- und hergerissen, ob ich Isidore oder Magalie um Hilfe bitten sollte, ging ich im »La Coquille« vorbei, wo die Frage sich erübrigte: Magalie, im blassrosa Rock und den üblichen hohen Riemchensandaletten, hatte gerade Feierabend und wollte mir sehr gern helfen.

»Was ist denn mit Ihnen los?«, fragte ich und sah auf ihr Auge. Die dicke Schminke konnte ein Veilchen nicht verbergen.

Sie beruhigte mich, die Treppe habe ihr aufgelauert. »Und Sie, Madame Berger, was ist mit Ihrem Knie?«

Nachdem sie die vereiterte Schürfung desinfiziert und mir ein Pflaster geschenkt hatte, bestellte sie einen Techniker, damit die »Villa Wunderblau« endlich wieder Wasser habe. Danach setzten wir uns in ihren altmodischen Citroën und fuhren los.

Auf der Fahrt nach Crozon gab sie mir auf meine Frage hin ein wenig Hintergrundwissen über Gabriel Mahon. Er sei ein Eigenbrötler mit kühler Ausstrahlung, ein Schotte, angestellt bei der Polizei in Brest. In den geschäftigen Sommermonaten, normalerweise von Mai bis September, sei er jedoch hier, um Emil Vanderbroucke zu unterstützen.

»Irgendein Arrangement zwischen Police nationale und Gendarmerie. Und dabei ist dieser Monsieur Mahon ein richtiges Raubein.«

»Damit wäre ich einfacher klargekommen. Er hat vor allem beredt geschwiegen.«

»Eben, unhöflich. Hier sagen wir, was wir denken. Wir machen keine *visage inpénétrable*.«

Ein Pokerface. Was für ein passender Ausdruck.

Magalie schnitt eine Kurve und winkte dem entsetzten Entgegenkommenden zu.

»Der dritte Tote in zwei Monaten, stellen Sie sich vor. Das setzt den Commissaire unter Druck. Normalerweise passiert hier nichts, wir sind eine gemütliche Halbinsel. Severin Lukesch war ein Draufgänger und ein Schürzenjäger. Sehr überheblich. Er dachte, er sei von hier, er kenne das Meer. Da hat er sich geirrt.«

Die von hier und die anderen, da gab's eine klare Trennlinie.

»Haben Sie Angst vor dem Meer?«, fragte ich.

»Das Meer ist das Meer. Unser Freund und unser Feind. Das müssen wir respektieren. Aber genug geplaudert. Schalten Sie mir bitte den Kassettenrekorder ein? Wir wollen hören, was Sophie zu den Vorgängen meint.«

Das Signet von »Presqu'île Sophie« erklang.

»Wer ist eigentlich diese Sophie?«, fragte ich.

»Das weiß niemand. Viele lieben sie. Manche hassen sie. Sie sucht die Nadel im Heuhaufen und das Goldstück im Mist.«

»Wer hasst sie? ›La Groupe des Anciens‹?«

Anstatt einer Antwort strich Magalie mit den Fingern über ihr blaues Auge, eine unwillkürliche Geste. Mir fiel sie auf.

Das hat ihr jemand angetan, dachte ich.

»Genug gefragt. Es fängt an.«

Das Signet war zu Ende, und Sophies warme Stimme erfüllte das Auto.

»Heute stelle ich Ihnen den Text zu ›Les Filles de Camaret‹ vor, dem Lied, das auf vielen Festoù-noz hier gesungen, was sage ich, gegrölt wird. Zuletzt gehört vor zwei Tagen, am vierzehnten Juli, auf dem Festplatz in Camaret.«

Einige Takte eines Folklore-Chansons ertönten. Eine Melodie zum Mitwippen. Im Gegensatz dazu stand der Text. Es ging um Sex, Seemänner und ein rückständiges Frauenbild.

»Eine Beleidigung, sagen die einen, charmant zotige Folklore die anderen.«

Magalie fuhr schneller, es schien sie aufzuregen. »Eine Beleidigung, das finde ich auch.«

»Die Frauen werden als lebensfreudige Huren dargestellt, die Männer als Kerle vom Meer, die das Geld heimbringen und das Sagen haben«, klang es aus dem Radio.

Nun ertönte die nächste Strophe, aus dem Hintergrund eingeblendet wurden weitere Männerstimmen, ein mehrstimmiger Chor – großartig. Wenn der Text nicht gewesen wäre.

»Was sagen die Frauen von Camaret dazu? Gleich treffen wir Nadège Ducret vom ›Presqu'île Yoga‹, die Präsidentin der Frauen.«

Ich staunte. »Die Schöne vom Yoga ist Präsidentin der Frauen von Camaret?«

Magalie drückte auf Stopp. »Seit einigen Monaten. Sie macht es sehr gut. Am Mittwoch treffen sich alle zum Surfen bei Ayala. Kommen Sie doch auch.«

»Sie sind dabei, Magalie?«

Magalie biss die Lippen zusammen. »Nur manchmal. Mein Mann …«, sie zögerte, »würde es nicht mögen.«

Wer war eigentlich Magalies Mann? Er schien mir ein Tyrann. Hatte er sie geschlagen? Ich kannte sie noch zu wenig, für so eine intime Frage.

»Das Surfen ist nur ein Vorwand«, fuhr sie fort. »Das Crêpes-Essen hinterher, das ist der eigentliche Grund der Treffen. Dabei besprechen wir die nächsten Schritte. Ihnen kann ich es ja sagen: Wir wollen eine autofreie Mole. Unser Hafen kollabiert vor lauter Autos und Abgasen. Es wäre ein Segen, auch für das ›La Coquille‹. Im Moment suchen wir möglichst viele Befürworter. Dass die Männer dagegen sind, ist wirklich eine Schande.«

Eine autofreie Mole in Camaret-sur-Mer? Ich ließ mir mehr darüber erzählen und merkte, dass in dieser Frage ein Graben durch die Familien ging.

Magalie kam zum Ende, sie schien erschöpft.

»Eigenartig«, sagte ich. »Sophie hat nichts über den Toten gesagt.«

Magalie lachte, ihre Sorgen schienen vergessen. »Weil sie noch nicht genug weiß. Hören Sie morgen wieder zu, dann werden Sie staunen.«

Sie lieferte mich beim ersten Makler ab und versprach, mich später an der Place de l'Eglise wieder mitzunehmen.

Ich schulterte meine Boule-rouge-Tasche und war froh, dass ich mich im »La Coquille« gewaschen und einen frischen Rock angezogen hatte.

Crozon war charmant, weniger wild als Camaret, gepflegter, der Dorfplatz mit den Pflastersteinen ein echtes Schmuckstück. Der Makler residierte in einer *maison neobretonne* in Blau-Weiß, das Schaufenster voller Kaufobjekte, eines schöner als das andere. Als ich die Preise sah, hob sich meine Laune, die Winterthurer Wabe rückte wieder in den Bereich des Möglichen.

Der Mann war gesprächig, tauschte sich mit mir übers Wetter aus, ließ mich Formular um Formular von Hand ausfüllen, schaute ab und zu etwas in seinem kastenförmigen Uraltcomputer nach, bis er merkte, um welches Haus es sich handelte.

»Die ›Villa Wunderblau‹?«

Da wurde er kurz angebunden, gab vor, Mittagspause zu machen, und schob mich hinaus. Er würde sich melden, aber der Unterton besagte das Gegenteil.

Der Zweite ließ mich gar nicht erst rein. Und der Dritte machte mir ein derart tiefes Angebot, dass ich für die Notariatskosten zusätzliches Geld hätte aufnehmen müssen.

Kein Erfolg also für meine Mission. Ich betrat die Bar am Place de l'Eglise, loggte mich ins WLAN ein und rief zuerst Lovis an, meine Tochter. Was eine Vorwurfsarie zur Folge hatte.

»Fast eine ganze Woche warst du offline, Mama. Bist du noch ganz dicht? Wenn wir so was machen würden. Ich bin fast durchgedreht.«

Meine wortreichen Entschuldigungen wollte sie sich nicht anhören, sie habe keine Zeit, außerdem habe sie mir immer gesagt, es sei eine Schnapsidee, allein da hochzufahren.

Kai, mein Sohn, den ich gleich darauf auch erreichte, war entspannter. »Ich vertraue dir, Mam. Cool, machst du was für dich. Nur wegen der Wabe musst du Gas geben.«

»Aber ich kann keine Anzahlung machen«, sagte ich. »Noch habe ich das Haus nicht verkauft.«

»Papa kann dir was leihen.«

»Ich spreche nicht mehr mit ihm.«

»Wieso bist du immer so fies?«

Wie lange war ich geschieden? Fast zehn Jahre. Für meine erwachsenen Kinder war die Wunde so frisch wie eh und je.

»Schon gut, ich finde eine Lösung.« Als ich Kai von Annies Bibliothek erzählte, war er begeistert.

»Eine Zwischennutzung, Mama, geil, das machen alle. Du verdienst Kohle und wirst die Bücher los. Stress dich nicht damit.« Dann gab er mir noch einen Rat, von Digital Native zu Dinosaurier. »Besorg dir ein französisches Prepaid-Handy. Das ist easy praktisch, wenn du mit den Leuten da oben verkehren musst.«

»Danke, mein Sohn.« Hätte mir auch selbst einfallen können.

Gleich darauf rief Brigitte noch mal an. Sie machte sich also doch Sorgen. Sie habe eine Anwältin in Brest mobilisiert – Brigitte ist auf der ganzen Welt vernetzt, trotz oder gerade wegen ihrer Behinderung –, die einen Draht zur Police nationale habe. Sie warnte mich ausdrücklich davor, ohne das Okay von diesem Commissaire abzureisen.

»Falls sich Lukeschs Tod als verdächtig erweist, könnte das ein Problem für dich geben.«

Wollte sie mir Angst einjagen? Ich wehrte ab. »Bis jetzt habe ich nichts gehört. Ich glaube, dass mich dieser Mahon einfach erschrecken wollte.«

»Trotzdem. Schreib einen lückenlosen und belegbaren Bericht über deine Begegnungen mit Lukesch, Tereza. Jedes Detail kann wichtig werden. Such nach Antworten auf mögliche Fragen des Commissaire. Versuch, ihm einen Schritt voraus zu sein.« Bevor sie auflegte, bot sie mir noch ein zinsloses Darlehen an, was ich ablehnte. Nein danke, ich brauche keine Almosen.

Alles aufschreiben. Wie denn, wenn ich mich an nichts erinnerte? Scheiß-Kir! Scheiß-Mahon!

Mir wurde schwindlig. Es war höchste Zeit, etwas zu essen.

Eine deutsche Touristenfamilie schickte mich zu einem hellgelben Gebäude, das wie eine Garage aussah und sich als die Holzofenbäckerei entpuppte. Abwechselnd biss ich danach in ein Olivenbrot und in ein Pain au chocolat. Was soll ich sagen, wenn ich gegessen habe, geht's mir gleich besser. Den Handykauf erledigte ich in null Komma nichts. Es blieb mir sogar etwas Zeit bis zur Rückfahrt. Während ich über den bunten Markt schlenderte, kam ich an einem Stand vorbei, der etwas versteckt in einer Ecke des Platzes stand. Der Händler, ein Bauer mit schwieligen Händen, lobte seine Tomates cerises als die besten der Halbinsel.

»*Goûtez*, Mademoiselle.«

Auch er nannte mich Mademoiselle. »Wollen Sie mich hochnehmen?«

»Wieso? Sie sind eine junge Frau.«

»Ich bin fast fünfzig«, sagte ich, den Mund voll mit diesen unfassbar süßen Tomaten.

»Sag ich doch. Eine junge Frau.«

Derart gepampert, setzte ich ihn über meine Hausverkaufspläne ins Bild und erstand dazu einen Chèvre frais, einen frischen Ziegenkäse. Der Bauer gab mir zum Dank ein Büschel Basilikum und als Dreingabe den Namen einer privaten Maklerin, Madame Monbillard. Ein Geheimtipp.

»Sie ist oben im Kloster des Leuchtturmordens.«

»Bei Sœur Nominoë?«

Er nickte. »Wo steht denn Ihr Haus, hier in Crozon?«

Als ich ihn aufklärte, fiel ihm die Kinnlade herunter. »Sie sind die Nichte von Annie Gisler?« Vor Aufregung spuckte er eine Sprühfontäne beim G, das die Franzosen wie ein Sch aussprechen.

»Großnichte.«

»Ich habe sie gut gekannt.«

Warum war ich nicht überrascht? Die Halbinsel entpuppte sich als Nest.

»Sie war eine Freundin«, sagte er und schweifte aus, was Annie für eine wunderbare Frau gewesen sei. »Sie ist das ganze Jahr über geschwommen. Auch im Winter.« Das schien ihn immer noch zu erstaunen. »Ich bin ein Bretone vom Land, hat sie nie von mir gesprochen? Annie, meine ich?«

»Möglicherweise. Bestimmt.«

Ihm die Wahrheit zu sagen, traute ich mich nicht.

»Mein Name ist Francis.« Er schüttelte meine Hand mit festem Druck. Offenbar war Annie zweimal die Woche zum Einkaufen zu ihm gekommen. »Tomates cerises, Chèvre und Baguette. Das war ihr Lieblingsessen.«

Wir sahen beide auf meine Einkäufe.

»Sie sind eine würdige Nachfahrin«, sagte er schließlich. »Sie sollten das Haus behalten.«

Ich verbarg meine Rührung hinter einer weiteren Frage. »Kennen Sie auch Annies Nachbarn? Die Leute, die gegenüber von der ›Villa Wunderblau‹ wohnen?«

»Offiziell steht das Haus leer. Ich weiß nicht, wem es gehört. Da müssen Sie bei der Mairie in Crozon nachfragen«, sagte er und reichte mir die Papiertüte mit den Einkäufen.

»Woran ist meine Patentante eigentlich gestorben?«

Dieses Kapitel hatte ich bislang verdrängt, den Brief des Pathologen, der bei den Unterlagen war, hatte ich nicht geöffnet.

»Sie kam einfach nicht mehr auf den Markt.«

»Gab es keine Beerdigung?«

»Ich glaube, nur im engsten Familienkreis.«

Wie seltsam. Damit war ich gemeint. Und ich war nicht da gewesen.

»Haben Sie von dem Unglück gehört? Dem Toten am Strand von Camaret?«, fragte ich.

Francis nickte. »Eine schreckliche Geschichte, nicht gut für unsere Halbinsel, nicht gut für Crozon.«

»Hier merkt man nichts davon.« Meine Handbewegung umfasste die geschäftige Stimmung auf dem Markt.

Francis' Gesicht sah sorgenvoll aus. »Noch nicht. Die Police nationale hat gerade den zweiten Surfstrand geschlossen. Das passt den Touristen nicht, die ersten reisen bereits ab. Es ist schlimm, eine richtige Katastrophe. Ein ganzes Team von Brest ist hier, Spurensicherungsleute und wie die alle heißen. Dazu eine Forschergruppe vom IM, einem Institut für Meeresfragen. Es geht um die Strömungen. Der Sohn meiner Freundin arbeitet da mit. Ein ganz Gescheiter. Im Moment sind sie bei La Palue und drehen jedes Sandkorn und jede Alge um. *Mon dieu.*«

***

Eine Stunde später parkte Magalie vor dem Mineralienmuseum in St. Hernot, einem Weiler auf dem Weg zum Cap de la Chèvre. Von hier aus würden wir den Strand La Palue erreichen. Ich hatte sie um den Umweg gebeten, und sie hatte genickt, ohne weitere Fragen.

Magalie vertauschte ihre Stöckelschuhe mit Flipflops und ging vor mir her über einen kleinen Trampelpfad. Ich hatte keinen Blick für die Natur. Weder für die geduckten Zypressen noch für das Heidegras noch für die violetten und gelben Blumen. Auch nicht für den prachtvollen bretonischen Himmel.

»Da.« Magalie blieb stehen.

Hinter dem Felsvorsprung breitete sich der Atlantik aus. Freie Sicht, nur blau, so weit das Auge reichte. Das Meer wirkte vergleichsweise ruhig, kaum Wellen. Rechts von uns erstreckte sich ein menschenleerer Strand.

»Der Strand von Lostmarc'h.«

»Da ist niemand«, sagte ich und entspannte mich. Francis, der Bauer, hatte übertrieben.

Magalie ging ein paar Schritte weiter. Nun sahen wir auf die andere Seite, nach links.

»Das ist La Palue.«

Der Strand war gigantisch, erstreckte sich weit und breit. Auch hier gab es keine Badenden oder Surfer, dafür ein Team von Forschungsleuten, erkennbar an krallenartigen Geräten, die sie über den Sand führten, außerdem zwei Boote, ein drittes pflügte sich durch die hohen Wellen hinaus aufs Meer. Ich erkannte Emil und sein weiß-blaues Auto, das auf Sand geparkt war. Etwas weiter vorn stand auf einem Stück Fels, wie ein General, Gabriel Mahon.

Francis hatte recht gehabt. Mich fror, trotz der Sonne. Was bedeutete das? Fanden sie da unten gerade heraus, dass eine tödliche Strömung Grund für Severins Tod gewesen war? Oder fanden sie Hinweise auf ein Verbrechen?

»Machen Sie sich keine Sorgen, Tereza«, sagte Magalie. Aber ihre Stimme klang so unsicher, wie ich mich fühlte.

6

Camaret-sur-Mer, 17. Juli

»Bitch. Fuck of du bout du monde.« Verpiss dich vom Ende der Welt, du Hure.

Das leuchtete am nächsten Morgen von der Schaufensterscheibe. Schwungvoll, weiß, von Weitem zu lesen. Wobei der Schmierant diesmal kein Englisch konnte, das Wort »off« hatte er nur mit einem f geschrieben.

So ein analphabetisches Arschloch! Wie kam er dazu? Kaum schlief ich ein, kaum war ich weg, machte er seinen Farbanschlag. Er musste irgendwo im Haus gegenüber auf der Lauer liegen, anders war das nicht möglich.

»*Merde, merde, merde!* Hör endlich auf!« Ich packte den erstbesten Stein und warf ihn quer über die Straße.

Ein mörderisches Klirren. Gefolgt von tödlicher Stille.

Ich hatte getroffen, ich, die mieseste Werferin aller Zeiten.

Kurz darauf tauchte ich den struppigen Pinsel in glänzendes Acryl und gestaltete die Buchstaben auf der Scheibe neu. Mit Bordeauxrot vervollständigte ich mein Kunstwerk, zum Schluss malte ich ein Triskel-Symbol in den bretonischen Farben Schwarz-Weiß.

Befriedigt ging ich hinein, räumte Klappbett, Schlafsack und die blaue Decke in die Garage und setzte in der Küche auf Isidores Gaskocher Kaffee auf. Dann rollte ich ein Stück Packpapier auf dem Boden aus. Gabriel Mahon hatte zum Kampf geblasen? Gut, dann würde ich das auch tun. Immer einen Schritt voraus sein, hatte Brigitte geraten. Wenn tatsächlich ein Verbrechen hinter Severins Tod steckte, dann hatte dies jemand begangen. Und diese Person war nicht ich.

Wer aber war es dann?

Ich setzte einen Kreis in die Mitte, ein großes Fragezeichen darüber. Danach fiel mir nichts mehr ein. Große Leere im

Kopf. Vielleicht besser, wenn ich mich der Sache von einer anderen Richtung näherte. Zum Beispiel über die Menschen, die ich kennengelernt hatte. Magalie, Isidore, Aileen, Emil, Gwenn, die schöne Nadège, Vivienne, Ayala, Severin – sie alle lebten vom Fremdenverkehr. Was, wenn diese Lebensgrundlage bedroht war?

Nein, das war zu allgemein.

Denk nach, Tereza. Der Commissaire suchte nach einer Verbindung zwischen den drei Todesfällen, sonst hätte er nicht diesen ganzen Zirkus aufgefahren.

Der erste Tote, Bruno Yrne, war der dörfliche Baumeister gewesen. Umstritten. Einen Fuchs hatte ihn Aileen genannt, während Magalie ihn gemocht hatte.

Vom zweiten Toten, Ronan, sprach kaum jemand. Nur Vivienne hatte für ihn eine schwarze Kerze angezündet. Vivienne, die mich geschnitten hatte. Es musste an meiner Begegnung mit Severin liegen.

Severin Lukesch. Von ihm wusste ich am meisten. Er war nonchalant, beliebt, ambitioniert, plante ein Kulturzentrum für dieses leicht rückständige Dorf. Außerdem war er ein grottenschlechter Maler. Er hatte mich zum Plaudern gebracht, um mein Haus zu kaufen für eine Klientin im Hintergrund. Seine Frau? War die real oder erfunden? Sœur Nominoë hatte ihn einen Schwerenöter genannt, *»L'Homme qui aimait les femmes«. Les femmes*. Wer waren diese Frauen?

Ich schrieb den Namen Severin rechts neben die Mitte, um ihn herum lauter Fragezeichen. Dann schrieb ich Bruno Y. dazu und Ronan. Was hatten sie gemeinsam? Und wer könnte ein Interesse daran gehabt haben, sie zu töten?

Plötzlich notierte ich auch den Kapuzenmann. Was, wenn die Schmierereien irgendwie mit den Todesfällen zusammenhingen?

Vielleicht waren auch andere Menschen Ziel dieser Angriffe, Magalie hatte Ayala genannt. Sie war Afrikanerin. Bislang hatte ich hier außer ihr keinen einzigen dunkelhäutigen Menschen gesehen. Sie war eine Fremde, genau wie ich.

Konnte sich der Angriff gegen Fremde richten? Obwohl der Fremdenverkehr doch die Existenzgrundlage war. *»Casse-toi du bout du monde.«*

Verschwinde vom Ende der Welt, du hast im Finistère nichts zu suchen. So ging das nicht weiter, ich war wieder am Anfang.

Als ich die gläserne Eingangstür hörte, faltete ich das Packpapier zusammen und verstaute es unter der Matratze des Klappbetts.

»*Coucou*, Tereza, wo steckst du? Es riecht verbrannt.«

Der Kaffee! Schnell hetzte ich in die Küche, stellte die zischende Espressomaschine in den Ausguss und ging in den Laden, wo der Literaturclub vom Campingplatz stand: Sylvie, die Mireille-Mathieu-Kopie, und ihre Freundin Catherine im hellblauen Trainingsanzug.

»›DEJALU‹. Das ist ja super. Was für ein toller Name!«

»DEJALU«. Das hatte ich aus dem Geschmier gemacht. *Déjà-lu* bedeutet so viel wie »schon gelesen«. Und darunter hatte ich geschrieben: »DER BUCHLADEN AM ENDE DER WELT«.

Nachdem Sylvie und ihre Freundin mit einem Kaffee versorgt waren, erzählte sie mir den Grund ihres Kommens, sie suche den dritten Teil von Stieg Larssons Krimi-Trilogie.

»Den zweiten habe ich gestern ausgelesen, wenn ich den dritten nicht bekomme, sterbe ich.«

»Schwierig«, sagte ich und zeigte auf Annies Bücherregale. »Es sind so viele Bücher hier, ich bin noch gar nicht dazu gekommen, mir einen Überblick zu verschaffen – den dritten Teil, sagst du?«

Ich ließ meinen Blick über die Regale schweifen und stellte fest, dass meine Patentante eine systematische Frau gewesen war. Sie hatte die Bücher alphabetisch geordnet. Bei den Krimis fand ich tatsächlich Band eins und zwei. Band drei jedoch fehlte.

»Kannst du mir den vielleicht bestellen?«

»Ich muss mich erst schlaumachen«, sagte ich. Und als ich

Sylvies enttäuschten Blick sah: »Vielleicht habe ich noch ein Exemplar vorrätig. Komm mit.«

Ich zwängte mich hinter die gekrallte DD und begann, die Bücherkisten aus dem Kofferraum zu hieven. Da kam Isidore auf seinem Moped angesurrt, den verlotterten Anhänger so gefüllt, dass die Reifen platt wirkten.

»Madame Berger, darf ich Ihnen helfen?« Mit gezogener Schirmmütze deutete er eine Verbeugung an.

»Ausgesprochen gern.«

Zu viert schleppten wir die Kisten in den Laden.

Während die beiden Frauen den Inhalt durchforsteten, kam Isidore in die Küche.

»Wie geht's Ihnen?« Er packte einen Kuchen auf den Tisch. »Kouign amann, eine bretonische Spezialität, nur Butter und Zucker. *C'est trop bon.* Danach sind alle Sorgen weg.«

Und falls es nicht ausreiche, sagte er und zwinkerte mir zu, habe er auch noch eine Tafel Schokolade dabei.

»Bretonische Schokolade? Das kann nicht schmecken.«

»Das ist ein Vorurteil. Versuchen Sie es. Haselnuss mit Kakao.«

»Grain de Sail« hieß die bretonische Schokoladenfabrik. Und, was soll ich sagen, Isidore hatte recht. Eh ich es mich versah, war die halbe Tafel weg. Was wohl seine Aurélie davon halten würde, dass wir hier gemeinsam Süßigkeiten mampften?

»Ich dachte, Sie können was vertragen.« Er schmatzte dezent. »Wo Sie doch mit Severin befreundet waren.«

Für Isidore schien klar: Ich war eine *petite amie de Severin* und brauchte Trost.

»Wie kommen Sie auf diese Idee?«, fragte ich.

»Das hat der Commissaire so angedeutet.«

Mahon hatte Isidore über mich ausgefragt. Genau wie Brigitte vorausgesagt hatte. Mir wurde heiß und kalt.

Ich klärte Isidore über die Realität auf, was er mir nicht recht glaubte. Ich beschloss, ein wenig nachzubohren. »Was haben Sie zu Mahon gesagt? Kennen Sie denn die Freundinnen von Severin?«

Ganz rot im Gesicht wehrte Isidore ab, in Sachen *amour* sei er kein Experte, ich solle Magalie anrufen.

Anrufen? Genau, eine weitere Baustelle.

»Haben Sie vielleicht eine Ahnung, wie ich das Ding ans Laufen bringe?«, fragte ich und zeigte mein neues Billighandy her.

»Müssen Sie erst laden. Aber Strom gibt's nicht vor Ende der Woche.«

Als Isidore mein Entsetzen sah, versuchte er, mich zu beruhigen. »Zum Überbrücken habe ich einen weiteren Gaskocher mitgebracht. Und mehrere Gallonen Wasser.« Er ging zu seinem Anhänger. »So können Sie richtige Menus kochen.« Außerdem würde er mir sein ausrangiertes Fahrrad ausleihen.

Er hob das alte Ding heraus, der Ledersattel war an den Nähten aufgeplatzt, aber es war frisch aufgepumpt und geölt.

»Eigentlich hoffe ich, dass die Kralle bald wegkommt«, sagte ich, auf DD deutend. »Das kann ja nicht sein, dass die mich hier festhalten.«

»Wenn sich die Police nationale einmischt, kann es schnell lange dauern.«

Schnell lange, sehr bretonisch schien es mir.

»Die Befehle kommen aus Paris«, erklärte Isidore. »Und in Brest kommen sie sich in die Quere.« Er klatschte in die Hände. »So. Genug von schlechten Nachrichten.« Damit zeigte er auf ein sackförmiges Ding. »Eine mobile Dusche, sie funktioniert ganz einfach. Man hängt sie in einen Baum und schließt sie an einen Schlauch an.«

»Das ist ausgesprochen nett von Ihnen, aber nicht nötig. Magalie hat mir bereits einen Techniker organisiert, er sollte längst hier sein.«

Isidore drehte seine Schirmmütze in den Händen. »Das ist schon richtig so. Ich bin auch Ihr Techniker.«

Mir blieb der Mund offen stehen. »Sie?«

»Magalie wollte es bestimmt nicht an die große Glocke hängen.« Er bückte sich. »Was ist, möchten Sie duschen oder nicht?«

»Ich habe ein Problem mit dem Wasseranschluss. Das wissen Sie doch.«

»Im Haus. Aber nicht im Garten.«

Er erzählte mir eine wilde Geschichte von Pestiziden, von Wasserverseuchung, von nicht trinkbarem Leitungswasser und kam vom Hundertsten ins Tausendste.

Das Wesentliche verstand ich. Annies Gartenhahn wurde gespeist vom örtlichen Quellwasser, welches von einwandfreier Qualität sei und per sofort zur Verfügung stünde. Darum sei die Zwischenlösung mit der Campingdusche nachgerade ideal.

»Isidore, Sie sind ein Schatz.«

Ich bedankte mich mit zwei Küsschen. Überlegte, ob ich ihm Geld anbieten sollte. Befürchtete, dass er es falsch verstehen würde.

»Sind Sie vielleicht auch ein Immobilienmakler? Ich möchte das Haus ja verkaufen.«

»Wenn's nur das ist.« Er griff in den Anhänger und zog ein Schild heraus.

»A vendre«, stand groß darauf und eine Telefonnummer. Sogleich rammte er den Holzpfosten in den Vorgarten.

»Auf diese Weise habe ich schon manches Haus verkauft.« Er schmunzelte. »Man spart die Maklerkosten.« Dann räusperte er sich. »Dennoch rate ich zu Weile, Madame Berger. Ohne Elektrizität und Wasser bekommen Sie zu wenig. Das Haus ist Gold wert, wenn Sie investieren.«

»Ich habe keinen Cent.«

»Sie könnten hier eine Hypothek aufnehmen.«

»Ich will keine Schulden.«

Er zuckte die Achseln, falls ich mich umbesinne, er kenne einen bei der Bank in Crozon.

Da erklang ein Schrei aus dem Laden.

»Tereza, ich hab den Larsson gefunden!«

***

Der Tag verging wie im Flug, es gelang mir, Gabriel Mahon völlig auszublenden. Sylvie stellte sich an die Mole und sprach deutsche Touristinnen an, was einen kleinen, aber steten Besucherstrom zur Folge hatte – plötzlich war das tote Ende der Rue des Beaux Arts belebt.

Kurz vor halb fünf setzte ich mich ins Auto, um den Piratinnensender nicht zu verpassen, vielleicht hatte »Presqu'île Sophie« etwas Neues über Severin Lukeschs Tod zu berichten. Ich holte Papier und Bleistift aus der Boule-rouge-Tasche und machte das Radio an.

»Coucou, bonjour und herzlich willkommen. Heute geht's um den dritten Toten von Camaret, der am Wochenende an der Plage de Pen Hat verstorben ist. Severin Lukesch war, wie sich herausgestellt hat, ein deutscher Künstler, ein prominenter Kölner, der von einer älteren Schweizer Touristin gefunden wurde.«

Meinte die mich? Die Männer hier nannten mich Mademoiselle.

»Lukesch wollte das gemütliche Quartier d'Artistes von Camaret in ein internationales Künstlerviertel verwandeln, wie uns gut informierte Kreise berichtet haben. Noch gibt sich das Viertel eher bescheiden, es besteht aus zweiundzwanzig Galerien, sympathischen Künstlerinnen und Künstlern. In den Sommermonaten verkaufen sie, im Winter erschaffen sie. Was halten sie von Lukeschs Plänen? Und was passiert jetzt, da er tot ist? Wir unterhalten uns gleich darüber mit Annaléa und Serge le Breton. Erst mal etwas Musik, Zaz und ihr neuester Hit aus ›Effet miroir‹.«

Le Breton? War das der Vater von dem toten Jungen, von Ronan? Meine Google-Recherche – dank des neuen Handys war ich nun dauernd online – ergab lediglich, dass le Breton ein typisch bretonisches Geschlecht sei. Also keine zwingende Verbindung.

Es klopfte an die Scheibe. Vor mir stand Gwenn Yrne, die ledergebräunte Blonde, Witwe von Bruno Yrne und Stellvertreterin des Bürgermeisters.

»Bonjour, Tereza. Entschuldigen Sie die Störung.«

Unschlüssig sah ich aufs Radio, eigentlich wollte ich die Fortsetzung der Sendung nicht verpassen. Aber Gwenn war in Plauderlaune. Warum auch nicht? Wenn sie mich schon aufhielt, konnte sie mir vielleicht weiterhelfen.

»Ich brauche den Namen des Hausbesitzers von gegenüber.« Ich zeigte auf das Haus. »Niemand weiß, wem es gehört. Das ist doch verrückt, in einem Dorf, in dem jeder jeden kennt.«

Sie winkte ab, es sei kompliziert in dieser Straße, wegen der Umbenennung. Es gäbe vier Häuser mit der Nummer eins. Was natürlich ein heilloses Durcheinander provoziere. Dennoch wollte sie der Sache nachgehen.

Ich bedankte mich und schlug den Bogen zum Tod von Severin. Ihre Reaktion war unerwartet.

»Lukesch ist tot? Der Künstler?« Sie schwankte, in ihrem Gesicht spiegelten sich Unglauben und Schock.

»Oh, Pardon, ich dachte, Sie wüssten es.« Eigenartig, es war doch in den Medien, gerade hatte Sophie darüber berichtet.

Gwenn wirkte verwirrt. »Ich war in einer Retraite. Media Detox. Wir waren zwei Tage offline. Teil des Programms.« Sie zog ein Papiertaschentuch aus der Aktentasche, um die Augen abzutupfen.

Ich würde sie einladen müssen, alles andere wäre unhöflich gewesen. »Kommen Sie in die Küche, da können wir uns setzen.«

Aus einer großen Gallone ließ ich Wasser in ein Glas laufen.

»Schönes Handwerk«, meinte Gwenn und strich abwesend über die Gravuren. »Von Ihrer Tante?«

»Großpatentante, ist kompliziert.«

»Haben Sie schon einen Käufer gefunden?«

»Nein.«

Gwenn trank ein zweites Glas, ein drittes, wenn es so weiterging, waren meine Wasservorräte bald wieder erschöpft.

»Tereza!«, schallte Sylvies Stimme aus dem Laden. »Au

revoir, bis bald. Morgen sind wir nicht da, wir machen eine Küstenwanderung.«

»Entschuldigen Sie, Madame Yrne. Ich muss los.«

Gwenn bat, noch einen Moment sitzen zu dürfen.

Kein Problem, fand ich. Erst später fiel mir auf, dass sie verschwunden war, ohne sich verabschiedet zu haben.

7

Camaret-sur-Mer, 18. Juli

Den nächsten Tag verbrachte ich damit, Bücher einzuordnen, um fertig zu sein, bevor ich die Frauen von Camaret treffen würde. Gegen Abend sah das »DEJALU« aus wie eine richtige Buchhandlung.

Mit Isidores Fahrrad machte ich mich auf den Weg an die Plage de Veryach. Ich freute mich darauf, Ayala wiederzusehen. Außerdem hatte Magalie auch diesmal Sophies Sendung aufgezeichnet und wollte mir die Kassette geben.

Die Fahrt war ein Erlebnis. Einmal landete ich fast im Graben, weil ich abgedrängt wurde – es war echt kein Radfahrerparadies hier.

Und dann kippte die Straße wieder mal weg, und ich schnappte nach Luft.

Vor mir lag eine Bucht, das Meer weit draußen, am tiefsten Punkt der Ebbe. Es gab kaum Wellen, das Wasser kräuselte sich sanft. Der Himmel war von magischem Blau, die Sonne von dunkelstem Orange, hinter alldem ein Leuchten, als ob jemand eine globale Laterne im Dauerbetrieb hätte. Auf der rechten Seite war die Bucht eingerahmt von einem Hügel, auf der linken zog sich die erbsenförmige Felsformation, die ich schon kannte, ins Wasser hinaus.

Severin fiel mir ein und seine Zahnlücke. Ich blinzelte, sah sein Gesicht näher kommen, fühlte die Spannung zwischen uns – aber je mehr ich versuchte, das Bild festzuhalten, desto schneller verschwand es.

»*Hello*, Tereza, hier sind wir. *Welcome to the Camaret Ladies.*« Ayala umarmte mich. »Schön, dass du da bist.«

Wie viel doch passiert war seit unserem ersten Kennenlernen. Ich hatte so viele Fragen, am besten, ich fing mit dem Einfachsten an.

»Ist es schlimm, wenn ich nicht ins Wasser komme? Ich zeige mich nie öffentlich im Badeanzug.«

»Spinnst du? Ziemlich scharf die Alte, habe ich gedacht, als ich dich zum ersten Mal gesehen habe.« Ayala lachte. »Vergiss es, Tereza, wir sind unter Frauen.«

Es waren mindestens zwanzig. Alle mit Surfbrettern, manche in Neoprenanzügen, andere wie Nadège, die Yogafrau, in Badekleidern. Auch Vivienne war da und ließ sich von zwei Kolleginnen die Kette aus der Wange nehmen – zu riskant beim Surfen. Mich ignorierte sie. Dafür gab es ein schönes Wiedersehen mit Aileen vom Crêpes-Stand.

»Madame Berger«, sagte Magalie, die zu uns trat. »Sind Sie geradelt? Ganz schön anstrengend, nicht? Ich freu mich jetzt schon auf das Essen.« Sie deutete auf die Strandbude aus verblichenem Holz, die mit »Mémé Gérmaine« angeschrieben war. Daneben das übliche Kartonschild: »Heute geschlossen«. »Sie machen extra auf für uns. Die Galettes sind die besten Frankreichs.«

Bevor ich sie nach der Radiosendung fragen konnte, klatschte Ayala in die Hände.

»*Stop talking, ladies*, los geht's. Kein Surftraining heute, zu wenig Wellen. Dafür schwimmen wir.«

Kurze Zeit später dehnte und streckte ich mich in meiner Unterwäsche zu den Klängen eines iPods, die den ganzen Strand beschallten.

»Los, ihr Lamas, kommt mal in Schwung!«

Ayala verfiel in eine Hip-Hop-Choreografie. Dass sich eine Horde junger Männer nicht weit von uns um ein Volleyballzelt aufstellte, schien sie nicht zu stören.

»Und jetzt ab ins Wasser.«

Alle rannten los.

»Komm, Tereza«, sagte Ayala.

»Mein Knie.« Ich machte den Verband ab, die Wunde sah übel aus.

»Das Meer heilt.«

Sie hatte mich überzeugt. Niemals hätte ich gedacht, dass

ich freiwillig in den neunzehn Grad kalten Atlantik steigen würde. Das Wasser war salzig, körnig, so prickelnd, dass ich aufschrie vor Freude. Es ging darum, möglichst schnell eine Boje zu erreichen. Den Wettkampf gewannen die Yogafrau, Vivienne und Magalie.

»Madame Kerouag, Sie sind eine Wucht«, sagte ich außer Atem.

»Allez, allez, les femmes de Camaret!«, riefen die jungen Männer vom Ufer aus im Chor.

Es reimte sich, es klang formidable und spornte alle an, das Beste zu geben.

»Allez, allez, les femmes de Camaret!«

Was für ein wunderbarer Wahlspruch. Würde ich hier auf Crozon bleiben, ich würde den Frauen sofort beitreten.

So vertieft war ich ins Training, dass ich erst nach einer Weile die veränderte Stimmung am Strand bemerkte: Die Volleyballer waren mit einer Gruppe eigenartiger Typen in einen Streit verwickelt. Sie trugen eine Art dunklen Kapuzenmantel und zeigten mit einer synchronen Drohgebärde in unsere Richtung.

»Kommen Sie, Madame Berger, gehen wir«, sagte Magalie mit gepresster Stimme. Sie hielt ihre Hand ans Auge, das heute in schrillem Gelb leuchtete. »Wir sollten uns da nicht einmischen.«

Sie und ein paar andere eilten schnell und unauffällig zum Anfang der Bucht. Ich fiel zurück, gehandicapt durch mein Knie. Bei einem Blick über die Schulter bemerkte ich, wie Nadège sich den Kapuzenmännern in den Weg stellte. Ich glaubte, einen zu erkennen. Armand aus dem »La Coquille«. *Merde!* Es sah aus, als ob er und seine Leute auf die zierliche Nadège losgehen würden. Sie ließ sich jedoch nicht davon beeindrucken, im Gegenteil. Sie brüllte die Männer an, drängte sie mit entschiedenen Gebärden zurück.

»*Arrête*, Nadège!«, schrie Ayala und versuchte, sie zu bremsen. Nun wandten sich die Kapuzen ihr zu, verbale Beleidigungen flogen durch die Luft, *»pied-noir«* war da noch höflich.

Bedrohlich kamen die Kapuzen näher, was die Volleyballer auf den Plan rief, die sich neu formiert hatten. Und dann war der Spuk so schnell vorbei, wie er begonnen hatte. Die Kapuzenmänner gingen zum Parkplatz, gleich darauf fuhren mehrere Autos davon.

Als ich mich umdrehte, stand die Sonne tief, und über dem Meer lag eine silberne Straße.

***

Die Galette complète aus schwarzem Buchweizenmehl mit Schinken, Käse und Ei schmeckte herrlich, die Strandbude, ein moderner Holzbau, war im Innern gemütlich. Alles wunderbar – hätte die hässliche Auseinandersetzung nicht allen in den Knochen gesessen. Und so beendeten wir die Mahlzeit sehr schnell, die Gruppe löste sich auf, zum Abschied gab mir Magalie die Kassette mit Sophies Sendung.

Ayala lud mein Rad in ihren Van, der ausgerüstet war, um ein ganzes Surfteam herumzuchauffieren.

»Ist gerade sehr nötig, weil ich wegen dieses Idioten jeden Tag den Strand wechseln muss.« Damit meinte sie Mahon.

Sie fuhr los, musste sich konzentrieren. Es war dunkel geworden, ohne Straßenbeleuchtung war der Weg kaum zu sehen.

»Hast du Severin gekannt?«, fragte ich nach einer Weile.

Ayala nickte. »Er wollte, dass ich Fotos für ihn mache – ich fand ihn einen Möchtegern.«

Das traf mich. »Auf seine Weise war er sehr nett.«

»Ich hab's gehört.«

Scheiß-Buschtelefon. »Ich habe nur ein Glas mit ihm getrunken.«

»Uhoh. Ich hätte nicht gedacht, dass du auf Jüngere stehst.«

»Da war nichts. Und ich wäre sehr froh, wenn du das bestätigen würdest, falls Mahon nachfragt.«

»Hab ich schon.«

»Hat Mahon mit dir geredet?« Meine Hände wurden eiskalt. Was hatte mir Brigitte geraten? Immer einen Schritt voraus zu sein? Gelang mir leider gar nicht.

Anstatt mich zu beruhigen, verschlimmerte Ayala die Lage. »Gabriel Mahon machst du nichts vor. Er ist ein guter Polizist. Hat letztes Jahr eine Serie von Raubmorden in Brest gelöst.«

»Merde.«

»Wieso? Du bist unschuldig. Dann musst du auch keine Angst haben.«

Ich würde ihr sicher nicht erzählen, dass ich keine Erinnerung an den Abend hatte. Stattdessen wechselte ich das Thema.

»Was war das eigentlich eben am Strand? Es sah aus wie ein Ku-Klux-Klan.«

»Das war die ›Groupe des Anciens‹.«

»Meine Schaufensterscheibe ist jeden Morgen beschmiert. Manchmal glaube ich, jemanden mit einer Kapuze im Haus gegenüber zu sehen. Denkst du, das könnte einer von denen sein?«

»Gut möglich.« Sie blieb vage.

»Ich glaube, dass ich einen von ihnen erkannt habe. Er heißt Armand, ich kenne ihn aus dem ›La Coquille‹.«

»Du meinst Magalies Mann? Er ist der Schlimmste von allen.«

Armand war Magalies Mann? Wieso war ich nicht überrascht? Plötzlich ergab alles einen Sinn, dass er stundenlang auf der Terrasse Cidre trank, ihre duckmäuserische Art in seinem Beisein.

»Schlägt er sie?«

»Darüber spricht sie nicht.« Ayala zuckte die Achseln. »Magalie und Armand sind ein Beispiel von vielen, der Streit zieht sich wie ein Graben durch die Familien.«

»Der Streit ging auch um dich, hatte ich den Eindruck. Ich habe gehört, wie sie dich beschimpft haben. Ich fand es ekelhaft.«

»Easy. Ich bin es gewohnt. Die Typen mögen es nicht, dass die Frauen zu mir in den Kurs kommen.« Sie schaltete einen Gang höher und gab Gas. »Als ich ankam, hatten hier viele noch nie jemanden mit dunkler Hautfarbe gesehen. Es gab Leute, die dachten, meine Haut sei geschuppt.«

Ich war bestürzt.

»Die afrikanische Morwen.« Ayala schnaubte ein wenig. »Ich kann damit leben. Solange ich mein Ding machen kann.«

»Gibt's keine anderen Surfschulen?«

»Keine für Frauen. Ich bin eine Marktlücke.«

»Wie Nadège und ihr Yoga.«

»Anders. Sie ist hier aufgewachsen.«

»Kann sie denn leben von den Kursen?«

»Für sie ist es kein Problem, sie und Mahon haben ein Arrangement.«

»Was für ein Arrangement?«

»Hast du es nicht gewusst? Er ist ihr Ex-Mann.«

Was? Ayala servierte mir eine Neuigkeit nach der anderen. Diesmal war ich fassungslos. Gabriel Mahon und Nadège, die Yogafrau.

»Wieso hat mir das keiner erzählt? Isidore und Magalie hätten es erwähnen müssen.«

»Jetzt weißt du es ja. Die Leute sind sehr diskret, wenn's um das Privatleben geht, Beziehungen und so. Musst du nicht persönlich nehmen.« Ayala machte einen Schlenker und nahm den Kreisel in der Gegenrichtung. »Vergiss den Müll, Tereza. Gleich erlebst du ein Wunder.« Wie eine Granate fuhr sie den Hügel hoch. »Wir müssen uns beeilen, sonst sind wir zu spät.«

Zu spät wofür? War das ein Wettlauf?

Sie parkte am Feld mit den Menhiren. Mehr schlecht als recht hinkte ich hinter ihr her, an der Ruine des Manoir vorbei über das Plateau bis zum Abhang. Am Strand unten hatte die Flut begonnen.

»Wir haben es geschafft«, flüsterte Ayala. »Und du hast einen Logenplatz.«

Außer uns waren noch andere da: Menschengrüppchen, die sich in den sandigen Kuhlen des Abhangs versammelt hatten. Nur einige Seemöwen kreischten, sonst war es auf magische Weise still.

Dann ertrank die Sonne im Meer.

Es war das Schönste, was ich in meinem Leben je gesehen hatte.

»Merci«, flüsterte ich nach einer Weile.

»Kein Thema.«

Ayala holte zwei Flaschen Breizh aus ihrem Rucksack. »Ich bin süchtig nach dem Zeug.«

»Breizh, ein schönes Wort.« Irgendwie klang es nach Sommerbrise, nach Ferienlaune. »Was bedeutet es?«

»Bretonisch.«

Bretonisch mit Meerblick.

***

Zu Hause angekommen, stieg ich gleich ins Auto und schob Magalies Kassette in den Player.

»Coucou, bonjour, herzlich willkommen zum zweiten Teil der Sendung. Ich spreche mit Annaléa und Serge le Breton, beides alteingesessene Kunstschaffende aus Camaret. Sie haben es gehört, vor drei Tagen ist der Deutsche Severin Lukesch am Strand von Pen Hat ertrunken aufgefunden worden. Er war maßgeblich am Ausbau der Camareter Kunstszene beteiligt, mit dem Beaux Arts wollte er ein Kulturzentrum schaffen. – Annaléa, Sie wollten Ihr Atelier in einigen Monaten beziehen. Was bedeutet sein Tod?«

Annaléas etwas zu hohe und flatternde Stimme brach durch den Äther: *»Ein ausgesprochen unglaublicher Verlust. Severin hatte so viel vor. Eine ganze Straße der Künste, ich bin am Boden zerstört. Mein Atelier ist nicht fertig, das Haus wurde noch nicht renoviert, keine Ahnung, wie es weitergeht. Abgesehen davon ist der persönliche Verlust immens. Severin war ein toller Mensch.«*

Serge le Breton hingegen pries mit schwingendem Bass die alten Zeiten. *»Es tut mir natürlich sehr leid für die Angehörigen, dass Severin Lukesch unter so tragischen Umständen gestorben ist. Der Tod ist immer ein großer Verlust. Menschlich* *gesehen. Für die Kunstszene von Camaret … sie wird weiterleben, vive la cité des artistes!«* Serges Stolz durchdrang jedes Wort. *»Es gibt unser kleines Künstlerviertel seit den frühen neunziger Jahren, da haben wir es wieder aufleben lassen, als Reminiszenz an die Zwanziger, wo es entstanden ist und Künstler von überall angezogen hat, auch Saint-Pol-Roux, der Literat, ist damals nach Camaret gezogen. Severin Lukesch hat so getan, als ob es seine Erfindung gewesen sei. Das ist nicht so. Die Kunst überdauert den Tod.«*

Dann kam Sophies Stimme, warm, fließend, einladend. Und dennoch scharf.

»Der Tod von Severin Lukesch wirft Fragen auf. Ist Lukesch ertrunken, oder war es Mord? Die Police nationale wollte keine Stellung beziehen. Tatsache ist: Von Lukeschs Familie erhalten wir keinen Kommentar. Tatsache ist: Es gibt kein Datum für eine Beerdigung. Tatsache ist: An den Stränden unserer Presqu'île wird weiterhin ermittelt. Auf gut Französisch: Da ist was faul in Camaret. Wir bleiben dran.«

***

Gerade als ich unter der improvisierten Dusche hinter dem Hibiskus stand und das aufgeheizte Wasser über mich plätschern ließ, hörte ich eine Stimme.

»Hallo?«

Der Commissaire. *Merde.*

Eilig hüllte ich mich in ein Badetuch.

»Ich muss Sie sprechen, Madame Berger.«

Im Zwielicht sah er bedrohlich aus, mit Motorradmantel, Retrobrille und diesen unmöglichen Stiefeln an den Füßen.

Was tun? Brigitte anrufen? Aussage verweigern? Ihn auf ein Glas Cidre einladen?

»Ich wollte mich hinlegen.«

»Mit tropfnassen Haaren? Das müssen Sie verschieben.« Mahon deutete auf Isidores »A vendre«-Schild. »Meinen Sie das ernst? Sie wollen verkaufen?«

»So schnell wie möglich.«

»Aha.« Das war alles. »Gehen wir in die Küche.«

Die Art, wie er das Haus betrat, zeigte, dass er nicht zum ersten Mal hier war.

»Ich bin gleich wieder da. Oder wollen Sie mich etwa so befragen? Das glaube ich kaum.« Ich deutete auf das Badetuch.

Er verneinte, und ich eilte in die Bibliothek, wo ich Rock, Flatterhemd und ein Paar alte Turnschuhe von Annie überstreifte. Als ich in die Küche zurückkam, stand Mahon an eine Wand gelehnt und beobachtete meinen Auftritt. Es war ein Fehler gewesen, ihn allein zu lassen, das wurde mir in dem Moment klar. Nur schon das Stillleben auf dem Tisch ... die bunten Tomaten, der schlappe Basilikum, der Kuchen, die Schokolade, die angestaubte Weinflasche, der Cidre, der Ziegenkäse – wie Gott in Frankreich, danach sah es hier aus.

Ich musste mich beherrschen, um nicht in eine Aufräumaktion zu verfallen. Wo waren die beiden Gläser? Ich hatte sie doch in die Spüle gestellt, eines voll, das andere leer.

»Haben Sie hier mit Severin Lukesch weitergetrunken?«, fragte Mahon.

War es der Klang seiner Stimme? Auf jeden Fall setzte in diesem Moment meine Erinnerung ein, die losen Gedankensplitter fügten sich zu Puzzleteilen. Dafür, dass ich mir seit Tagen das Hirn zermarterte, war der Vorgang ganz unspektakulär. Wie ein Kurzfilm ploppten die Stationen des Abends auf: das erste Aufeinandertreffen, das »Café des Beaux Arts« und die »Galerie Lukesch«, das schreckliche Gemälde, die Knutscherei, das Flüstern, der Vertrag, der Scheck ... und vor allem sah ich Severin vor mir, wie er an meinem Küchentisch saß.

»Madame Berger? Hätten Sie die Güte, mir zu antworten?« Die Stimme Mahons durchdrang meine Gedanken, während sich in meinem Kopf ein weiteres Bild formte. Eine hölzerne Treppe. Dazu Musik. »La Ballade des gens heureux«. Ich war mit Severin in einer Wohnung gewesen. In seiner? In meiner?

»Wir waren hier und haben über einen möglichen Hausverkauf verhandelt, eine rein geschäftliche Sache. Was hat das mit seinem Tod zu tun?«

Keine Antwort.

»Wurde Severin denn ermordet?«

Das hätte ich nicht fragen sollen.

»Wie kommen Sie darauf?«, schnappte Mahon.

Ich wurde rot, spürte die Hitze am Hals.

In diesem Moment summte eine Nachricht auf mein neues Handy. »Mama, Sky News meldet, bei euch oben soll es einen Toten gegeben haben?«

Es machte die Runde. Panik erfüllte mich.

»Wie gesagt, ich habe nichts mit dem Tod von Severin Lukesch zu tun, ich habe ihn kaum gekannt.«

»Sie lügen.«

Mahon zeigte mir ein Foto. Das Feuerwerk am Himmel, Severin und ich im »Café des Beaux Arts«, auf dem Tisch ein Schriftstück. Ich sah nicht aus wie eine Liebende, sondern wie eine Spinne, die ihr Opfer frisst. Trostlos. Wer hatte dieses Foto gemacht?

»Woher haben Sie das? Von der ›Groupe des Anciens‹? Ich meine Armand Kerouag oder einen seiner Kapuzen-Kumpels. Sie belästigen mich nämlich.«

»Wie das?«

»Jemand beschmiert mein Schaufenster. Ich habe versucht, sie anzuzeigen, aber bei der Gendarmerie ging keiner ans Telefon.«

»Wieso Schaufenster? Führen Sie hier ein Geschäft? Sie brauchen einen Eintrag als Firma.«

»Ich habe nicht vor, hier irgendetwas zu führen. Ich reise morgen ab, wenn Sie die Güte hätten, die Kralle von meinem Auto zu entfernen.«

Er ging nicht darauf ein.

»Zurück zu dem Foto …« Musste er mir das Bild erneut unter die Nase halten?

»Na und?«, sagte ich. »Ein Ausrutscher, kann jedem passieren. Denken Sie wirklich, dass ich Severin ausgeschlürft und an den Strand gespuckt habe? Überlegen Sie mal. Warum sollte ich mir den Spaß verderben, wenn schon mal einer anbeißt?«

Ein Zucken ging um seinen Mund. »Sie sagten, Sie wollen das Haus verkaufen?« Seine Handbewegung umfasste die schmutzigen schwarz-weißen Bodenkacheln, die uralte Küche, die verrotteten Lebensmittel. »Hier muss viel gemacht werden.«

»Es hat historischen Wert. Steht in den Unterlagen.«

»Ein *monument historique*?«

Der Begriff war mir neu. Er erklärte ihn mir. Und auch, dass ich dafür ein Dokument benötige.

Ich wischte den Einwand weg. »Ist bestimmt vorhanden, das Dossier ist sehr umfangreich. Erst brauche ich einen solventen Käufer.«

»Wäre Lukesch so einer gewesen?«

»Er hat mir ein Angebot gemacht.«

»Das Sie angenommen haben.«

»Ich wollte es mir überlegen.«

»Warum?«

»Weil ich kein Haus verkaufe, wenn ich zu viel Kir intus habe.«

»Wo ist dann der Vertrag? Das war doch ein Vertrag auf dem Foto?«

»Keine Ahnung.«

»Schade. Er wäre wichtig gewesen.« Mahon wandte sich zum Gehen. »Ich habe mir übrigens erlaubt, den zerrissenen Scheck einzustecken, der bei Ihnen im Abfall lag. Eigenartig, nicht? Ein verschwundener Vertrag und ein zerrissener Scheck.«

Merde. Wieso war ich nicht auf die Idee gekommen, den Müll zu untersuchen?

»Wie ich sagte, zu dem Zeitpunkt wollte ich die Villa noch nicht verkaufen.«

»Wer sagt denn, dass *Sie* den Scheck zerrissen haben? Vielleicht ist Lukesch von seiner Absicht zurückgetreten. Hat auch den Vertrag vernichtet. Und Sie sind wütend geworden.«

Ein weiteres Puzzleteil fiel an seinen Platz: Severin hatte mir einen Vertrag angeboten, mit einer Verkaufssumme, die nur dem halben Wert des Hauses entsprach. Die andere Hälfte, das hatte er vorgeschlagen, hatte er mir unter der Hand zustecken wollen, in Form eines Schecks. Wegen der Steuern. Ein süßer kleiner Betrug. Kein Wunder, dass ich das verdrängt hatte.

»Was ist, kommt da noch was?«, fragte Mahon. Sein Blick war pure Provokation. Als ich stumm blieb, hob er die Hand zum Gruß. »Ich gehe dann mal.«

Zum Glück. Ich begleitete ihn hinaus, um sicher zu sein, dass er wirklich wegfuhr. Das Motorrad war neben DD geparkt. Der Tankdeckel schimmerte im Mondlicht.

»Eine Royal Enfield«, sagte ich. »Eine Bullet, nicht wahr?« Es war das Erste gewesen, das ich auf meinem neuen Handy gegoogelt hatte.

Mahon schwang sich auf den Sitz. »Sie können mich nicht einseifen, Madame Berger. Ich komme wieder. Sollte sich Ihr Gedächtnis in der Zwischenzeit regenerieren, rufen Sie mich an.«

Kaum war er weg, suchte ich das Haus nach dem Vertrag ab. Aber ich wurde nicht fündig, weder unter dem Kuchenkarton noch in der Bibliothek noch im Dachzimmer oder Gartenhaus und auch nicht auf der Rückbank von DD.

Gerade als ich aufgeben wollte, hatte ich ein Erfolgserlebnis: Eingeklemmt in eine Spalte zwischen den tonfarbenen Küchenplatten fand ich einen Schnipsel des zerrissenen Schecks. Dass er Mahon entgangen war, erfüllte mich mit Genugtuung. »Crédit«, stand darauf, danach ein großes B, ein Hinweis auf die ausstellende Bank, die »Crédit Breton«, die einen Sitz in Crozon hatte.

Na gut, dachte ich. Noch etwas, das ich untersuchen konnte. Den verschwundenen Vertrag würde ich als Zeichen für mich werten. Es ging nun darum, wer ihn zuerst fand, Mahon oder ich.

8

Camaret-sur-Mer, 19. Juli

Am nächsten Morgen erlebte ich eine Überraschung: Das Schaufenster war nicht beschmiert.

Kaum hatte ich das Klappbett verräumt und den Laden aufgesperrt, stand Sylvie da. Sie sei früher von der Wanderung zurückgekehrt, erzählte sie mir beim Kaffeemachen.

»Ich hüte gern das ›DEJALU‹ und halte dir den Rücken frei.«

»Warum machst du das alles?«, fragte ich, von tiefer Dankbarkeit erfüllt.

Sie zeigte auf die vier Kundinnen, die direkt hinter ihr hereingekommen waren und bereits durch die Regale stöberten. »Es ist so wunderbar, was du hier schaffst, Tereza. Eine Insel.«

Zu den Klängen von Patricia Kaas' »Mademoiselle chante le blues« beriet ich zwei weitere Kundinnen, es fühlte sich an wie zu Hause im Buchladen in der Zürcher Altstadt. Dank Isidores Gaskocher fehlte sogar der Espresso aus der italienischen Kanne nicht, die beiden nahmen gern ein Tässchen und hätten noch lieber was von Donna Leon mitgenommen.

»Pardon, tut mir leid, die Brunetti-Reihe ist leider nicht vorrätig.«

»Können Sie sie bestellen?«

Ich versprach, mein Möglichstes zu tun. Die nächsten Kundinnen, eine Mutter und ihre Tochter aus Brighton, wurden glücklich in meiner englischen Abteilung mit Ian McEwans »Atonement« (die Mama) und mit John Streleckys »The Why Are You Here Café« (die Tochter). Dann nahm ich meine Boule-rouge. Ich wollte los, erst ins Café, dann zu Nominoë, danach zur Bank.

»Madame Berger, kommen Sie mal, jemand hat Ihre Haustür demoliert!«

Ich hatte mich zu früh gefreut. Die hintere Eingangstür war

komplett versprayt. Auf der gravierten Scheibe, eingerahmt von altem Holz, stand deutlich lesbar: »Dégage, tire-toi, Tereza.«

Das waren ganz neue Töne. Der Angreifer duzte mich, die Farbe ließ sich auch mit Aceton nicht entfernen – es wurde langsam ungemütlich. Ich hinterließ eine Nachricht auf dem Anrufbeantworter der Gendarmerie.

Im »Café des Beaux Arts« bediente heute ein neuer Kellner, ein verpeilter Junge mit weiten Bundhosen, einer schleppenden Stimme, Basile mit Namen. Gothic-Girl und Rasta-Kiffer, das Personalkonzept des Lokals war ausgefallen.

Mit meinem Milchkaffee ging ich durch den Schankraum nach oben zur Toilette. Die Glastür zur Galerie war versperrt, die Klinke mit einem rot-weißen Band umwickelt. Mahon war hier gewesen. So viel zum Thema, dass ich ihm einen Schritt voraus sein wollte. Aber ich gab nicht auf. Ich würde einen unbeobachteten Moment abwarten und die inoffizielle Treppe benutzen. Dafür musste ich erst mal wieder runter an die Bar, wo Basile Croissants in Körbe füllte.

Mein Blick fiel auf das kerzenbeleuchtete Foto von Ronan le Breton.

»Er war wohl sehr beliebt?«, sagte ich zu Basile. »Konnte er wirklich nicht schwimmen?«

»Seine Eltern waren *de la terre*. Wieso fragen Sie?«

»Weil ich eine Geschichte darüber schreiben möchte. Über die Toten von Camaret«, fabulierte ich aus dem Stegreif. »Damit sie nicht vergessen werden.«

Viel zu pathetisch, war es dennoch ein Schuss ins Schwarze. Basile war Philosophiestudent, er fand es krass, bot mir ein Croissant an, zog ein gerolltes Haschisch-Tütchen hervor und lud mich in den Hinterhof ein.

»Ronan war mein Kumpel. Er ist hier geboren und zur Schule gegangen. Im Winter hat er im ›Leclerc‹ gearbeitet, dem großen Supermarkt in Crozon, im Sommer hier im Café. Wir hatten Pläne mit einem Klamottenshop vorn in Morgat, Surfkleidung.«

Er nahm einen Zug. Meist wurde mir schlecht von dem Geruch, aber hier zwischen Abfallkübel und Breizh-Cola-Kisten war es in Ordnung.

»Können Sie auch nicht schwimmen?«, fragte ich.

Basile musste ein wenig husten. »Doch, aber ich bin nicht von hier.«

»Woher denn?«

»Aus Rennes. Das ist ein Sommerjob. Wollen Sie hören?« Er fummelte ein Handy aus der Hosentasche. »›Presqu'île Sophie‹ hat einen Bericht über Ronan gemacht. Eine Art Nachruf, sehr traurig, sehr genial. Über Sophie sollten Sie auch schreiben.« Er hustete erneut, das Kraut schien es in sich zu haben. »Jeder hört ihre Sendung, und niemand weiß, wer sie ist.«

»Woher kommt das Mysterium?«, fragte ich.

Basile zuckte die Achseln. »Sophie hat mit dem Sender eine Frequenz gekapert, eigentlich strafbar. Aber denen in Paris ist es wohl zu anstrengend und zu egal.«

Zehn Minuten später hielt ich meine Tränen kaum zurück. Sophie zeichnete das Bild eines vielfältigen Menschen, hilfsbereit, sprudelnd vor Ideen, Koch der besten Galettes complètes, Yogafreak, Indienreisender, tätowierter Poet, leidenschaftlicher Camaret-Fan. Der einzige Makel, so schien es, war, dass Ronan nicht schwimmen konnte, was ihm zum Verhängnis wurde.

An der Stelle wurde Sophies Stimme ganz anders, sie bekam eine Facette, die ich so noch nie gehört hatte. Die Männer, die ertranken, und die Witwen, die zurückblieben – schon immer sei das Camarets Thema gewesen.

Dem folgte ein historischer Abriss, Sophie ließ die Fischerei der letzten Jahrhunderte aufleben, das Getümmel am Hafen, die Schifferboote, den Reichtum nach einem guten Fang, die Armut nach einer stürmischen Saison, die Strömungen, die Gezeiten, die meterhohen Wellen ... Das sei damals gewesen, in alten Zeiten, als man noch schwarz-weiß fotografierte und eine alte Sage als Grund für den Tod der

Fischer ausreichte. Die aktuellen Todesfälle ordnete Sophie jedoch nicht dem Reich der Kelten zu, sondern einem Verbrechen.

Ich gab Basile das Handy zurück. Er umarmte mich kurz und machte seinen Joint aus. Von drinnen erscholl ein Ruf.

»Service!«

»Chillt mal, Leute«, sagte Basile.

Kaum war er weg, öffnete ich die Tür auf der Hinterseite. Leise ging ich die Treppe hoch, die direkt in die Galerie führte. Alles war so, wie ich es in Erinnerung hatte. Bloß dass da noch etwas gewesen war.

Langsam hob ich die Hand, schob das grässliche Algenbild beiseite. Tatsächlich. Dahinter war eine weitere Tür. Ob Mahon diesen Eingang auch gefunden hatte?

Die Treppe war steil und schmal und führte in eine schummrige Diele mit einer Garderobe voller Strandsandalen, Joggingschuhe, Regenjacken, was man hier so brauchte, wenn man Küstenwanderungen machte oder Surfabenteuer suchte.

Vorsichtig drückte ich auf die Türklinke, es war geschlossen. Ich hob den Topf mit dem künstlichen Dünengras, dann den bunten Türvorleger. Erst nachdem ich jeden Schuh einzeln umgedreht hatte, fand ich den Schlüssel in der Krempe einer Regenmütze.

Mit klopfendem Herzen schloss ich auf, wischte die Klinke mit einem Papiertaschentuch ab und umwickelte meine Hand. Ich wollte keine Spuren hinterlassen.

Zwei Zimmer, eine kleine Küche, ein Tisch, ein Laptop, ein voller Aschenbecher. Am Boden ein Stapel Bücher, alles Bildbände. Von Clouseau über Picasso, van Gogh, Gerhard Richter und Immendorff bis hin zu Pank – bei Malern kannte ich mich aus, die Kunstsektion war meine gewesen. Noch ein Buch: »How to Paint – Eine Anleitung zur impressionistischen Landschaftsmalerei«.

Hatte sich Severin wie ein Kindergartenschüler eine Maltechnik angeeignet und versucht, die Großen zu imitieren?

Die CD-Sammlung stimmte mich nostalgisch: Beatles, Rolling Stones, Dire Straits, Bowie, die Songs meiner Jugend. Es gab auch ein Abspielgerät. Ich machte es an. Drückte auf Play. »Love of My Life«, die Rockballade von Queen. Ich kannte das Lied auswendig. Schnell machte ich das Gerät wieder aus. Beim Schrank zögerte ich, übersah die Unterwäsche, die Hosen, T-Shirts und blieb bei den grünen Hemden hängen. Grün war die Farbe von Severins Augen, er war eitel gewesen.

Im Schlafzimmer dann ein großes Bett, zerknüllte Laken, vier Kissen. Daneben ein Glas mit Lippenstift am Rand, eine Schachtel Kondome, im Bad Nagellack, in der Küche Tabletten gegen Unterleibskrämpfe … die Beweise, dass hier Frauen verkehrten, waren offensichtlich. Ein heimliches Liebesnest. Dennoch war ich mir sicher: In diesem Bett gelegen hatte ich nicht.

Den Vertrag fand ich nicht. Kein Vertrag, nirgends. Also klappte ich Severins Laptop auf. Fühlte Triumph. Wäre Mahon hier oben gewesen, hätte er das Gerät konfisziert. Es war papierdünn und federleicht, leider passwortgeschützt. Ich kam nicht ran.

In diesem Moment hörte ich von unten ein tiefes Brummen, das die Scheiben und meinen Bauch zum Zittern brachte. Ein schneller Blick durchs Fenster: Die Royal Enfield fuhr vor, Mahon klappte den Bügel aus, nahm Helm und Brille ab. Hinter ihm stieg Emil aus dem weiß-blauen Auto. Jemand musste ihnen Bescheid gegeben haben.

Mir blieben nur wenige Sekunden. Ein letzter Blick. Wo würde ich ein wichtiges Dokument verbergen? In der Hülle der CD, die neben dem Gerät lag?

Ich griff hinein und fand ein zusammengefaltetes Dokument. »Annie Gisler – Last will«, stand vorn drauf. Es war das Testament meiner Großpatentante.

***

Ich strampelte zu Sœur Nominoës Kloster-Ferienkolonie. Mein Herz wummerte. Nur ganz knapp war ich Commissaire Mahon entkommen. Mein Glück war, dass ich den Weg über den Hinterhof benutzt hatte. Basile war nirgends zu sehen gewesen.

Nachdem ich das Fahrrad auf dem Grasstreifen abgestellt hatte, ging es einen steilen Weg hoch. Von Weitem war Musik zu hören. Der Schweiß lief mir in Strömen, ich japste nach Luft. Die Sonne stand tief am Himmel, es war immer noch heiß, weit und breit keine Wolke. Die angekündigte Hitzewelle.

Das Kloster entpuppte sich als ein heruntergekommenes, eidottergelb gestrichenes bretonisches Haus. Nicht das erwartete Steingemäuer, keine Kirche, kein Kreuz. »Les enfants du paradis«, stand auf einem halbrunden Schild.

Über einen Grasplatz, der aussah wie ein Volleyballfeld, gelangte ich zu einem Saal. Die Fenster waren verhüllt, aber nicht geschlossen, die Schlussakkorde der »Ballade der glücklichen Leute« erklangen aus voller Kehle.

Vorsichtig hob ich den Vorhang – und stand einem gewaltigen Kinderchor gegenüber. Als sie mich sahen, zerfledderte das Lied, bis die Schwester am Keyboard, ich erkannte Jeanne, mit Spielen aufhörte. Sie war wenig erfreut über die Störung.

In das Durcheinander hinein ertönte die Stimme von Sœur Nominoë.

»Wie schön, dass Sie gekommen sind. Begrüßt mit mir unsere Freundin Tereza, Kinder. *Bienvenu*, herzlich willkommen.«

Applaus setzte ein, und die Kinder geleiteten mich auf einen Platz in der ersten Reihe. Unter anderen Umständen hätte ich bestimmt gern zugeschaut, jetzt aber saß ich wie auf Nadeln, die zwei Stunden kamen mir vor wie zehn. Und dann war erst Pause. Gott im Himmel.

»Unsere traditionelle Abschlussvorstellung, wir haben drei Wochen lang geübt. Morgen fahren die Kinder heim«, sagte

Sœur Nominoë und bot mir vom Kouign amann an, dem Kuchen, den ich bereits von Isidore kannte. Ich griff mir ein großes Stück.

»Sœur, ich muss dringend mit Ihnen reden. Ich habe ein Problem. Sie wissen bestimmt, dass Severin Lukesch tot ist. Alles sehr traurig. Vermutlich war ich die Letzte, die ihn gesehen hat. Die Polizei macht mir Schwierigkeiten deswegen.«

Nominoë legte die Hand auf die Lippen. Nein, nicht schon wieder das Schweigegelübde.

»Sprechen Sie leise. Die Kinder sind verstört genug«, sagte sie dann aber.

Alle Heiterkeit war von ihr abgefallen. Sie wirkte wie die alte Frau, die sie war. Am liebsten hätte ich sie in den Arm genommen. Sie hatte Severin Lukesch gemocht.

»Die Kinder durften heute nicht an unseren kleinen Strand«, fuhr Nominoë fort. »Der Commissaire und sein Team waren hier, offenbar untersuchen sie alle Strände der Halbinsel. Sie haben Messungen vorgenommen, wegen einer Strömung in Richtung Pen Hat. Es hat mit den Algen zu tun.«

»Rote Algen?«

Sie hob eine Augenbraue. »Sie kennen sich aus? *Les Algues rouges*. Sie stinken, die einzigen Algen, die stinken. Bei Pen Hat sind sie normalerweise nicht zu finden. Darum die Aufregung. Und wegen der Spuren auf Monsieur Lukeschs Rücken.«

Spuren? Was für Spuren? Das war mir neu. Mir wurde angst und bang.

Mehr wusste Sœur Nominoë jedoch nicht. Sie habe das zufällig aufgeschnappt, als sie das Team mit Kuchen versorgt hatte. »Mit dem Kouign amann. Schmeckt er Ihnen nicht?«

Mir war schlecht. Ich wickelte das Stück in eine Serviette. »Ich werde es später essen. Können Sie etwas über Monsieur Lukeschs Frauenfreundschaften erzählen? *›L'Homme qui aimait les femmes‹*, der Spruch stammt doch von Ihnen. Wissen Sie vielleicht, wen er alles geliebt hat?«

»Sie sind klug, meine Liebe. Monsieur Mahon hat mir dieselbe Frage gestellt.«

Schon wieder. Der Commissaire war mir immer voraus. Logisch. Es war sein Beruf. Ich war eine Amateurin.

»Wieso hat er die Frage ausgerechnet Ihnen gestellt?«

»Severin war manchmal hier, auf einen Kaffeeklatsch. Er hat mir im Garten geholfen.«

Warum war ich nicht erstaunt? In dem Dorf war alles möglich, auch eine Freundschaft zwischen einer Nonne und einem Herzensbrecher.

»Und was haben Sie ihm geantwortet, dem Commissaire, meine ich?«

»Severin hat mir keine Namen genannt. Er war sehr diskret. Allerdings …« Nominoë verstummte.

»Was?«

Sie schüttelte den Kopf, nahm mich am Arm.

»Wir sollten in den Saal zurückgehen. Die Pause ist gleich vorbei.«

Sie ahnt etwas und sagt es mir nicht, dachte ich und blieb stehen. »Einen Moment noch, Sœur.« Ich zog das Testament aus der Boule-rouge. »Das habe ich bei Severin gefunden. Eine frühere Version von Annies Testament. Darauf steht als Erbin nicht mein Name, sondern eine gewisse Madame Monbillard. Man hat mich ans Kloster verwiesen. Wohnt sie hier?«

Nominoë war sichtlich überrascht. »Kennen Sie sie?«

»Madame Monbillard wurde mir als seriöse Maklerin empfohlen. Die ›Villa Wunderblau‹ ist nämlich besonders, wie ich herausgefunden habe. Ein *monument historique*, das ins Inventar der schützenswerten Häuser gehört.«

Nun lächelte Nominoë. »Die Villa ist in der Tat ein Juwel. Nur schon die Rosetten über den Türstürzen, die sich im Brunnen wiederholen, die alten Dielen, die Platten in der Küche. Das haben Sie gewiss alles erkannt.«

»Natürlich. Wo ist denn nun Madame Monbillard?«

Ich sah zu Sœur Jeanne, der einzigen anderen Erwachsenen, gerade dabei, die Kinderschar wieder an die Plätze zu dirigieren. Ob sie die geheimnisvolle Maklerin war?

Sœur Nominoë konnte offenbar Gedanken lesen. »Jeanne

ist die Regisseurin unseres Stücks. Warten Sie im Büro, ich gebe Madame Monbillard Bescheid.«

***

Der zweite Stock war eine andere Welt, voll schwerer Möbel, dunkler Teppiche, an der Wand einige Porträts in Öl, auffallend viele Frauen. Das Büro riesig und düster, der Schreibtisch klotzig und leer, in der Ecke hatte eine Standuhr aufgehört zu ticken. In der Luft lag der Geruch nach Kreide und Staub.

Kaum hatte ich die Tür hinter mir geschlossen, versuchte ich, Brigitte anzurufen. Die Spuren auf Severins Rücken, die die Schwester erwähnt hatte, machten mich extrem unruhig.

Ich hatte keinen Empfang. Musste mich mit einer SMS begnügen. Fragte Brigitte an, ob sie eine Möglichkeit habe, an die Resultate von Severin Lukeschs Autopsie zu kommen. War mir bewusst, dass ich eine Grenze überschritt. Tat es trotzdem.

Endlich ging die Tür auf. Vor mir stand Sœur Nominoë.

»Ist Madame Monbillard nicht hier?«, fragte ich enttäuscht.

Nominoë neigte ihren Kopf. »Daselbst.«

»Was – *Sie*?«

»Mein bürgerlicher Name ist Nominoë Monbillard. Über das Kloster bekommen wir manchmal Schenkungen. Das hat mich zu einer Maklerin in Gottes Auftrag gemacht. Wenn wir verkaufen, spenden wir den Gewinn für Hilfsprojekte in Afrika und Nicaragua, ansonsten finanzieren wir unser Paradies.«

Das Göttliche und die Finanzen, in Nominoë war die Verschmelzung gelungen.

»Es sind Waisenkinder, Heimkinder, Problemkinder. Wir bieten ihnen unbeschwerte Sommerferien.« Sie stieß die Fensterläden auf. »Sehen Sie.«

Das Kloster lag auf einer Klippe, direkt vor dem Atlantik. Unterhalb des Hauses ging es steil in die Tiefe. Es sah aus, als ob die wenigen Bäume sich an den felsigen Abhang klammerten, das Meer schimmerte in Ufernähe türkisblau, durchsichtig am schneeweißen Strand, den die Kinder nur nach einem herausfordernden Abstieg erreichen konnten. Ein braunroter Algenteppich trübte das idyllische Bild.

»Ist das wirklich ein Kloster?«

»Ein Leuchtturmkloster.« Nominoë lehnte sich zum Fenster hinaus, lud mich ein, das Gleiche zu tun.

Oben auf dem Kliff war der Leuchtturm zu sehen, weiß, viereckig, eingefasst von Schiefersteinen, mit einer Metallbrüstung um die ziegelrote Kuppel – Kirche und Leuchtturm in einem. Die Lampe werde elektrisch betrieben, die Glocke von Hand, erzählte Nominoë.

»Auch der Turm war eine Schenkung. Im Gegenzug leuchten wir jede Nacht und markieren damit den Eingang zum Hafen von Camaret. Ich habe mich schon länger von meiner Kongregation abgesplittert, müssen Sie wissen. All die Skandale. ›Les enfants du paradis‹ ist der Versuch einer Gegenbewegung. Wir haben jedes Jahr mehr Kinder. Die laufenden Kosten bestreiten wir mit unseren Produkten, wir sind nicht nur Selbstversorger, wir verkaufen sogar. Ich zeige es Ihnen …«

Sie führte mich die Treppe hinunter, an der geschlossenen Saaltür vorbei. Offenbar hatten die Kinder den zweiten Teil ohne die Chefin angefangen.

Der Garten war ein Paradies für sich: Kartoffeln, Auberginen, Tomaten, Zuckererbsen, Bohnen, Zucchini, Kohlrabi, Rettich, Artischocken, Kräuter, Schnittlauch, Petersilie, Basilikum, Salbei, Pfefferminz. Sowie Beeren und Kiwis, sogar ein kleiner Olivenhain.

»Oliven in der Bretagne?«

»Ein Teil meiner Familie stammt aus Italien«, erklärte Nominoë. »Zu viel Butter macht mich krank.« Sie verschwand, kam mit einer kleinen grünen Flasche zurück. »Der Zauber ist die Mischung aus den süßlichen Oliven und dem Salz der Guérande. Dienstags finden Sie uns auf dem Markt, nicht weit von Ihrer Haustür.«

Als wir über die Wiese zum Ausgang gingen, zog ich noch einmal das Testament aus der Tasche.

»Darauf haben Sie mir keine Antwort gegeben. Warum steht Ihr Name da?«

Sie seufzte. »Das Dokument ist veraltet. Die Frage ist, wie es in Severins Hände gekommen ist und warum er es aufbewahrt hat. Leider blieb er uns die Antwort schuldig. Ihr Testament ist das gültige, Madame Berger. Annie hat das Haus Ihnen hinterlassen, damit Sie etwas daraus machen. Das wollte ich Ihnen geben. Sehen Sie.«

Auf dem Foto, das sie aus der Rocktasche zog, erkannte ich meine Patentante sofort. Sie stand am Strand an ein Surfbrett gelehnt, neben sich eine Nonne. Schwester Nominoë, ihr Haar unter einer Haube, viel jünger, auch die Kinderschar um sie herum.

»Annie hat unseren Kleinen Surfstunden gegeben. Sie war die erste Frau an der Küste.« Nominoë drückte mir das Foto in die Hand und schloss meine Finger darum herum. Ihre Haut fühlte sich kühl an. »Annie war eine Seele von einem Menschen. Bewahren Sie dieses Erbe.«

»Was meinen Sie damit?«

Ihr Blick war eigentümlich. »Ich habe mich gefragt, was Annie gemacht hätte, wenn sie von Severin Lukeschs Tod erfahren hätte. Sie wäre dem nachgegangen.«

»Das tut doch die Polizei.«

»Sie hätte noch andere Wege gesucht. Annie hatte große Menschenkenntnis, sie erkannte die Seele der Menschen.«

Dann holte sie aus der anderen Rocktasche eine silberne Kette, die sie mir um den Hals legte.

Ohne hinzusehen, wusste ich, was es war. Ein Triskel, Erde, Luft und Wasser. Vergangenheit, Gegenwart, Zukunft. Ich war zutiefst gerührt.

»Annies Vermächtnis«, sagte Nominoë.

***

Der Heimweg glich einer Achterbahnfahrt. In meinem Rücken ging die Sonne unter, der Fahrtwind wehte mein Haar nach hinten, durch das verschwitzte Rippenshirt drang er bis auf meine Haut, es fühlte sich kühl und erfrischend an.

Das Gespräch mit Sœur Nominoë ging mir nicht mehr aus dem Kopf. Hatte sie mir auf eine kryptische Art den göttlichen Auftrag erteilt, die Hintergründe von Severins Tod zu untersuchen? Das war sehr unkonventionell.

Plötzlich überfiel mich ein Lachanfall und spülte über mich hinweg wie eine große Welle. Zum ersten Mal in meinem Leben konnte ich tun und lassen, was ich wollte, keiner wartete auf mich. Mahon fiel von mir ab, Severin, die ganze Geschichte. Ich bremste vor einem Schild. »Cimetière«, stand da. Der Friedhof von Camaret, hier musste Annie begraben sein.

Ich lehnte das Rad an die Mauer und betrat den Hof durch ein steinernes Tor. Die Grabsteine lagen dicht an dicht. Vielleicht rückten die Menschen im Tod gern zusammen, um Wind, Wetter und Wasser zu trotzen. Langsam ging ich durch die Reihen, besah mir die Inschriften. Ich mochte Friedhöfe.

Saint-Pol-Roux fiel mir ein, der verkannte Literat und Surrealist. Ob er auch hier begraben war?

Er war es. Das Grab lag unauffällig zwischen den anderen, in einer der dichtesten Reihen. Der Stein war hell marmoriert, mit einem riesigen Kreuz, der Name der Familie stand in goldenen Lettern an der Stirn, der Todestag winzig an der Seite. Es gab keine einzige Blume, das Stück Erde wirkte ungepflegt.

Wo Severin wohl begraben würde, hier oder in Köln? Wer war überhaupt seine Familie? Würden sie mich treffen wollen als vermutlich letzten Menschen, der ihn lebend gesehen hatte?

Trellu, Le Brun, Garo, Kerandau, all diese fremd klingenden Namen. Eine gepflegte Grabstätte fiel mir auf, die die buntesten Blumen auf sich vereinte, ergänzt um eine Reihe brennender Totenlichter und zwei Flaggen, die bretonische und die irische. Das Familiengrab gehörte den Le Breton-Sheridans.

»To our beloved Ronan, soleil de notre vie, never to be forgotten«, stand auf dem rechteckigen Grabstein aus schneeweißem Marmor. Das Todesdatum war der elfte Mai.

Ronan, der Junge aus Crozon. Er stammte also aus einer irisch-bretonischen Familie, alteingesessen, sonst gäbe es kein Familiengrab.

In einer Laterne flackerte eine Kerze, schwarz, mit einem Triskel-Symbol. Die gleiche wie im »Café des Beaux Arts«. Hatte Basile die angezündet? Oder Vivienne?

Als ich auch nach dem Grab von Bruno Yrne Ausschau hielt, wurde ich schnell fündig. Es lag erhöht, abgesetzt von den anderen, er war etwas Besseres gewesen.

»Bruno Yrne, patrimoine et mari«, lautete die Inschrift.

Oberhaupt und Ehemann. Sehr nüchtern, schnörkellos. Es passte zu Gwenn. Ob sie um ihren Mann trauerte? Er war am elften April gestorben. Genau einen Monat vor Ronan. Was hatte das zu bedeuten? Ein Muster? Ein Fehler? Zufall? Severin Lukeschs Todesdatum war der vierzehnte oder fünfzehnte Juli. Wann genau war eigentlich meine Tante gestorben?

Ich setzte mich auf eine Bank, griff in meine Boule-rouge-Tasche und zog die umfangreiche Mappe mit den Unterlagen hervor, die ich immer mitschleppte, bislang aber nicht angefasst hatte. Zuerst fiel mir der Brief in die Hände.

»Für meine liebe Elektra.«

Damit war ich gemeint. Ich konnte mich nicht überwinden, den Umschlag zu öffnen, lieber las ich den Bericht der Rechtsmedizin. Die Sprache war schwierig zu verstehen, es wimmelte von französischen Fachausdrücken.

»Suchen Sie etwas?«

Eine ältere Frau stand vor mir, untersetzt, aber vital, sie trug eine Gießkanne. Es stellte sich heraus, dass sie Grabpflege machte, zusammen mit einer Freundin, die einige Reihen weiter vorn tätig war. Freiwilligenarbeit, erzählte sie, weil ihnen der Friedhof am Herzen lag.

»Das Grab von Annie Gisler.« Ich packte die Unterlagen wieder ein und stand auf. »Sie ist in Camaret gestorben.«

»Sind Sie die Nichte?«

Ich nickte.

»Ihre Patentante liegt nicht hier. Fragen Sie im Kloster.«

Hätte ich es mir nicht denken können? Ich unterdrückte einen neuen Lachanfall und ging zurück zu meinem Rad. Irgendwie war ich müde. Der Tag war lang gewesen.

Als ich die Ortseinfahrt passierte, wählte ich dennoch den Umweg über den Hafen. Beim Kreisel sah ich ein großes handgeschriebenes Schild, das auf das Moules-Frites-Fest am Sonntag hinwies.

Beim Souvenirshop war in der Schlagzeile von »France Ouest« die drohende Hitzewelle das Thema, und vor dem »Café des Beaux Arts« war alles voller Menschen. Ich hatte Glück, der kleine Tisch an der Mauer war frei.

»Eine Cola, bitte. Außerdem möchte ich meinen schwarzen Kaffee von heute Morgen bezahlen«, sagte ich zu Vivienne, als sie zum x-ten Mal an mir vorbeilief. Sie war in enges Leder gekleidet, an der Wange baumelte die Kette, das Gesicht war so weiß geschminkt, dass es im Dunkeln schimmerte.

Kommentarlos kassierte sie das Geld ein und zerriss den Beleg.

»Hören Sie, können wir miteinander reden?«

Kein Bedarf, sagte ihre Miene.

Ich machte einen neuen Versuch, während sie eine Breizh Cola vor mich auf den Tisch stellte. »Waren Sie mit Ronan befreundet? Waren Sie ein Paar?«

Als sie ohne zu antworten zu den nächsten Gästen ging, holte ich das Laptop raus. Das WLAN loggte mich automatisch ein. Ich hatte keine Antwort von Brigitte, dafür zwei Nachrichten meiner Kinder. »Mama, was geht ab?«

»Ich halte euch auf dem Laufenden«, textete ich zurück. Und: »Könnt ihr mir alle Bände von Donna Leon schicken? Express bitte, über meinen alten Buchhandels-Account.«

Dann nahm ich Annies Pathologiebericht aus dem Dossier, vertiefte mich darin und tippte schließlich die Worte, die ich nicht verstand, in ein Übersetzungsprogramm.

»Am Verschluss für Augentropfen erstickt«, stand da. Kein Schlaganfall, kein Herzschlag, Tante Annie war an einem Verschluss für Augentropfen erstickt. Das genaue Datum fehlte.

»Pardon, Madame, wir schließen jetzt«, ertönte die heisere Stimme von Vivienne. So vertieft war ich gewesen, dass ich nicht gemerkt hatte, wie die Zeit vergangen war. Es war kurz vor Mitternacht. Vivienne nahm meine leere Cola mit.

Ich sprang auf und ging hinter ihr her ins Café. »Was ist eigentlich los? Habe ich Ihnen etwas getan?«

Sie klatschte den Spülschwamm ins Wasser. »Verpissen Sie sich. Was wühlen Sie in Dingen herum, die Sie nichts angehen?«

Ihr Handy summte. Sie las die Nachricht, sah zur Tür und fluchte leise. Erwan stand da, ihr Vater. Im selben Ringelpulli wie vor einigen Tagen. Vivienne ging zu ihm, das Handy ließ sie liegen.

Blitzschnell berührte ich die Oberfläche. Ich hatte Glück. Die Programme waren noch geöffnet. Aus den Augenwinkeln beobachtete ich Vater und Tochter. Sie stritten leise, waren konzentriert aufeinander.

Ich verdeckte das Handy mit meiner Tasche, tat so, als ob ich etwas suchte, und wählte mit der anderen Hand das Fotoprogramm an. Scrollte mich durch eine umfangreiche Galerie auf der Suche nach einem Bild von Ronan. Ich fand keines. Dafür etwas anderes. Das Foto von mir und Severin. Wie ich ihn schier verschlang. Sie hatte es also gemacht, Vivienne, und der Polizei geschickt.

Hastig scrollte ich weiter. Ein weiteres Foto ließ mich innehalten. Vivienne ohne Gothic, ohne Kette, ohne Piercing, ausgelassen fröhlich, an einem bretonischen Traumstrand mit glasklarem Wasser, cremeweißem Sand, im Hintergrund eine bunte Häuserzeile. Neben ihr stand ein Mann, viel größer als sie, mit athletischem Körper, braun gebrannt, ein strahlendes Lachen auf den Lippen, noch charmanter durch den abgebrochenen Zahn. Severin Lukesch.

Ich war schockiert. Packte meine Tasche, ging wortlos hinaus, stieg auf das Rad und fuhr nach Hause. Für heute reichte es mir. Ich wollte nur noch ins Bett.

Doch es sollte nicht sein. Gabriel Mahon stand vor der

»Villa Wunderblau«, schon von Weitem zu erkennen an seinem Mantel und der Royal Enfield. Er beobachtete, wie ich vom Rad sprang und es in den Garten stellte. Er schien mir anders als sonst. Gefährlicher. Wütend. Aggressiv.

»Bonsoir. Gibt es etwas Neues?«, fragte ich betont locker.

»Wir haben Ihr Auto entsperrt.«

Mit allem hatte ich gerechnet, nur nicht damit.

Ich sah zu DD. Tatsächlich, die Kralle war weg – ich hatte wieder ein Auto.

»Das ist Ihr Strafzettel.« Mahon drückte mir etwas in die Hand.

»Dreihundert Euro Bußgeld? Sie nehmen es aber von den Lebenden.« Ich steckte den Zettel ein. »Kann ich also morgen abreisen?« Nicht dass ich das gewollt hätte.

»Non.«

»Warum nicht?«

»Sie bleiben eine wichtige Zeugin. Und es besteht Fluchtgefahr.« Mahon zog ein amtliches Papier hervor und gleich noch eines. »Darum musste ich ein Dokument beschlagnahmen.«

Er hielt tatsächlich meinen Pass in die Luft. *Merde.* Erst jetzt bemerkte ich, dass die Eingangstür zum »DEJALU« offen stand. Er musste den Schlüssel unter dem Blumentopf gefunden, in meinen Sachen gestöbert und meinen Pass rausgeholt haben.

»Die kleine Hausbesichtigung war sehr interessant«, sagte er. »Eine Treppenstufe ist übrigens durchgefault, ich habe mir fast das Bein gebrochen. Und der Chèvre dürfte mittlerweile getrocknet sein.« Er schob die Motorradbrille über die Augen. »Chèvre sec ist eine Delikatesse. Vor allem mit Olivenöl.« Er deutete auf die Flasche von Nominoë, die aus meiner Tasche ragte. *»Bon App.«*

So ein Idiot. Seine Art, das letzte Wort zu haben, ging mir auf die Nerven.

»Gehen Sie auch zum Moules-Frites-Fest?«

Er erstarrte.

»Was meinen Sie, Monsieur le Commissaire? Sollen wir uns verabreden?«

Unvermittelt packte er mich am Arm. »Sie denken, es sei ein Spiel, nicht wahr? Ich kann Ihnen versichern, das ist es nicht. Monsieur Lukesch ist getötet worden. Er wurde brutal ins Wasser gestoßen und dann sich selbst überlassen. Obwohl er ein guter Schwimmer war, die Strömung war zu viel für ihn. Sie sind die Letzte, die ihn gesehen hat. Dafür gibt es Zeugen. Kommen Sie morgen in der Gendarmerie vorbei. Wir brauchen einen DNA-Abgleich.«

9

Camaret-sur-Mer, 20. Juli

Am nächsten Morgen erwachte ich mit einem Schrei. Draußen stand Isidore und spähte durch die Scheibe. Ich zog meinen Poncho über und ließ ihn herein.

»Bonjour. Wir haben Hitzewelle. Und das ist leider, leider schlecht für Ihr Wasser, Madame Berger.«

Der Grund dafür sei der erhöhte Wasserbedarf wegen des Bout du Monde, ein internationales Musikfestival, zu dem Tausende von Menschen erwartet würden und das alle Dienstleister in Beschlag nähme, vom kleinsten Handwerker bis zum letzten Bürgermeister.

»Und alle wollen Wasser trinken. Darum muss Ihr Leitungsproblem warten.«

Dafür hatte er schon wieder Schokoladennachschub dabei, diesmal mit Erdnüssen und Karamell. Außerdem inspizierte er die kaputte Treppe. Versprach, beim nächsten Mal Werkzeug mitzubringen.

»Isidore, was würde ich ohne Sie tun.«

Und dann stand er, anstatt zu gehen, linkisch in der Gegend herum, seine Schirmmütze in den Fingern. Er wolle ja nicht unhöflich sein, und über Geld spreche man nicht, aber es hätten sich doch einige Reparaturen angehäuft und ob ich vielleicht eine Anzahlung machen könne? Er würde es gern bar haben, fünftausend Euro gegen Quittung, das würde reichen fürs Gröbste.

Es war mir mehr als peinlich. Isidores Hilfsbereitschaft war mir als außerordentlich erschienen. Nur weil er Geld mit keinem Wort erwähnt hatte, hieß das jedoch nicht, dass er keines wollte.

Ich spürte, wie ich rot wurde. »Es tut mir leid, dass ich das vergessen habe. Wie konnte ich nur so egoistisch sein?«

Er tätschelte meinen Arm. »Ich mache es ja gern. Aber auch

unsereins muss von etwas leben. Wie gesagt, es wäre leicht für Sie, einen Kredit für die Villa zu bekommen.«

Ich fasste mir an den Hals, wo seit gestern der Triskel von Tante Annie baumelte. »Okay. Dann gehen wir zusammen zur Bank.«

Isidore strahlte. Wir verabredeten uns für nachmittags in Crozon.

Meine Pläne, noch einmal zu Nominoë zu fahren, zerschlugen sich. Denn es ging rund im »DEJALU«. Als Erstes tauchten zwei junge Mädchen auf, die unbedingt den dritten Band einer Vampir-Serie brauchten. Ich musste sie enttäuschen, dafür hatte ich das Gesamtwerk von Astrid Lindgren zu bieten. Die beiden diskutierten, ob sie »Kalle Blomquist« oder »Mio, mein Mio« wählen sollten.

Sylvie nahm mich auf die Seite. »Am Sonntag kommen Touristen von überall zum Moules-Frites-Fest. Das wäre die Gelegenheit, Werbung für die Eröffnung zu machen.«

Moment, lag es mir auf der Zunge, das ist nur eine Zwischennutzung. Angesichts von Sylvies Begeisterung schluckte ich die Worte aber wieder hinunter.

»Sind wir nicht schon längst offen?«

Sylvie verneinte. »Das ist ja nur der Vorlauf, nein, wir müssen es offiziell machen. Außerdem habe ich mir überlegt, dass wir auch Gebäck anbieten könnten.«

Sie wartete mein Nicken nicht ab, wenn Sylvie sich etwas in den Kopf setzte, zog sie es durch.

»Ich habe alles dabei. Finde du doch heraus, wie du Bücher bestellen kannst, Tereza, und ich mach den Rest. Mit Musik, darf ich?« Sie zeigte mir eine Schallplatte. »Habe ich im Plattenschrank gefunden. Ich liebe Michel Fugain.«

Wie brachte man einen Plattenspieler ohne Stromanschluss ans Laufen?

Mit Isidores Generator.

»Chante«, sang der Musiker, während im »DEJALU« die Nostalgie ausbrach. *»Chante, la vie chante, comme si tu devais mourir demain …«* Sing, als ob du morgen sterben müsstest.

»Stell dir vor, Fugain gibt immer noch Konzerte«, sagte Sylvie, »mittlerweile als grauhaariger Rentner, sehr sexy übrigens, gut gealtert. Er tritt im Herbst in Paris auf, da könnten wir zusammen hingehen.«

Paris war das Stichwort. In Paris würden die Zwischenhändler sitzen, die mir den Buchnachschub liefern konnten, vielleicht sogar per Express.

Kurze Zeit später stand ich mit meinem bonbonfarbenen Handy im Dachraum. Das Meer, das glatt und ruhig in der Bucht lag, nahm ich nur beiläufig wahr. Für einmal war ich abgelenkt, deutscher Buchvertrieb in Frankreich schien nicht ohne zu sein.

»Wieso könnt ihr nicht so schnell in Deutschland bestellen? Wir sind doch in der EU«, fragte ich.

Der Zwischenhändler erklärte mir in superschnellem Französisch etwas von Zollunion und Lagerbeständen, Vorinkasso und Grenzkontrollen. Es klang furchtbar kompliziert, und das Fazit war: Französische Bücher innerhalb weniger Stunden, alle anderen bis zu einer Woche.

»Meine Kundinnen sind Touristinnen, bis dahin sind die längst wieder weg«, sagte ich.

Das sei nicht sein Problem, meinte er und setzte zur Gegenfrage an, was das überhaupt für eine Buchhandlung sei, er habe auf jeden Fall noch nie gehört, dass es im Finistère so was gebe.

Daraufhin legte ich auf. Hoffentlich rief er nicht den Commissaire auf den Plan, das hätte mir noch gefehlt, dass der mich wegen illegaler Ladenführung verhaften ließ.

Ich setzte mich an den leeren Schreibtisch in der Ecke und zog aus meiner Boule-rouge Stifte, Papier und was man sonst noch so brauchte, um eine Buchhandlung zu gründen.

Einige Telefonate später stellte sich heraus, dass kein Zwischenhändler in ganz Frankreich fähig war, mir innerhalb von vierundzwanzig Stunden zuverlässig ins Finistère zu liefern. Dies bestätigte mir auch die nette Buchhändlerin aus Crozon, die ich telefonisch um Rat fragte.

Kurzerhand rief ich Brigitte an und bat sie, mir den gesamten Buchbestand aus dem Zürcher Kellerlager zu schicken. Brigitte versprach ihr Bestes und hatte Neuigkeiten. Über ihren Kontakt hatte sie tatsächlich die zuständige Rechtsmedizinerin in Brest aufgespürt. Yes, yes, yes. Sie war wirklich eine Wucht, meine Freundin.

»Docteur Miguela Martinez. Eingewanderte Mexikanerin, eine sehr kompetente Person. Ich habe mich als Severins deutsche Anwältin ausgegeben und im Namen seiner Familie um Informationen gebeten.«

»Und die hat sie dir einfach so gegeben?«

»Ein kleiner Trick, nicht der Rede wert. Auf jeden Fall ist der neueste Stand der Untersuchung im Fall Lukesch: Körperliche Gewaltanwendungen sind nicht auszuschließen. Sein Rücken war übersät von Biss- und Kratzspuren.«

Die Spuren, die Nominoë erwähnt hatte. Darum wollte Mahon einen DNA-Test.

»Von einem Tier?«, fragte ich schwach.

»Von einem Menschen.« Brigitte räusperte sich. »Hör mal, stammen die Spuren von dir?«

»Nein«, sagte ich.

»Also«, sagte Brigitte. »Demnach muss er nach dir noch jemanden getroffen haben. Du kannst dich entspannen, Tereza.«

Meine lockere Verabschiedung war pure Charade. Wie sollte ich mich da entspannen? Wie beweisen, dass diese Spuren nicht von mir stammten?

Viviennes Bildschirmfoto fiel mir ein. Das verliebte Lachen, mit dem sie Severin angestrahlt hatte. Er musste doppelt so alt gewesen sein wie sie.

Ob Mahon von der Beziehung wusste? Bestimmt.

Der Schlüssel war Severin. Ich musste mehr über diesen Mann mit den vielen Seiten erfahren. Etwas regte sich in meinem Kopf. Etwas, das ich vergessen hatte und das mir jetzt wieder einfiel. Es hatte mit Severin und meinem Haus zu tun.

Ich sah mich um, das karge Zimmer, der grobe Holzboden, die weißen Wände. Frisch gekalkt. Gepflegt. Leer. Im ganzen

Haus hingen keine Bilder. Nur im Laden gab es einige Fotos. Meine Finger umschlossen Annies Foto, das mir Nominoë gegeben hatte. Ich trug es immer bei mir. Annie sah nett aus. Mit einem entschlossenen Zug am Kinn. Kurzes Wuschelhaar. Ernste Augen. Lachfalten. Severin hatte sie sehr gemocht. Könnte sie auch eine Geliebte gewesen sein? Immerhin hatte sie ihn als Künstler unterstützt. Hatte er nicht gesagt, sie habe ihm Bilder abgekauft? Im Haus waren sie nicht, also würde ich im Keller nachsehen, den ich bislang gemieden hatte.

Er war geräumig und groß, ich fand eine Waschküche samt Maschine und einen Kühlschrank, leer, sauber, ganz neu. In einem anderen Raum standen zwei alte Surfboards, am Boden lag ein kaputter Neoprenanzug, in einer Kiste ein ganzer Haufen Musikkassetten und Fotoalben.

Als ich das erste öffnete, musste ich mich setzen. Das Gesicht meiner Mutter lächelte mich an. Der Mann daneben war mein Vater. Sie waren beide festlich gekleidet und standen vor der Opéra de Paris. Er war seinem Beruf nachgegangen, und sie hatte ihn begleitet, während ich zu Hause von einer Nanny gehütet worden war. So hatten sie gelebt, so waren sie gestorben, in Glanz und Glamour. Ein Autounfall auf der Heimfahrt nach einer Opernpremiere.

Schnell klappte ich das Album zu. Zu viele Emotionen.

Im letzten Raum wurde ich schließlich fündig. Zwei gerahmte Gemälde lehnten mit der Vorderseite an der Wand, zugedeckt mit einer Plane – Severins Kunst. Die Strandbilder waren leblos. Nicht inspiriert. Annie hatte genau gewusst, dass Severin als Künstler nichts taugte. Die Bilder musste sie ihm aus Mitleid abgekauft haben.

Ich überließ meiner guten Fee Sylvie den Laden, nahm mein Laptop und ging ins »Café des Beaux Arts«, wo mir Basile zwei Croissants und den üblichen Kaffee brachte. »Hi, Tereza.«

Waren wir jetzt per Du?

Gleich darauf erfuhr ich den Grund. »Ich habe dem Commissaire nicht gesagt, dass du gestern da warst. Dafür gibst du mir deine Geschichte zu lesen. Wenn sie fertig ist.«

»Danke.« Das war ein gutes Trinkgeld wert.

Basile zwinkerte mir zu, damit war das Thema für ihn gegessen.

»Ist Vivienne hier?«, fragte ich.

»Nein. Sie musste mit ihrem Vater nach Paris. Sie kommt erst wieder zum Moules-Frites-Fest.«

Das war in zwei Tagen.

Bei den Touristinnen am Nebentisch gab es zwei Gesprächsthemen: die Hitzewelle und die Algenplage. Was ich aber bald vergaß, weil ich Severin Lukesch googelte.

In Deutschland war er ziemlich bekannt, ich fand Artikel und Fotos. Und jedes Mal hatte er eine andere an seinem Arm, manchmal wurde ihr Name genannt, manchmal nicht. Nur eine übergroße Brünette tauchte mehrmals auf, mit angespanntem Lächeln und eichhörnchenartigem Gesichtsausdruck. »Leontine Lukesch«, lautete die Bildunterschrift.

Er hatte tatsächlich eine Frau. Ich war platt. Das hatte ich nicht erwartet.

Um an ihren Kontakt zu kommen, schrieb ich mich auf einer Berufsplattform ein, erfand einen Namen und ein Geschäftsprofil, erhielt einen Bestätigungslink und gleich darauf Leontines Büronummer. Da teilte man mir mit, dass Frau Lukesch wegen eines Trauerfalls in der Familie nach Westfrankreich gereist sei. Sie würde im Familienappartement in Morgat residieren. Die Adresse herauszukriegen, kostete mich nur eine kleine Notlüge.

»Lief die ›Galerie Lukesch‹ eigentlich gut?«, fragte ich Basile, der ein Tablett mit Speck-Quiche balancierte.

»Nein, keiner wollte das sehen.«

»Warum bekam Severin dann die Ausstellung?«

»Das Haus gehört ihm, soweit ich weiß. Beide Häuser. Hier kann er machen, was er will.«

Das veränderte die Sachlage. Es machte die Galerie zu einem netten Hobby, vielleicht sogar zu einer Tarnung für das Liebesnest oben. Von dem seine Frau nichts wusste. Die residierte im gemeinsamen Appartement in Morgat.

Mein Handy klingelte. Isidore. Shit. Ich hatte unsere Verabredung vergessen.

***

Kurze Zeit später parkte ich in der Nähe des Dorfplatzes von Crozon. Nach dem Aussteigen tätschelte ich DDs Motorhaube.

»Hat Spaß gemacht, mit dir zu fahren.« Was für ein Gefühl, nach einer Woche radeln.

Wie beim letzten Mal war der Dorfplatz voller Menschen. Der Geruch nach Baguette vermischte sich mit den Glutamatschwaden einer vietnamesischen Bude und den Ausdünstungen des Fischstandes.

Ich bahnte mir meinen Weg zur anderen Seite und betrat die Crédit Breton. Bevor ich von dem pickligen Assistenten in Anzug und Krawatte in ein heruntergekühltes Besucherzimmer geleitet wurde, zeigte ich ihm den Schnipsel des Schecks. »Wissen Sie, welche Bank den ausgestellt hat?«

»Wir natürlich«, sagte er. »Das B ist nicht zu übersehen. Aber zerrissen ist er ungültig.«

Gleich darauf begrüßte mich Isidore in seiner üblichen kurzen Hose und den Flipflops, die Schirmmütze auf der Tonsur. Er bestand vergeblich darauf, dass der Picklige mit dem Namen Corentin Lehenaff seinen Chef holte. Lehenaff fand, er sei befugt, das Geschäft allein abzuwickeln.

Nun zündete Isidore ein ganzes Bewerbungs-Feuerwerk, benutzte Worte wie Schweizerin, Bank, sogar Schokolade. Machte aus mir eine Nationalheilige mit direktem Zugang zu den Panzerschränken am Paradeplatz.

Es nützte nichts. Ich war nicht kreditwürdig.

Wir standen wieder draußen, wo der Wirt der »Bar de l'Eglise« Isidore auf einen Lambig einlud, den Apfelschnaps der Region. Dass ich mir eine Breizh Cola bestellte, brachte mir einen anerkennenden Blick und Isidore die Frage ein, wie es denn Aurélie gehe, Isidores Freundin. Er verriet, sie sei im

Yogakurs, er habe freie Bahn, dies mit einem Augenzwinkern zu mir.

Eine Viertelstunde später standen wir in der nächsten Bank, wo es unermesslich heiß war, dreiunddreißig Grad, verriet das Thermometer an der Außenwand. Ich machte ein Foto davon und schickte es meinem Ex, ohne Kommentar.

Der Chef kam höchstpersönlich, bejahrt, mit rundem Gesicht und vierschrötigem Nacken, das weiße Hemd klaffend. Das gleiche gekühlte und bestausgestattete Hinterzimmer, das gleiche Prozedere und die gleichen Antworten. Wenn auch mit großem Bedauern vorgetragen. »*Désolé*, Madame.« Aber Kreditnehmer aus dem Ausland würde man sehr genau anschauen, ich bräuchte eine Unterstützung meiner Hausbank. Dass ich keine hatte, gab den Ausschlag.

Wieder draußen. Einen Lambig und eine Cola später machten wir einen letzten Versuch.

»Ich gebe niemals auf, Tereza«, sagte Isidore, und ich verstand, dass es eine Frage des Stolzes war. Natürlich ging es auch um seinen Auftrag und letztlich um sein Geld. Aber Isidore hatte mir seine Hilfe versprochen, und die sollte ich bekommen.

»Banque Finisterra«, prangte auf dem Neonschild des mehrstöckigen Gebäudes am Rand der Altstadt neben einem Schuhladen und einer Metzgerei. Es war Mittag und viel zu heiß, aber hier waren wir eben nicht im Midi, und darum wurden wir von der Bankdirektorin empfangen. Eine angenehme Abwechslung nach all dem Testosteron.

Sie und Isidore tauschten Nettigkeiten aus, es stellte sich heraus, dass sie eine entfernte Cousine war.

Beim Prüfen der Unterlagen blieb sie am Wort »monument historique« hängen.

»Haben Sie das Zertifikat?«

»Mais, bien sûr«, sagte Isidore für mich.

Als er zu meinem Erstaunen ein Zertifikat beibrachte, holte er zu einer geschichtlichen Abhandlung aus, erzählte von dem Haus meiner Tante, das Anfang des zwanzigsten Jahrhunderts von einem Architekten aus dem Umfeld der reichen Familie Peugeot gebaut worden sei. Diese Information war mir neu.

»Und warum steht das Haus in Camaret und nicht in Morgat?«, fragte ich.

Ein neugieriger Blick seitens der Bankdirektorin streifte mich, blieb an dem Triskel-Anhänger haften. Wieso ich vom Konkurrenzkampf zwischen Camaret und Morgat wisse? Dass ich Sœur Nominoë als Quelle angeben konnte, war ein Türöffner. Die Bankerin kannte die Nonne, mehr noch, sie habe deren Leuchtturmrenovation finanziert.

Gleich drauf waren wir uns einig. Mit Handschlag bekam ich einen Kredit von dreiunddreißigtausenddreihundertdreiunddreißig Euro.

»Drei ist eine magische Zahl«, sagte die Bankerin lächelnd und ließ den silbernen Triskel an ihrem Finger aufblitzen: *sisters in crime*.

Der Papierkram danach nahm mehrere Stunden in Anspruch.

»Wir hätten von Anfang an zu ihr gehen sollen«, sagte ich, als wir ein letztes Mal in der Bar saßen und den Nachmittag mit einem dritten Lambig und einer Breizh abrundeten.

»Ein französisches Sprichwort besagt: ›*Qui va lentement, va sûrement.*‹ Gut Ding will Weile haben.«

Plötzlich waren wir nicht mehr allein am Tisch, einige Männer waren dazugekommen, von denen sich einer, in Jeans und hemdsärmelig, als Crozons Bürgermeister entpuppte. Er hatte einen unaussprechlichen Namen und eine Antwort auf meine Frage, was denn nun aus dem Projekt »Beaux Arts« in Camaret würde, nachdem Severin gestorben sei.

»Es ist natürlich eine Tragödie«, sagte er. »Gwenn Yrne, die Vizebürgermeisterin, wird alles ganz genau prüfen, da bin ich sicher. Sobald die Trauerfeierlichkeiten vorbei sind.«

Auf mein Nachfragen erfuhr ich, dass die Beerdigung für die nächste Woche geplant war. Damit beendete der Bürgermeister seinen Bericht, und Isidore wurde nervös, Aurélie wolle noch zum Schwimmen. Die Verabschiedung war kurz und herzlich, gleich darauf saß auch ich in meinem Auto.

Von meinem Schweizer Handy aus rief ich in der Crédit Breton an. Ich sprach mit deutschem Akzent, gab mich als Severins Frau Leontine aus und beklagte die Schwierigkeit, den Nachlass über die Ländergrenzen hinaus zu regeln – meine Stimme verstellen konnte ich, Geschichten erzählen ebenfalls, und mit der Wahrheit nahm ich es nicht immer so genau.

Ich bat Lehenaff um einen Termin, versprach, meinen Ausweis dabeizuhaben, und fragte zum Schluss noch nach dem Kontostand.

»Dieselbe Frage hat die Polizei auch gestellt«, sagte Lehenaff.

Einhundertdreiundzwanzig Euro und fünfundzwanzig Cent sei Severin im Minus. Weitere Konten gäbe es nicht. Lehenaff hatte die Güte, mich nicht um sofortige Bezahlung der Schulden zu bitten.

Severin hatte also weder das Haus noch Geld besessen. Zumindest nicht bei dieser Bank. Der Scheck, den er mir ausgestellt hatte, wäre gar nicht gedeckt gewesen. Hatte er ihn deswegen zerrissen?

Dass Gabriel Mahon dieselben Fragen gestellt hatte, zeigte mir, dass ich auf der richtigen Spur war.

Ich sah auf die Uhr. Später Nachmittag. Vielleicht ein guter Moment, um bei Leontine Lukesch vorbeizuschauen, die, wie ich ja von ihrer Arbeitsstelle erfahren hatte, im gemeinsamen Appartement in Morgat weilte.

***

Man würde meinen, das Auge gewöhne sich an Schönheit. Aber dem war nicht so. Morgat war ein Paradies. Unter normalen Umständen hätten die Palmen mich entzückt, die kleinen Katamarane, die tuckernden Motorboote voll winkender Touristen, die den farbenprächtigen Grotten, den Vedettes Sirènes, einen Besuch abstatteten, das türkisfarbene Meer, der breite weiße Sandstrand, bestückt mit badenden Menschen. Auch das alte Karussell hätte mich entzückt, die Ansammlung der bunten, einstöckigen Häuser, die kleinen Geschäfte, in denen man Regenjacken und Bikinis kaufen konnte. Ich hätte in der Boulangerie ein Pain au chocolat gekauft, danach im »La Bolée« einen Milchkaffee getrunken und dazu eine Crêpe caramelle et beurre salé gegessen.

Aber die Umstände waren nicht normal. Darum fuhr ich direkt zu Leontine Lukesch. Sie residierte in einem Appartementkomplex der gehobenen Sorte, wo mir die Rezeptionistin mitteilte, ich würde Leontine im Labyrinth von Crozon antreffen.

Ihre Wegbeschreibung war hervorragend, und so rumpelte ich über einen Schotterweg, schattig und kühl, umgeben von Kiefern, Buchen, Eichen, Farnen, Hecken und Brombeersträuchern.

Gerade als ich sicher war, mich im Weg geirrt zu haben, landete ich auf einem leeren Parkplatz. Ich parkte DD und stieg aus. An einem Porsche Cabriolet mit deutscher Nummer vorbei, gelangte ich zu einer Art Zirkuswagen. »Presqu'île Labyrinthe«, stand auf der Plane.

»Hallo?«, rief ich.

Der freundliche Labyrinth-Mitarbeiter mit Namen Ludovic, der gleich darauf erschien, hörte sich mein Anliegen an.

»Leontine wollen Sie sprechen? *Mais, bien sûr.*«

Er führte mich zu einer Laube, wo Leontine Lukesch saß, die Füße in Sandalen mit knallroten Bändern und Korksohle. Dazu trug sie einen engen Lederrock. Hinter der Sonnenbrille waren ihre Augen nicht zu erkennen, ihr Gesicht wirkte ausgemergelt, sie war entweder unterernährt oder magersüchtig.

Die Rezeptionistin habe mein Kommen angekündigt, in welcher Beziehung ich denn zu ihrem Bruder gestanden habe?

»Ihr Bruder?« Mir blieb der Mund offen stehen.

Leontine und Ludovic wechselten einen Blick.

»Severin wollte mein Haus kaufen«, sagte ich, als ich mich wieder gefangen hatte.

»Ich weiß.«

Also hatte er sie informiert.

»Ich war vermutlich die Letzte, die mit ihm gesprochen hat. Mein herzlichstes Beileid.«

Sie nahm es an. Wir schwiegen. Dann übermannte mich die Neugier.

»Severin hat mir nicht erzählt, dass er eine Schwester hat. Ich dachte …«

»Ich sei seine Gattin? Nein, ich war seine Tarnung.« Leontine klang gleichmütig. Darunter schimmerte Trauer durch.

»Das ist ihm wirklich gut gelungen. Ich nehme an, es gab noch mehr Menschen, die sich haben täuschen lassen.«

Leontine nahm die Brille ab, musterte mich.

»Solche wie Sie gab es keine.«

Womit auch die Frage geklärt war, ob ich in sein Beuteschema passte. Ich war die fette Ausnahme von der Regel.

»Wieso wollte er die ›Villa Wunderblau‹ kaufen?«

»Ihr Haus hat ihn angeregt«, sagte Leontine. »Als Künstler.«

»Angeregt? Mit Verlaub, aber Ihr Bruder war kein wirklich guter Maler.«

Leontine verzog keine Miene. »Wir haben ihm den Glauben gelassen.«

»Wer ist wir?«

»Meine Eltern und ich.«

Ich sah den patriarchalischen Vater förmlich vor mir, die Mutter, die schwieg, und Leontine als Puffer dazwischen.

Ludovic, der bislang nur zugehört hatte, strich über ihre Hand. Waren die beiden ein Paar?

Als Leontine nach unserer Begegnung fragte, erzählte ich ihr das Nötigste. Dann fiel mir etwas ein.

»Waren Sie als Kinder hier oben?«

»In unserem Ferienhaus. Wir waren sehr traurig, als mein Vater es verkauft hat.«

»Und das Appartement in Morgat?«

»Gehört mir. Ich habe es vor einiger Zeit gekauft. Severin hat es benutzt, wenn ich nicht da war.«

»Also dauernd. Sie schafft es höchstens zweimal im Jahr«, sagte Ludovic in gebrochenem Deutsch mit umwerfendem französischen Akzent. »Sehr schade.«

Leontine lächelte zum ersten Mal. Die beiden passten zusammen.

»Und die Wohnung im ›Beaux Arts‹?«

»Keine Wohnung, ein Atelier.«

Von dem Liebesnest unter dem Dach wusste sie also nichts. Oder von der Frau, die da oben mit ihm lebte.

»Wieso sind Sie so neugierig?«, fragte Leontine.

»Das Ganze berührt mich. Ich hatte mir ernsthaft überlegt, ihm die Villa zu verkaufen.«

»Ein schönes Haus, hab ich gehört. Wenn man investiert.« Abrupt stand sie auf. »Mit dem Tod meines Bruders sind alle Verkaufsabsichten gegenüber Ihrer Villa nichtig, Madame Berger.« Es klang hart. Sie musste eine gute Geschäftsfrau sein. Anders als ihr Bruder, dachte ich.

Dann zeigte sie mir ein Dokument. Es war der Vertrag. Sprachlos sah ich sie an.

Sie zerriss ihn, das Gespräch war beendet.

»Möchten Sie das Labyrinth besuchen?«, fragte mich Ludovic später, als Leontine in ihrem Porsche davongefahren war. »Es geht um die bretonische Sagenwelt.«

Das Projekt verband Abenteuer mit Informationen. An verschieden beflaggten Posten, welche man über verschlungene Pfade, eingerahmt von dicht gewachsenen Büschen, erreichte, musste man Fragen beantworten, inspiriert von der bretonischen Sagenwelt. Jedes Jahr gab es eine neue Geschichte, damit es nicht langweilig wurde.

»Diesmal habe ich mir Morwen vorgenommen«, erklärte mir Ludovic, als ich am Anfangspunkt des Labyrinths stand, beflaggt mit einer weißen Fahne. »Dass sie nun zur traurigen Berühmtheit gefunden hat, ist ein Zufall.«

Ein sehr unglücklicher Zufall, dachte ich. Ich vergaß es jedoch gleich wieder, denn die Geschichte, geschrieben auf eine Tafel am Start des Rundgangs, zog mich sofort in ihren Bann.

»Morwen et sa soif pour les hommes«, so ihr Titel. Morwen und ihr Hunger nach Menschen, mit der Betonung auf der Doppeldeutigkeit des Wortes »homme«, Mann oder Mensch.

Morwen war die jüngste von neun Schwestern, die im Mittelalter alle zusammen an der Pointe de Penhir in einem Schloss gelebt hatten, das auch als Leuchtturm diente. Ihr Vater, der große Gwennach'ram, war Wächter über die Iroise gewesen, jenes Gebiet, wo die Nordsee, der Kanal und der Golfstrom in einem wilden Strudel zusammenkamen.

Jede Nacht stand Gwennach'ram neben dem Feuer in der Glaskuppel und geleitete die Kapitäne mit seinem Strahl sicher in die Rade de Brest. Ein Stück weiter vorn, bei der Hafeneinfahrt nach Camaret, gab es einen zweiten Leuchtturm, über den Richelieu herrschte, der Bruder Gwennach'rams. Er war stolzer Vater von Söhnen, während Gwennach'rams Frau ihm selbst nur Mädchen gebar.

Als sie nach der neunten Geburt starb, verstieß Gwennach'ram das kleine Mädchen Morwen. So wuchs sie, behütet von ihren Schwestern, in einer Höhle mitten im kargen Gestein und den zerklüfteten Felsen auf der Erbseninsel Le Daouèt auf, die nur bei Ebbe vom Festland aus erreichbar war. An ihrem sechzehnten Geburtstag verließ Morwen die Höhle, um das Land zu erkunden. Dabei traf sie einen Jungen namens Ronan, der ebenso alt war wie sie. Sie verliebten sich auf den ersten Blick ineinander.

Nach der ausführlichen Einführung las ich die erste Frage. Sie war sehr leicht zu beantworten und gab mir den Hinweis auf die nächste Flagge, die ich aufsuchen sollte. Es war die gelbe.

Der Weg dahin schien einfach, so kindergerecht wie die Fragen. Was sich als Täuschung erwies. Als ich zum dritten Mal durch die Gänge des Labyrinths irrte, war ich mir sicher, dass Ludovic ein Fehler unterlaufen war. Auf meine Hilferufe kam er herbeigeeilt und zeigte mir, bei welchem Busch ich falsch abgebogen war. Den Posten zu erreichen, war danach ein Klacks.

Dort konnte ich alles über die Beziehung der beiden Jugendlichen Morwen und Ronan und den Sommer ihres Lebens nachlesen und eine weitere Frage beantworten. Dass es kein Happy End geben würde, ahnte ich und war nicht erstaunt, als ich beim grünen Posten las, dass Ronan in Wirklichkeit der Bruder Morwens gewesen war, weil die Frau von Gwennach'ram immer Zwillinge geboren und den jeweiligen Sohn heimlich Richelieu geschenkt hatte. Als Gwennach'ram davon erfuhr, ließ er ein fürchterliches Gewitter entstehen, das beide Schlösser zerstörte und alle Bewohner tötete. Bis auf Morwen und den jungen Ronan.

Nun machte ich mich auf zum letzten Posten, der mit der weißen Zielflagge bestückt war. Mittlerweile kannte ich die Tricks, wählte den unscheinbaren Pfad, nicht den offensichtlichen – und stieß auf eine Betonmauer. Endstation. Noch mal alles zurück. Ein neuer Versuch. Wieder falsch. Kein weiß beflaggter Posten. Dafür stand am Ende des Wegs eine massige Gestalt, die Kapuze war deutlich zu sehen, das Gesicht darunter nicht.

Ich schrie auf und rannte los, nur um zu merken, dass ich im Kreis gelaufen war. Verdammt noch mal.

Ob der Typ hinter mir her war, konnte ich nicht sagen. Zu viel Lärm machten meine Turnschuhe auf dem groben Kies. Endlich sah ich die weiße Flagge des letzten Postens. Von da aus waren es nur noch wenige Meter bis zum Ausgang.

»Wie lautet Ihre Antwort auf die letzte Frage?«, fragte mich Ludovic aus seinem Zirkuswagen heraus.

»Was?« Ich musste aussehen wie eine Irre.

»Kommen Morwen und Ronan zusammen?«

Ich erfand aus dem Stegreif. »Gwennach'ram tötet Ronan, welcher als letzten Akt sein Schwert in dessen Herz bohrt. Morwen überlebt als Einzige. Alle paar Jahre, immer am Todestag von Ronan, kommt sie und holt sich Männernachschub, damit sie nicht vereinsamt.«

Ludovic klatschte. »Sie haben eine gute Phantasie. Ziemlich nah dran an der Sage. Bis auf das Schwert. Ronan verwendet ein Messer.« Ludovic kam heraus und legte mir eine Medaille aus Bronze um den Hals. »Schade, dass Sie viel zu lange gebraucht haben für den Parcours. Sonst hätte es Gold gegeben.«

Auf der Medaille war das Konterfei einer jungen Frau zu sehen, halb Mensch, halb Meerjungfrau.

»Eine ziemlich brutale Geschichte«, sagte ich. »Rennen Ihnen die Touristen nicht davon?«

»Im Gegenteil. Ich arbeite mit der Küstenpolizei zusammen. Hier ist ein Merkblatt zum Verhalten an den Stränden, mit Warnhinweisen. Die Wirbel, die Wasserstraßen ... die Iroise ist gefährlich, mit tückischen Strömungen oder Treibsand. Auch dieses Jahr haben wir Todesfälle, obwohl wir warnen.« Er drückte mir den Zettel in die Hand.

»Die Toten waren keine Touristen«, sagte ich. »Ronan – er trägt denselben Namen wie der Junge in der Sage. Ist das ein Zufall?«

Ludovic gab keine Antwort. Den Aspekt schien er nicht zu mögen.

Ich blieb hartnäckig. »Stand die Festung von Richelieu seinerzeit da, wo heute das Kloster von Sœur Nominoë steht?«

Diesmal nickte er. »Genau. Der Leuchtturm ist sehr alt, er wurde kürzlich renoviert. Das Kloster wurde später dazugebaut, heute ist es eine Ferienkolonie. Dass wir Nominoë Sœur nennen, hat etwas mit Nostalgie zu tun. In Wirklichkeit ist sie so weltlich wie wir alle.«

»Aber sie trägt eine Ordenstracht.«

Er lächelte. Machte dieselbe Handbewegung wie Nominoë. Das Schweigegelübde, schon klar.

Bevor ich ging, musste ich noch etwas wissen. »Sagen Sie, ist eben jemand aus dem Labyrinth gekommen?«

Er schüttelte den Kopf. »Nein, Sie waren die einzige Besucherin.«

Als ich zum Auto zurückkam, prangten schwarze Buchstaben auf DDs Windschutzscheibe: »Putain, casse-toi. GO HOME.«

Ich fuhr direkt zur Gendarmerie im Industrieviertel von

Crozon. Es war ein langes, flaches Gebäude, angrenzend an eine Pizzeria, entsprechend roch es im Vorzimmer, wo ich zusammen mit einer Mitarbeiterin auf Emil Vanderbroucke wartete. Er kam nach einer halben Stunde in voller Uniform mit weiß-rot-blauer Litze und sah sehr amtlich aus. Zuerst ließ er sich von mir die versprayte Windschutzscheibe zeigen, dann unterrichtete er Gabriel Mahon telefonisch davon. Während er seinem Kollegen lauschte, lotste er mich wieder hinein und holte ein Wattestäbchen aus einer Plastikpackung.

»Wir brauchen dringend den Abgleich von Ihnen, Madame Berger«, sagte er, nachdem er aufgelegt hatte.

»Verwechseln Sie nicht etwas? Ich wollte Sie um Personenschutz bitten. Und nun soll ich meine DNA hinterlassen?«

Er zuckte seine Epauletten. »Anordnung des Commissaire.«

10

Camaret-sur-Mer, 21. Juli

»Mama?«

Ich erwachte mit einem Ruck, ich musste vollkommen dehydriert sein. Wie sonst wäre es möglich, dass ich die Stimme meines Sohnes hörte, untermalt von Klopfen und Poltern.

»Mam? Bist du da?«

Eine Fata Morwena? Hatte mich die Männerschlürferin heimgesucht?

Als ich die Tür öffnete, fielen mir beinahe die Augen aus dem Kopf. Da stand mein Sohn Kai, neben ihm pinkelte unser Familienhund, genannt »der Hund«, an die Hausecke. Hinter den beiden – als veritables Verkehrshindernis – ein dottergelber VW-Bus mit Kais tief schlafendem Freund Ali auf dem Beifahrersitz, in Kurzarmhemd und Krawatte, die Haartolle zerzaust.

»Endlich, Mam. Dachte schon, du bist ausgeflogen.«

Ohne weiter nachzufragen, nahm ich meinen Sohn in die Arme, spürte den Bartflaum, suchte nach dem Geruch des kleinen Jungen, dem ich schon im Kindergarten alle Harry-Potter-Bände hatte vorlesen müssen.

»Warum weinst du denn? Freu dich doch. Wir wollten an den Atlantik. Da dachten wir, fahren wir kurz bei dir vorbei und liefern ein paar Bücher ab.«

Mir fehlten die Worte. Dafür sprach er umso mehr.

»War ganz schön schwierig, das Haus zu finden. Die Adresse ist falsch.«

Bevor ich ihm das mit den neuen Straßennamen erklären konnte, fiel er mir ins Wort. »Rue des Beaux Arts Numéro un, ich weiß. Klingt echt geil. Die Barfrau vom ›La Coquille‹ hat mir einen Croque Monsieur gemacht samt Diabolo Menthe.«

»Typisch Magalie«, sagte ich, ging um den VW-Bus herum

und sah durch die Vorhänge ins Innere, wo sich Kiste um Kiste türmte. »Habt ihr wirklich Bücher hier raufgefahren, an allen Zollspürhunden vorbei?«

»Die haben wir sauber abgelenkt, gell«, sagte Kai und tätschelte dem hechelnden Hund die Flanke. »Wir haben übrigens nur die Krimis und die leichten Sachen eingepackt. Sag mal, willst du eigentlich länger hierbleiben?«

»Kai, mein Schatz.« Ich schniefte ein wenig. »Ich weiß es nicht. Sicher bis Ende August.« Ich war immer noch fassungslos. »Ihr müsst die ganze Nacht durchgefahren sein.«

»Darum ist Ali so fertig.«

»Und das war deine Idee?«

Dass Kai mich nicht belog, sondern mir gestand, Brigitte habe ihn praktisch zu der Fahrt gezwungen, weil sie sich Sorgen machte, rührte mich am meisten. Der Junge hätte auch einfach Ja sagen und die Lorbeeren auf sich vereinen können. Schon begann er, die Kisten aus dem Auto zu wuchten, während ich die Flügeltüren weit aufmachte.

»Ganz hinten geht's in die Garage. Die nehmen wir als Lager her, mein Klappbett schiebst du an die Seite, was keinen Platz hat, verstauen wir im Keller«, sagte ich.

In dem Moment tauchte Ayalas Surfvan auf. Schon von Weitem winkte sie aus dem Fenster.

»Wollt mal sehen, wie's dir geht, Tereza!«

Ayala hatte bereits eine Frühsurfschicht hinter sich und für den Rest des Tags frei, da absolute Flaute herrschte. Neugierig musterte sie die verschiedenen Schriftzüge auf dem Atelierfenster.

»Also stimmen die Gerüchte, du hast die erste *librairie allemande* im Finistère eröffnet.«

»Sylvie und der Literaturclub vom Campingplatz haben mich dazu überredet.«

»Eine Zwischennutzung«, sagte Kai. Er wischte sich den Schweiß von der Stirn und stellte sich vor.

»Zwischennutzung«, sagte Ayala. »Das gefällt mir. Meine Surfbude war früher eine Fischerhütte.«

Während sie uns beim Kistenschleppen half, erzählte sie Kai, sie sei zum Surfen hergekommen und dann geblieben.

Ich winkte ab, nein, sobald das Haus fertig renoviert sei, würde ich verschwinden, der Sinn einer Zwischennutzung sei ja die zeitliche Begrenzung.

»Wer's glaubt. Dir gefällt's doch hier, Mam.« Kai blinzelte Ayala zu. Sie mochten sich auf Anhieb.

Da knatterte Isidore auf dem Moped heran. Er lieferte sein Werkzeug und den fertigen Vertrag der Bank, ich bräuchte nur noch zu unterschreiben.

»Ich habe gehört, dass Sie gestern im Labyrinth waren«, sagte er und fütterte den begeisterten Hund mit kleinen Merguezwürsten. »War es interessant?«

Ich erzählte ihm die Sage der Morwen nach, die er zu meinem Erstaunen kaum kannte, wie sich herausstellte.

»Den meisten geht's wie mir, die Figur ist bekannt, die Umstände sind es nicht«, sagte er. »Haben Sie übrigens heute schon die Zeitung gelesen?«

Er zog die »France Ouest« hervor. Im Artikel ging es vor allem um die Sicherheitsmaßnahmen, die in allen Küstenregionen verstärkt worden seien. Dazu gab es je ein Interview mit der Küstenpolizei, mit einer Strandbudenbesitzerin und mit Gabriel Mahon. Er erwähnte, dass die forensischen Untersuchungen abgeschlossen seien. Man sei dabei, sich Klarheit zu verschaffen über Severin Lukeschs letzte Stunden und ob es einen Zusammenhang mit den anderen Todesfällen gab. Die Strände La Palue und Pen Hat blieben nach wie vor gesperrt. Auf dem Foto sah er grimmig aus.

»Mahon lässt sich nicht in die Karten blicken«, sagte ich.

Isidore zuckte die Schultern, wehrte den gierigen Hund ab und steckte meinen unterschriebenen Vertrag ein. »Hören Sie, Tereza, heute ist Moules Frites, heute vergessen wir unsere Sorgen.«

Ich kam auch nicht mehr dazu, mir Sorgen zu machen. Als ich eine Weile später unter der Naturdusche im Garten stand, trafen meine beiden guten Geister Sylvie und Catherine sowie die ersten Kundinnen ein. Sylvies Werbemaßnahmen zeigten Wirkung, die Nachricht einer illegalen deutsch-englischen Buchhandlung hatte sich unter den Touristen verbreitet wie ein Lauffeuer. Sie wollten Bücher kaufen, Kaffee trinken, Zuflucht vor der Hitze suchen oder alles zusammen.

Die Stimmung war großartig, unser kleines improvisiertes Team gab sein Bestes: Ayala stand an der Kasse, Catherine suchte nach Büchern, Sylvie machte Kaffee und Kuchen, Kai sorgte fürs Musikprogramm und verzeichnete einen nostalgischen Großerfolg mit Michel Legrand.

Während ich auf einem Fresszettel notierte, dass ich in meinen Beständen nach »Tintenherz« und Elena Ferrante suchen sollte, klappte Ali, Kais mittlerweile ausgeschlafener Freund, frisch naturgeduscht und im gebügelten Hemd, sein Laptop auf.

»Tereza, hast du noch nie was von professioneller Software gehört?«

Er fand mich und meine händische Erfassung antiquiert und erzählte von Katalogen, Titeldaten, Import, Quellen und der Lösung für alle Probleme: die JTL-Ameise.

»Was für eine Ameise?«

»Ein cooles IT-System zum Nachbestellen. Nach dem Verkauf braucht es nur einen Klick auf die Ameise, und schon wird alles erledigt. Wie lautet dein WLAN-Code?«

Dass ich ihn dafür ins »Café des Beaux Arts« schickte, entlockte ihm einen Laut. »Nenö? Du hast kein WLAN?«

»Im Café ist es dafür top. Schneller als meines in Zürich. Wenn es läuft – was meist der Fall ist.«

Ich lachte, als er entsetzt davonzottelte. Ali war ein Iran-New-Yorker IT-»Brain« und lebte in Berlin, die perfekte Ergänzung zu meinem Philosophenkind, das von Ameisen eher zu Gedanken über die Ewigkeit inspiriert wurde.

Am späten Nachmittag machten wir Kassensturz, wippend zu »We Are the Champions« von Queen, und was soll ich sagen: über fünfhundert Euro.

Zeit zum Feiern blieb uns nicht. Wir wurden von einer Fanfare auf die Straße gelockt, wo eine weibliche Brassband vorbeizog. Die Anführerin hatte eine Trompete, hinter ihr kamen viele weitere Instrumente: Waldhorn, Fagott, Flöte, ein Akkordeon, die Bombarde, eine Art bretonische Klarinette, wie mir Ayala erklärte, und zum Schluss ein Glockenspiel.

Die Melodie war so bunt wie mitreißend.

»Komm, Tereza, begleiten wir sie«, sagte Ayala. »Sie gehören zu den Frauen von Camaret.«

Bis ich die Flipflops mit den Turnschuhen vertauscht, dem Hund Wasser und einen Schlafplatz zugewiesen und die Türen zugesperrt hatte, war der Zug in Richtung Place Saint-Thomas verschwunden. Da sah ich aus dem Augenwinkel, wie sich der Vorhang meines Nachbarn bewegte. Keine Illusion, diesmal war ich ganz sicher – und diesmal war ich schlauer. Ich tat so, als ob ich es mir anders überlegt hätte, ging durchs Haus ins »DEJALU« und wartete hinter der bemalten Scheibe ab, was passierte. Als die grauschwarze Tür gegenüber aufging, war ich fast erleichtert. Gleich würde ich meinem Widersacher gegenübertreten.

In dem Moment klingelte mein Handy überlaut bis auf die Straße. Die Tür gegenüber klappte wieder zu. *Merde alors.*

»Mama, kommst du? Es geht gleich los«, schrie Kais Stimme mir ins Ohr.

***

Das Fest steuerte auf den Höhepunkt zu. Ayala und ich standen mit mehreren hundert anderen in der Essensschlange, während Kai uns ein Coreff, das hiesige Bier, brachte. Die Abendsonne leuchtete warm vom tiefblauen Himmel, die Luft war lau und mild, von vorn wurden Muscheln und Fritten zum Probieren durchgereicht.

Ich erspähte viele Bekannte, Isidore mit Aurélie, Aileen und den hemdsärmeligen Emil, der mich freundlich grüßte, so als ob er mir nie eine DNA-Probe abgenommen hätte. Der vollzählige Literaturclub war da, ich bemerkte Magalie und den dicken Armand – ohne Kapuze! War er gestern im Labyrinth gewesen? Hatte er mich eben erschreckt? In dieser vibrierenden Menge kamen mir meine Verdächtigungen lächerlich vor.

Dann sah ich Erwan, barfuß mit dickem Pulli, Schal und Elektrozigarette, Basile und Vivienne, die meinen Blick konsequent vermied, weiter vorn Gwenn und Nadège, einmal Bleistiftrock, einmal Yogalook. Nadège zog die Blicke vieler Männer auf sich, Touristen und Einheimische. Was wohl Mahon dazu sagen würde? Er als Einziger war nicht da, wie mir schien.

Auf der Bühne hatte zum Auftakt ein Männertrio gespielt, ziemlich traditionell und etwas brav, nun ertönte Musik aus den Lautsprechern.

Ich stieß Ayala an und zeigte auf die Frauenband, die ganz gesittet am Tisch saß. »Schade, dass sie verstummt sind, sie wären viel origineller.«

»Wart's ab«, sagte Ayala und gab die Probierschale an mich weiter.

»Ich finde es klasse«, fuhr ich mit vollem Mund fort. »Im Finistère, am Ende der Welt, wo man es niemals erwarten würde, rotten sich die Frauen zusammen.« Ich zeigte mit einer Pommes frites zu der zugeparkten Mole hinüber. »Weißt du, wie schön das wäre? Alles autofrei?«

»Es war deine Großtante Annie«, sagte Ayala unvermittelt. »Sie war die Gründerin der Frauen von Camaret, sie hat die Bewegung ins Leben gerufen. Sie war jünger im Geist als viele. Ein ganzes Konzept hat sie gemacht, wie man Camaret aufwerten könnte. Einzigartig. Das hat sie immer gesagt. Es soll einzigartig werden. Extraordinär. Ein Juwel.«

»Wusstest du, dass sie an einer Verschlusskappe erstickt ist?«, sagte ich unvermittelt. Ganz konnte ich die Gedanken nicht verdrängen, wie ich merkte.

Ayala wunderte sich. »Was für ein eigenwilliger Tod. Ich dachte, sie sei friedlich eingeschlafen.«

»Wer sagt das?«

»Die Leute. Magalie.«

Ich klopfte auf meine Tasche. »Es steht im Bericht, den

ich bekommen habe. Wer waren denn Annies Gegner? Die ›Groupe des Anciens‹?«

»Alle, die am Alten festhalten und vorgeben, aus Angst zu handeln, weil zu viele Touristen kommen und den Ort ruinieren.«

»Das ist doch irgendwie berechtigt.«

»Blödsinn, die Frauen wollen ja nachhaltig, ökologisch und sanft sein. Außerdem geht es nicht nur um die Touristen, es geht auch um uns, die wir hier leben. Ich will mehr als einen Sommermarkt, ein Kriegsdenkmal und ein paar Hinkelsteine. *Allez, les femmes de Camaret.*«

Ayala zeigte auf den Brassband-Tisch, wo mittlerweile noch andere saßen, darunter Aileen, Emil, Basile und Vivienne.

»Die Frauen von Camaret sind eine Art Widerstandsbewegung geworden. La Résistance – hat große Tradition. Die Szene, die du am Strand erlebt hast, ist harmlos im Vergleich zu anderen Dingen, die hier abgegangen sind.«

»Wie meinst du das?«

»Das Versammlungslokal der Frauen wurde geplündert. Eine Stromleitung wurde gekappt.«

Ein Versammlungslokal? Das hörte ich zum ersten Mal. Mir schwante, wo das gewesen sein könnte.

»Die Frauen von Camaret haben sich in Annies Bibliothek getroffen, stimmt's, Ayala? Darum ist da kein Strom mehr. Isidore hat ein wenig geschummelt.«

»Offiziell hat man nie herausgefunden, wer die Vandalen waren. Die Frauen von Camaret sind überzeugt, dass es eine Splittergruppe der ›Anciens‹ war, die besonders Radikalen.«

»Armand?«

Ayala zuckte die Achseln. »Er ist sehr undurchsichtig. Immerhin ist er Magalies Mann. Bei ihm bin ich mir nicht sicher.«

»Hat Mahon keine Untersuchung gemacht?«

»Die Gendarmerie war zuständig. Mahon ist erst im Mai gekommen.«

»Wieso weißt du so gut Bescheid?«

»Ich geh zu Nadège ins Yoga. Da hört man so einiges.«

»Du bist sehr engagiert. Warum bist du nicht bei den Frauen von Camaret?«

»Am Anfang war ich dabei. Bis sie mich ...« Sie biss sich auf die Lippen. »Sagen wir es so, auf dem Heimweg von einer Sitzung wurde ich abgepasst.«

»Die Kapuzentypen?«

Sie nickte. »So was kann ich mir nicht leisten.«

»Warum?«

Ihre Miene verschloss sich.

»Da muss die Gendarmerie doch etwas unternommen haben«, sagte ich nach einer Weile.

»Anzeige gegen unbekannt, das war alles. Die Frauen tagen im Moment an wechselnden Orten, wie zum Beispiel in der Strandbude von Veryach. Die Stimmung ist gereizt. Der Bürgermeister ist im Sabbatical oder im Urlaub oder sonst wo, keiner weiß etwas Genaues. Dabei steht die Entscheidung über die Hafenmole an. Die Chance, dass alles verzögert wird, ist groß.«

»So gesehen erscheinen die Farbanschläge in neuem Licht. Sie gelten nicht nur mir, sondern auch Annie, dir, den Frauen, dem Haus. Das ›DEJALU‹ muss für die ›Anciens‹ eine Provokation sein.«

Während ich eine Handvoll Pommes nachschob und eine weitere Muschel knacken wollte, wurde ich angestupst.

»Pardon, aber das sollte eigentlich für alle sein. Können Sie den Teller vielleicht weiterreichen?«

Ach nein. Da hatte ich den Wartenden das Schmankerl weggefuttert.

Alle lachten. Nur Kai, der uns gerade mit einem weiteren Coreff versorgte, war nicht amüsiert. »Mama, nimm dich zusammen, ist ja peinlich, wie du reinhaust. Nicht gut für dein Cholesterin.«

Ayala grinste. »Ganz schön gesundheitsbewusst, dein Sohn.«

Endlich war die Reihe an uns. Wir beluden die Tabletts mit dem Essen, drückten Soßen in Pappkartonbecher und quetschten uns wieder auf die Festbank, wo die Stimmung immer ausgelassener wurde. Links das Meer, rechts das Meer, vor uns die bunten Häuser der Hafenmole, hinter uns die Tour de Vauban. Die Luft war voller Salz, Gischt, Zwiebelsud, Cidre und Fisch. Livemusik setzte ein, die Band eben war nur das Vorspiel gewesen.

Drei Männer mit Violine, Akkordeon und der Bombarde, dazu eine Sängerin, die aussah wie Juliette Gréco. Kaum machte sie den Mund auf, strömten die Leute nach vorn auf den Platz vor der Bühne, allen voran Emil Vanderbroucke, der Gendarm. Er entpuppte sich als mitreißender Tänzer, der nicht nur die Bretonen, sondern auch die Touristen zum Mitmachen animierte. Die Tanzprofis hakten sich gegenseitig an den kleinen Fingern ein, ein händeschwingendes Wiegen begann, Jung neben Alt.

Wie aus dem Nichts tauchte Nominoë auf, mit ihr der ganze Kinderzirkus und die stumme Jeanne, daneben Vivienne und ihr Vater Erwan, im Tanzen plötzlich elegant, genau wie Armand, ein graziler Koloss, der zur Hochform auflief, mit Magalie zusammen den Reigen anführte und den Platz umrundete in dieser wunderbar geformten und doch freien Bewegung, die Generationen vereinte und Gräben überwand.

Magalie, erhitzt und strahlend, winkte Nadège zu. »Los, Chérie. Zeig unseren Gästen, wie es geht!«

»Komm, Ali.« Mein Sohn, der bislang cool mit der Sonnenbrille auf der Bank gesessen hatte, nahm seinen Freund am Arm, ein schnelles Selfie für Instagram, und schon stürmten sie zusammen mit Ayala nach vorn, um Nadèges Anweisungen zu folgen.

Nur ich blieb sitzen. Ich holte mein Notizbuch aus der Tasche und schrieb mir alles auf, was Ayala erzählt hatte. Die Gräben, die durch die Familien gingen …

Wenn ich zu den Tanzenden schaute, war nichts davon zu spüren. Und doch gab es drei Leichen.

***

»Darf ich bitten, Madame Berger?«

Vor mir stand der picklige Bankangestellte und forderte mich zum Tanz auf. Ein Nein ließ er nicht gelten, Geschäft war Geschäft, Fest war Fest.

Ach, was soll's. Und so packte ich mein Notizbuch ein, hängte meine Boule-rouge um und ging zur Tanzfläche. Was kinderleicht aussah, entpuppte sich als kompliziert.

»Nicht denken, einfach schwenken«, sagte Corentin Lehenaff und korrigierte mich in die richtige Position.

Eine ganze Weile hüpften wir vor und zurück, die kleinen Finger ineinander verhakt, intim und doch formell. Bis er meine Hand losließ, mich kreiste und drehte, eine Verbeugung andeutete und mich an die Nächste weiterreichte.

Es war Vivienne. Als sie mich erkannte, zuckte sie zusammen.

»Hör auf, mir auszuweichen. Es ist doch in Ordnung, dass wir uns duzen? Ich bin Tereza«, schrie ich ihr zu, während ich ihre Hand packte. »Kann ich dich bitte sprechen?«

Bevor sie protestieren konnte, zog ich sie mit mir auf die Seite. Hinter der Festbühne schreckten wir mehrere knutschende Paare auf, die weitermachten, als sie merkten, dass von uns keine Gefahr drohte.

»Ich habe nichts mit Severin gehabt, ich schwöre es dir«, sagte ich. »Du hast doch das Foto an die Polizei weitergeleitet? Das von mir und ihm?«

»Bullshit. Kann ich wieder gehen, Madame?« Sie deutete auf meine Hand, die immer noch ihren kleinen Finger umklammerte.

»Ich bin dir nicht böse, Vivienne. Weil du mich verpfiffen hast.«

Ihr Schulterzucken kam einem Geständnis gleich.

»Hast du das Foto anonym geschickt?«

Sie verneinte. »Emil ist ein Kollege meines Vaters.«

»War Severin dein *amant*?«, fragte ich, den wummernden Lautsprecher, der direkt neben uns stand, überschreiend.

Sie knickte sofort ein. »Woher weißt du es?«

»Ich habe in deinem Handy gestöbert.«
Stumm sahen wir uns an. Wir waren quitt.
»Hast du ihn geliebt?«
Ihr Lächeln wirkte völlig verloren, voller Sehnsucht und Schmerz. Ach du je. Ewige Liebe. Der Queen-Song in Severins CD-Player fiel mir ein. Hatten sie den zusammen gehört, in dem Liebesnest über der Galerie?
»War es gegenseitig?«, fragte ich schließlich.
Sie kämpfte mit den Tränen. »Er war voll beziehungsgestört. Sonst hätte er sich nicht mit dir eingelassen.«
Das tat weh.
»Du kannst dich beruhigen. Da war wirklich nichts.«
»Du warst nicht die Einzige.«
Das war mir klar.
»Ich wollte zu ihm«, fuhr sie fort.
»Wohin?«
»In die Wohnung im ›Beaux Arts‹.« Sie fuhr sich grob mit der Hand durchs pechschwarze Haar. »Er hat Nein gesagt, dieser Idiot. Macht mich erst an, dann sagt er Nein. Die Wohnung würde seiner Frau gehören.«
»Es gibt keine Frau.« Als ich Vivienne über Severins Ausrede mit Leontine aufklärte, wurde sie wütend.
»Ich kenne Leontine. Nein, er hat wirklich eine Frau. Die Wohnung ist ein krasses Liebesnest. Nur für eine Einzige. Pfui Teufel.«
Meine Vermutung. »Und wer ist diese Frau?«
»Hat er verschwiegen. Ist voll das Mysterium.«
Plötzlich wurde ich auch wütend. Nicht auf Vivienne, sondern auf Severin. »Mysterium? Was, wenn er das alles nur erfunden hat? Um die Frauen gegeneinander auszuspielen.«
»Hat er nicht. Die ganze Nummer hat er nur durchgezogen, damit niemand merkt, wer seine Chérie ist. Ich hab's Ronan erzählt. Am nächsten Tag war er tot.«
Mir blieb der Mund offen stehen. »Denkst du, dass das einen Zusammenhang hat?«
»Natürlich!«, schrie sie mir ins Ohr.

»Die offizielle Version ist, dass er ertrunken ist, weil er nicht schwimmen konnte.«

»Das stimmt nicht. Oder nur teilweise. Ronan, der Arsch, hat sich ein Surfbrett geholt, um mir zu zeigen, wie ernst er es meint mit mir. Er ist oft gesurft, das hat immer geklappt, auch wenn er nicht schwimmen konnte. Er schmeißt das Brett ins Meer, hält sich fest, paddelt hinaus. Verschwindet kurz hinter der Felsnase. Und taucht nicht mehr auf. Einen Moment war er da, dann nicht mehr. Einfach weg. Als ob er hinuntergesogen worden wäre. Weißt du, wie ich meine? Die Rettungssanitäter haben ihn schließlich gefunden.«

»War außer euch beiden noch jemand am Strand?«

Sie nickte, sah sich um, als ob sie Angst hätte.

»Morwen?«

Sie schüttelte ihren Triskel-Anhänger. »Ich liebe die Kelten. Und ich glaube an Geister. Aber es war ein Mensch.«

»Vielleicht jemand mit einer Kapuze? Ein Mann oder eine Frau?«

»Ich weiß es nicht. Ich hatte keine Zeit, genau hinzusehen.«

»Wer könnte etwas gegen Ronan gehabt haben?«

»Keine Ahnung.«

»Kennt die Polizei die Geschichte?«

»Nein. Das geht keinen etwas an.«

»Wart ihr ein Paar, du und Ronan?«

»So halb.«

»Trotz Severin?«

Sie zuckte die Schultern.

»Wenn Severin Ja gesagt hätte, wäre Ronan weg gewesen, stimmt's?«

»Spielst du hier die Moraltante?«

Nein, ich hatte nur einen Sohn und wusste, wie das heute mit den jungen Leuten lief. Immer alle Optionen offenhalten, immer im Abwehrmodus, oder noch besser im Nicht-Kommunizier-Modus.

»Der Junge in der Sage um Morwen hieß auch Ronan.«

Sie verzog den Mund. »Ronans Mam ist Irin.«

»Du denkst also, es ist ein reiner Zufall, dass ein Junge namens Ronan gestorben ist?«

Keine Antwort. »Vivienne, es ist wichtig.«

»Weißt du was, Tereza, lass mich in Frieden.«

Ich berührte ihren Arm. »Sollen wir zu Gabriel Mahon gehen? Ich begleite dich.«

Sie schüttelte meine Hand ab. »Nein. Ich komme noch zu Severins Beerdigung. Danach fahre ich zurück nach Paris. Für immer.«

Dramatische Worte. Ich wusste nicht, was sagen.

Plötzlich wurden wir auseinandergerissen, die Menschenschlange tanzte zwischen uns durch, dehnte sich hinter die Bühne aus, auf die Straße in Richtung Turm, jede freie Fläche wurde von den Tanzenden genutzt. In der Zwischenzeit war die Sonne untergegangen, irgendjemand hatte die Lampions entzündet, eine magische Kette, die sich rund um den Platz zog. Die Musik wurde schneller, Corentin Lehenaff grinste mich an, machte eine Geste, als ob er mich hinterher auf ein Bier einladen wolle.

Hallo? Ich war doppelt so alt wie er. Und er hatte mir den Kredit verweigert.

Als ich mich wieder Vivienne zuwenden wollte, war sie weg. Dafür stand Schwester Nominoë da.

»Bonsoir, Tereza«, sagte sie und hakte sich in meinen kleinen Finger ein. »Darf ich bitten?« Ihr Griff war eisern. »Ich muss mit Ihnen reden, meine Liebe.«

»Und ich mit Ihnen. Severin hat allen ein Theater vorgespielt. Die Frau in Köln ist seine Schwester. Er hatte eine Geliebte. Mit ihr zusammen hat er heimlich in der Wohnung über der Galerie gelebt. Haben Sie das gewusst?«

Nominoë schwang mich so nah an ihren Körper, dass ich den Lavendelduft roch. »Das habe ich vermutet. Ich empfand Severin immer als einen treuen Menschen. Ein Mann, der nur eine Frau liebte.«

»Warum haben Sie mir das nicht erzählt, bei meinem Besuch im Kloster?«

»Ich war mir nicht sicher. Nun haben Sie herausgefunden, was es zu finden gab.«

»Es sind neue Fragen aufgetaucht. Wer diese Frau ist, zum Beispiel. Und was sie mit seinem Tod zu tun hat.«

»Sie werden auch diese beantworten.«

»Wieso sollte ich? Das ist Sache der Polizei. Damit habe ich nichts zu tun. Sobald ich meinen Pass wiederhabe, verkaufe ich das Haus und fahre heim.«

Sie drehte sich zu mir, so nah, dass ich den Faltenkranz um ihre Augen sah.

»Sie wollen mich provozieren, weil Sie wütend sind auf mich. Das verstehe ich gut. Aber diese Geschichte reicht tief. Es braucht ein menschliches Auge, um dahinter zu sehen. Eines wie Ihres.«

Mir reichte es mit diesem biblischen Gewäsch.

»Was erzählen Sie da für einen Blödsinn. Sie benutzen mich, um an Informationen zu kommen. Wozu? Was führen Sie im Schilde?«

Nominoë schwieg, ganz auf den Tanz konzentriert. Rund um uns standen die Menschen dicht an dicht, ich hätte drängeln müssen, um wegzukommen. Vor-zurück, vor-zurück, dann eine Drehung, Nominoë nach links, ich nach rechts. Die Bombarde flötete schneller, und Nominoës Füße folgten dem Rhythmus. Ich vergaß mein schmerzendes Knie, vergaß Severin, vergaß Vivienne, Ronan, den Kapuzenmann und versuchte einfach nur, Schritt zu halten. Um uns bildete sich ein immer größer werdender Kreis, die Leute machten Platz, klatschten, spornten uns an, wippten mit, verschwommene Gesichter, aufgerissene Augen, Schwester Nominoës Rock, ihre wippende Haube, unsere tanzenden Finger, bis die Musik zu einem Halt kam und wir mit ihr. Stoßweises Atmen, sonst nichts.

Die Leute brachen in Applaus aus, Emil winkte mir begeistert und machte das Daumen-hoch-Zeichen. Heute Abend war er Tänzer und nicht Gendarm.

Während Nominoë und ich uns verbeugten, flüsterte sie mir

etwas zu. »Kommen Sie morgen zu der Wiese von Lagatjar. Wir machen eine Morwen-Nacht.«

»Sylvie hat mich bereits dazu eingeladen.«

»Sie können die deutsche Übersetzung lesen.«

»Keine Zeit«, sagte ich und richtete mich wieder auf.

Der Applaus hörte auf, die Leute zerstreuten sich, und Nominoë wurde von Schwester Jeanne herbeigewinkt.

»Sœur, warten Sie!« Ich war stinksauer. Sie konnte mich doch jetzt nicht einfach so stehen lassen.

Ihre bedauernde Geste wirkte wie Hohn. »Es tut mir leid. Es ist spät, die Kinder sind müde. Bis morgen, ich zähle auf Sie.«

Ich packte sie am Arm ihrer Tracht. »Sie schulden mir Erklärungen.«

Nominoë machte die bereits vertraute Handbewegung mit dem Zeigefinger. Das Schweigegelübde.

Merde alors.

***

Auf der Bühne war Pause, die Musiker standen herum und rauchten, die Muscheltöpfe waren leer, dafür rief jemand, Crêpes und Kaffee seien bereit.

An unserem Tisch ging es hoch her. Ayala, Kai und Emil waren in ein Gespräch über die Tradition der bretonischen Musik vertieft, während Sylvie und Catherine zusammen mit dem restlichen Bücherclub ein literarisches Quiz veranstalteten. Ich stand mit Ali beim Crêpes-Stand an. Er war mit seinem Handy beschäftigt, was mir Zeit zum Nachdenken gab.

Das Verhalten von Sœur Nominoë gab mir Rätsel auf. Sie schickte mich los in einer Art göttlichem Auftrag, und dabei war sie nicht mal eine richtige Nonne. Was, wenn sie mit Severins Tod zu tun hatte? Nein, sie war eine alte, zerbrechliche Frau, niemals könnte sie ihn ins Wasser stoßen.

Ich beschloss, zu der Lesung zu gehen. Da würde ich sie zur Rede stellen.

»Service?«, sagte die Bedienung und nahm unsere Bestellung auf.

In dem Moment erhoben sich die Frauen der Brassband, stiegen auf den Tisch und fingen an zu spielen. Ich sah mich um, bemerkte Kopfzeichen, Winken, leise Rufe – die Frauen hatten sich abgesprochen. Das also hatte Ayala gemeint.

Erst war es nur ein rhythmisches Stampfen und Klatschen. Leise, dann lauter. Schließlich standen einige Menschen auf und bewegten sich nach vorn.

»Hei? Ein Flashmob?«, fragte Ali und begann zu filmen, andere machten es ihm nach, wieder andere fielen ins Klatschen ein, bis das rhythmische Geräusch den ganzen Platz erfüllte und die Fanfaren der Blasinstrumente unterstützte.

»Großartig. Ich liebe *les instruments à vents*«, sagte die Crêpes-Verkäuferin. *»Allez, les femmes de Camaret!«*

»Halt den Mund. Diese Weiber sollen Ruhe geben«, entgegnete ihre Kollegin. »Bei uns in Camaret läuft's doch gut.« Sie zeigte auf das ausschließlich weibliche Verkaufspersonal an den Ständen. »Wir Frauen sind die Macher hier.«

»Die nichts zu sagen haben. Wenn's um die Wurst geht, entscheiden die Männer«, sagte die andere und gab einen Extraschwung Schokosoße auf meinen Crêpe.

»Sind Sie auch bei den Frauen von Camaret?«, fragte ich.

Sie nickte. »Sehen Sie nur, *merveilleux*!«

Die Musikerinnen sprangen vom Tisch und zogen sternenförmig nach vorn, ein bunter Farbenmix von Korallpink bis Fliederviolett, Aprikosenorange und Hagebuttenrot. Die Dirigentin im limonengrünen Schlauchkleid mit Hut war so schrill wie ihre Musik.

Nun kam Bewegung in eine Gruppe von Männern, während eine Fanfare ertönte und eine Stimme brüllte: *»Allez, allez, les femmes de Camaret! Allez, allez, les femmes de Camaret!«*

Als die Brassband die Bühne erreichte, warfen die Mitglieder der bretonischen Band ihre Zigaretten weg, bereit, das Terrain zu verteidigen. In den Zuschauerreihen wurde es unruhig, immer mehr Leute standen auf. Bis die sehnsüchtigen

Klänge eines Akkordeons alles übertönten und die kleinste der Frauen – als Einzige in einem schlichten schwarzen Kleid – das Mikrofon enterte.

»Beruhigt euch, Leute. Ich singe dieses Chanson für eine wunderbare Sängerin«, sagte sie, während eine Rückkoppelung der Lautsprecherboxen uns allen in den Ohren pfiff.

Vor der Bühne stellten sich die anderen Frauen im Halbkreis auf, und dann sangen sie a cappella. Ich erkannte das Lied sofort: »Unter dem Himmel von Paris« von Edith Piaf.

»Sous le ciel de Paris, s'envole une chanson, hum, hum, elle est née d'aujourd'hui dans le cœur d'un garçon. Sous le ciel de Paris marchent des amoureux, hum, hum, leur bonheur se construit sur un air fait pour eux.«

Die kleine Sängerin übertönte alle. Ihre klare Stimme erhob sich über den Platz hinaus zu den ersten funkelnden Sternen, während sie von den Liebenden in Paris sang, von einem Jungen und einem Mädchen, von der Musik, von der Hoffnung, vom Fluss des Lebens, von Dramen und von Glück.

Die bretonische Band stellte sich zu den Musikerinnen und stimmte in den Chor ein, der ganze Platz sang mit, es war zum Gänsehautkriegen unter diesem blausamtenen Himmel, in diesem leichten Wind, in diesem Rausch von Düften und Farben und Melodie.

»Wie haben Sie Lukesch vom Veryach-Strand an die Plage Pen Hat transportiert? In Ihrer Ente?«, sagte plötzlich eine Stimme in mein Ohr.

Hinter mir stand Gabriel Mahon. Er hatte seinen Schlapphut so tief in die Stirn gezogen, dass ich kaum etwas von seinem Gesicht sah. Bevor ich mich wehren konnte, nahm er mich am Ellbogen und dirigierte mich zur verwaisten Strandmole, um mir vor der Royal Enfield einen Helm in die Hand zu drücken, so uralt wie seine Maschine.

Hatte er sie noch alle? »Sind Sie verrückt? Ich werde sicher nicht mit Ihnen und dieser Knatterkiste auf Tour gehen.«

»Wie Sie wollen. Ich kann Sie auch morgen ganz offiziell ins Kommissariat bringen lassen.«

»Seien Sie gewarnt! Falls ich länger als eine Viertelstunde weg bin, schlägt meine Familie Alarm.«

»Ach so, ja, Ihr Sohn ist angekommen. Zusammen mit seinem Freund. Verstärkung?«

Woher wusste er das?

Er startete den Motor und vertauschte den Hut mit seinem Helm. Mir blieb nichts anderes übrig, als mich auf den höher gelegten Beifahrersitz zu setzen und so weit wie möglich nach hinten zu rutschen. Es röhrte und brummte, und dann fuhren wir los.

Mahons Rücken war lang, die Schulterknochen zeichneten sich durch das dünn gescheuerte Wildleder des Motorradmantels ab. Jeglichen Körperkontakt zu vermeiden, erschöpfte mich, auch wenn es keine fünf Minuten dauerte, bis Mahon vor einem Gebäude anhielt.

Ein schmales Eckstadthaus, eine *maison neobretonne*, aber nicht schäbig heruntergekommen wie meines, sondern frisch renoviert, mit einem modernen Holzanbau. »Presqu'île-Yoga«, stand in geschwungenen eisblauen Lettern auf einem Schild. Daneben eine schlichte Strichfrau in elastischer Pose.

»Das Yogastudio von Nadège? Ihrer Ex-Frau?«

»Mein Haus.« Mehr an Erklärung bekam ich nicht.

Über eine Treppe ging er voran in den ersten Stock. Wohnten die beiden hier zusammen, obwohl sie getrennt waren?

Im kalten Deckenlicht bemerkte ich einen übergroßen Holztisch, eine Schale mit grünen Äpfeln, geölte Bodenplanken, eine schimmernde Spüle, kein Geschirr, nicht mal eine Tasse, einen riesigen Flachbildschirm, davor eine Ledercouch mit drei Fernbedienungen auf der Lehne, an der Wand einige austauschbare Drucke von Großstädten, New York, London, Paris, Edinburgh, noch nicht aufgehängt, nur angelehnt. Die Luft war staubig und abgestanden.

Er ist kaum hier, dachte ich, es ist das Unpersönlichste, was ich je gesehen habe. Ein Lachanfall ereilte mich, ich konnte mich nicht wehren.

Mahon überhörte mein Glucksen, hängte seinen Hut an

die Stehlampe, eine ritualisierte Geste, wie es schien, und hieß mich auf der anderen Seite des Tisches Platz nehmen. Das Lachen blieb mir im Hals stecken, ich rutschte mich in Position.

Er stellte ein Gerät auf den Tisch, eine Art Tonband. Als er das Display antippte, erfüllte ein Klangkonzert den Raum: Gitarre, Pfeife, Banjo. Ich erkannte die raue Stimme von Barney MacKenna, dem Frontmann der irischen Dubliners.

»Ich dachte, Sie sind Schotte?«

Mahon verzog keine Miene. Er drückte die Musik weg und den Aufnahmeknopf auf »on«, und ich erfuhr, dass es sich um ein Verhör handelte.

»Was haben Sie vorgestern in Severin Lukeschs Wohnung im ›Beaux Arts‹ gemacht?«

»Dasselbe könnte ich Sie auch fragen«, erwiderte ich. »Sie sind ja gleich nach mir gekommen.«

Er sah mich unbewegt an. »Madame Berger?«

»Ich habe natürlich nach dem Vertrag gesucht. Musste ich ja, Sie haben mir derart die Hölle heißgemacht. Und nachdem er nicht bei mir zu Hause war, konnte er eigentlich nur in der Wohnung sein.«

»Sie sind eingebrochen?«

»Ich hatte einen Schlüssel.«

»Sie und Lukesch waren also intim?«

»Jeder hier weiß, wo die Schlüssel liegen.«

Aus einer Ledertasche holte Mahon einen Plastikumschlag mit einem Glas. Ich erkannte die Gravur. Der Hauch eines Gedankens schwamm sich nach oben, verflüchtigte sich aber sofort wieder.

»Das haben wir in Lukeschs Wohnung sichergestellt. Ihre Fingerabdrücke sind darauf.«

Damit hatte ich nicht gerechnet. Das Glas stammte zweifelsohne aus Tante Annies Sammlung. Wie war es in Severins Wohnung gekommen? Und warum hatte ich es übersehen, als ich da war?

»Und was ist mit dem Vertrag? Wir haben ihn nicht gefunden«, sagte Mahon, als ich nicht antwortete.

Nein, den hatte Leontine ja auch zerrissen. Ich hatte die Fetzen im Wald beim Labyrinth verbrannt und die Asche verscharrt.

»Ich auch nicht. Wo ist das Problem?«

Abrupt stand er auf. »Dann gehen wir noch mal zurück zu dem Abend, als Sie Severin trafen. Waren Sie da auch in seiner Wohnung?«

»Nein.«

»Sondern in Ihrem Haus?«

»Möglich.«

»Sie erinnern sich nicht?«

»Nein.«

»Wie wär's damit? Auf dem Vertrag stand eine Summe, die niemals dem Wert Ihres Hauses entsprach. Da war Schwarzgeld im Spiel.«

»Das müssen Sie beweisen. Wie ich schon sagte, ich habe nichts unterzeichnet.«

»Und danach, nachdem Sie nichts unterzeichnet haben, haben Sie zusammen …?« Er ließ den Satz in der Luft hängen.

»Keine Ahnung, tut mir leid. Aber ich habe einen Tipp für Sie. Fragen Sie doch den Kapuzenmann, er wohnt an derselben Adresse, schräg gegenüber von mir. Was wird da eigentlich unternommen? Gegen den Vandalismus? Haben Sie mal überlegt, dass das alles zusammenhängen könnte?«

Mahon nickte. »Natürlich. Eine Theorie ist, dass Sie die Schmierereien selbst anbringen.«

»Warum sollte ich das tun?«

»Das frage ich Sie.«

Mir schwamm der Kopf. Zu viel Coreff, zu viel Musik, zu viele Fragen.

»Ich war es auf jeden Fall nicht. Niemals würde ich mein Haus verschandeln.«

Er setzte sich neben mich, zeigte mir ein Foto auf seinem Handy. Darauf war ich zu sehen, wie ich gerade die Buchstaben des Schmieranten übermalte.

»Wer hat das gemacht?«

Ich sah Mahon an, dass er es wusste. Und dass er mir keine Antwort geben würde.

Stattdessen sagte er: »Ihnen stehen Farben zur Verfügung, und Sie haben die nötige Fertigkeit.«

»Das ist eine Verdrehung der Tatsachen.«

»Wirklich?« Er fixierte mich. »Wir haben die Farbmuster überprüft, sie stammen alle aus Ihrer Werkstatt.«

Ich schnappte nach Luft. Der Kapuzenmann hatte sich ins Gartenhaus geschlichen. Aber wie sollte ich das beweisen?

»Warum, Madame Berger«, drang Mahons Stimme in mein Ohr, »haben Sie Severin Lukesch zum Strand begleitet?«

»Ich habe ihn nicht …«

»Die stammen vom Strand Veryach.« Mahon zauberte einen weiteren Plastikumschlag aus der Tasche, er enthielt ein Büschel Algen. »Wie Sie wissen, lag Lukeschs Leiche an der Plage de Pen Hat. Strömungstechnisch ist es unmöglich, dass die Algen dort hingelangt sind.«

»Was haben diese Algen mit mir zu tun? Ich war nie an der Plage de Veryach.«

»Nicht? Wie gelangten die Algen dann an Ihre Schwimmsachen?«

Was? Hatte er mein Zirkuszelt von Unterhose etwa von der Wäscheleine genommen?

»Ich meine, ich war nicht mit Severin da, sondern mit den Frauen von Camaret«, sagte ich. »Viel später.«

»Wir haben die Algen auch in Ihrem Kofferraum gefunden. Zu einem Zeitpunkt, als das Auto noch verkrallt war.«

Um Gottes willen. Es war mir unerklärlich. Alles war mir unerklärlich.

»Sie denken also, ich hätte Severin Lukesch umgebracht? Indem ich ihn in eine gefährliche Strömung lockte, ihn biss und kratzte, ihn elend ertrinken ließ, um ihn dann von der Plage de Veryach an die Plage de Pen Hat zu schleppen?«

»Woher wissen Sie von den Kratzspuren?«

»Ich habe ihn gefunden, schon vergessen.«

»Er lag auf dem Rücken.«

»Die Biss- und Kratzspuren könnten auch von einer Liebesnacht stammen. Wieso sind das Beweise dafür, dass er umgebracht wurde? Ich dachte, er sei ertrunken.«

Darauf ging Mahon nicht ein. Er holte einen dritten Plastikumschlag hervor, darin der zusammengeklebte Scheck.

»Der ist auf Sie ausgestellt. Hundertfünfzigtausend Euro. Schwarzgeld. Wie ich bereits sagte. Nicht wahr, Madame Berger?«

Wieso nannte er mich dauernd Madame Berger, in der französischen Version mit diesem ekelhaft gesungenen Sch-Laut in der Mitte? Es klang, als ob ich neunzig wäre.

»Die Sache mit dem Schwarzgeld war mir nicht geheuer. So wickeln wir in der Schweiz keine Geschäfte ab. Darum habe ich den Hausverkauf verworfen und den Scheck zerrissen.«

»Sie haben den Scheck zerrissen?«, sagte er. »Sie?«

Ich nickte.

»Das müssen Sie mir erklären, wie das gehen soll. Wo einzig Lukeschs Fingerabdrücke darauf waren.«

»Ach so. Er hat ihn zerrissen, nicht ich. Das ist mir eben eingefallen. Weil sein Konto nicht gedeckt war.«

Das ließ er so stehen. Dann erhob er sich. Sah zum Fenster hinaus in Richtung Hafen.

»War es nicht so, Madame Berger, dass Lukesch Ihnen persönliches Interesse vorgaukelte, Sie zu einer Liebesnacht verführte und Sie danach fallen ließ, als er merkte, wie reparaturbedürftig das Haus war? Sie verloren nicht nur den Käufer, sondern fühlten sich beschmutzt und gedemütigt. Und rächten sich. Sie können sehr gut schwimmen …«

»Nicht im Meer, da habe ich keine Übung.«

Er verstaute den Algenumschlag und zeigte mir auf seinem Handy die Kopie eines Zertifikats. »Kombitest Stufe vier, Rettungsschwimmtest Stufe acht.« Er fixierte mich. »Sie schwimmen wie ein Profi.« Mahons Augen schimmerten giftgrün.

Er kann wirklich Gedanken lesen, dachte ich.

»Aber umgebracht habe ich Severin nicht. Dafür reichen Ihre popligen Algen nicht aus.«

Das Gerät in seiner Hand begann zu vibrieren. »NADÈGE«, stand in großen Lettern darauf. Wir sahen es beide gleichzeitig. Abrupt drehte er sich ab.

»Allo?«

Während des Gesprächs griff er zu einem Stift und malte ein Strichmännchen auf den Block auf dem Tisch. Es schien eine Angewohnheit zu sein. Dann stand er auf.

»Auf dem Festplatz gibt es einen Streit. Wir müssen los.«

***

Schon von Weitem hörte ich den Lärm.

»Allez, allez, les femmes de Camaret!«, wurde immer noch skandiert, doch es klang anders als eben, wütender. Dazwischen tönte ein anderer Slogan, dessen Inhalt ich nicht verstand, wohl aber den Ton, äußerst aggressiv.

Die Stimmung auf dem Festplatz hatte sich komplett verändert. Offenbar hatten sich zwei Sprechchöre formiert, die sich gegenseitig hochschaukelten. Das Ganze war spärlich beleuchtet, die Lampions und die Küche waren bereits abmontiert, nur noch die großen Moules-Bottiche standen da. In der Luft lag der Geruch nach Jod, Urin und Fisch.

Ich sah weder Ayala noch meine Jungs, kein einziges bekanntes Gesicht. Dafür eine Männergruppe in Kapuzen, alle bewaffnet mit Mistgabeln und schweren Ästen. Die Frauen der Brassband hielten ihre Instrumente wie Schutzschilde vor sich.

»Stopp!«, brüllte Mahon.

Leider nützte es nichts. Die Frauen griffen an, die Männer hielten dagegen, die beiden Reihen prallten aufeinander. Hässliche Geräusche ertönten, knallende Köpfe, scheppernde Instrumente.

Mahon riss sein Handy ans Ohr und ordnete etwas an, bevor er sich in die Menge stürzte, im Versuch, das Schlimmste zu verhindern.

Es war eine veritable Schlacht, unwirklich irgendwie, fast

wie im Fernsehen, nur echt und darum umso brutaler. Die Frau im limonengrünen Schlauchkleid prügelte einen Kapuzenmann in die Flucht, eine andere rettete sich vor ihren Angreifern in ein geparktes Auto, eine Dritte heulte auf. Dann kam etwas durch die Luft geflogen, viele kleine Teile, eines traf mich an der Wange. Muschelschalen. Bei den Bottichen stand jemand und warf mit Muscheln um sich.

»Lass mich«, hörte ich plötzlich eine bekannte Stimme.

Vivienne. Und es klang, als ob sie in Panik wäre.

Ich fand sie hinter der Bühne, da, wo die Paare geknutscht hatten. Halb lag sie, halb saß sie auf der Bank, im Schraubstock gehalten von einem voluminösen Kapuzenmenschen, der sich über sie beugte, eine Hand an ihrer nackten Brust, die andere in ihrem Schritt. Ohne zu überlegen, rannte ich los und haute dem Typen meine Boule-rouge-Tasche über die Birne. Schock, er starrte mich durch zwei glitzernde Schlitze an.

»Schluss damit«, sagte ich. »Die Polizei ist hier.«

»Mahon?« Die Männerstimme klang undeutlich aus dem schweren Stoff. »Der ist nicht auf deiner Seite, Tereza.«

Er kannte mich. Noch schlimmer, er ließ von Vivienne ab und kam auf mich zu. Als ich versuchte, ihn zu beschwichtigen, zog er ein Schwert aus seinem Mantel.

Ich war so überrascht, dass ich einen Schrei ausstieß. Er meinte es ernst.

Vivienne rappelte sich auf und packte mich am Arm. »Hauen wir ab.«

Wir liefen in Richtung Kirche. Ich hörte deutlich die Schritte hinter uns, fühlte, wie sich meine Muskeln zusammenzogen, die Lunge eng wurde, die Brust auch, der Hals, die Kehle. So schlimm, dass ich nicht weiterlaufen konnte und stehen bleiben musste.

Da zog mich Viviennes kräftige, kleine Hand mit sich. Zusammen rannten wir weiter. Von Ferne hörte ich eine Polizeisirene. Hinter uns das dunkle Meer, neben uns die geschlossene Kirche, vor uns die Tour de Vauban.

Als der Mond hinter den Wolken hervorbrach, drehte ich

mich um. Deutlich war unser Angreifer zu sehen, in seiner ganzen massigen Bedrohlichkeit. War es Armand? Hätte er echt die Chuzpe, die Tochter eines Freundes zu belästigen?

Vivienne flüsterte mir etwas ins Ohr. Meine Augen irrten zu den Schiffen, die den Weg auf der anderen Seite säumten. Der alte Schiffsfriedhof. Dorthin zog sie mich.

Unser Ziel war ein Kahn. Vermutlich mal ein stolzer Schiffskutter, lag er nun auf die Seite gekippt, der Rost hatte den Rumpf angefressen, es sah aus wie ein gestrandetes Skelett.

»Tereza, beeil dich«, zischte Vivienne.

»Ich geh da nicht rein«, sagte ich, als sie über ein Loch in den Schiffsrumpf einstieg.

»Du hast keine andere Wahl, der Typ kann auf uns warten und uns abfangen. Von da oben«, sie deutete auf die Kabine zwischen den zwei Masten, »haben wir den besseren Ausblick als er.«

Vivienne, klein und wendig, wie sie war, hätte vielleicht eine Chance, aber ich doch nicht.

»Nein, da komm ich nicht hoch.«

Ein wischendes Geräusch, irgendetwas huschte davon.

»Hast du einen anderen Vorschlag?«, fragte Vivienne.

Der Turm. Das dachten wir wohl beide im selben Moment. Vorsichtig kletterten wir über die Steine am meerzugewandten Teil des Schiffsfriedhofs entlang. Es war tiefste Ebbe, ich kämpfte mit dem Schlick. Ein Luftzug blies mir den Algenatem ins Gesicht. Was für einen Mist Mahon erzählt hatte, ich wette, die stinkenden Algen liegen überall, er wollte mich nur reinlegen.

Meine Sohlen waren zu glatt, ich rutschte aus, klatschte auf das verletzte Knie.

»Merde alors.« Es tat verdammt weh. Und trotzdem rannte ich weiter.

Das Gelände war umgeben von einer mannshohen Mauer, das Tor war verschlossen. Aber in Viviennes Hand baumelte ein großer Schlüssel. Wir betraten den Innenhof, schlichen bis zum Turm, wo Vivienne eine weitere Tür öffnete.

»Vorsicht!«, flüsterte sie, während wir das Erdgeschoss durchquerten.

Ich erstarrte. Keine fünf Zentimeter vor mir befand sich ein Loch im Boden.

»Das war für die Vorräte. Es ist tief, fast drei Meter. Da solltest du nicht hinunterfallen.«

»Wieso weißt du das?«, fragte ich.

»Ich war eine Compagnon, eine Fachhandwerkerin, vor meinem Studium habe ich Steinmetz gelernt. Und bei der Restaurierung des Turms mitgeholfen.«

Viviennes Ferienjob, von dem sie mir erzählt hatte. Ich hatte mir was an der Kasse des Souvenirshops vorgestellt. Diese junge Frau erstaunte mich immer mehr.

Sie wies mir den Weg bis zur Wendeltreppe, wo wir im Stockfinstern bis zum Dachstock hochkletterten. Das letzte Stück schaffte ich fast nicht mehr. Mein Knie pochte, es fühlte sich an, als ob Eiter aus der offenen Wunde liefe. Kommentarlos hielt mir Vivienne die Aloe-vera-Salbe hin. Ich nahm sie dankend an, auch das Pflaster, das sie aus ihrer Triskel-Nietentasche zauberte.

Dann gingen wir zum Fenster. Der perfekte Ausblick, wir sahen bis zum Festplatz, der verlassen und leer war. Da hörten wir ein Geräusch, und in dem Raum wurde es hell.

***

Gwenn Yrne stellte das Tablett mit den drei Tassen ab, schenkte Kaffee ein und bot uns bretonische Butterkekse an. Sie erzählte, sie sei nach dem Fest in ihr Büro im Besucherzentrum gegangen, um einiges zu erledigen, als Nachteule sei das normal für sie. Dabei sei sie durch den Lärm aufgeschreckt worden, habe unsere Flucht beobachtet und sei uns in den Turm gefolgt.

Nachdem ich den Übergriff auf Vivienne geschildert hatte, verständigte Gwenn Erwan. Nicht die Polizei, wie ich vorschlug, Vivienne wollte das nicht.

»Aber du bist fast vergewaltigt worden.«

»Ich glaube, Vivienne kann gut selbst entscheiden, was für sie das Beste ist.« Gwenn stand auf, holte eine Wolldecke von einem Stapel – für den Museumsshop, wie sie erklärte – und legte sie Vivienne um die Schulter. »Da, du zitterst.«

Im grellen Licht wirkte Gwenns tiefbraune Haut noch lederner als sonst. Ihre Bluse war bis zum Hals zugeknöpft, am Handgelenk bemerkte ich ein dezentes Tattoo, die hellblonden Haare waren mit Gel hinter die Ohren gestrichen. Ihren Kaffee trank sie schwarz, während ich Zucker und Milch nahm. Vivienne schob die Tasse weg, sie wolle nichts.

Es klopfte. Erwan, in Sandalen, mit Ringelpulli, schneeweiß im Gesicht, tauschte sich kurz mit Gwenn aus, bevor er auf seine Tochter einsprach. Er wirkte angespannt, während sie sich kaum regte, bis auf das Zittern ihrer Hände.

»Viens, ma puce«, sagte er schließlich.

Sie stand auf, Gwenns Decke um sich geschlungen. Beim Hinausgehen baumelte die Kette, die sich vom Piercing gelöst hatte, über ihr Gesicht. Es war, als ob sie in den paar Stunden noch zerbrechlicher geworden wäre.

»Wird er sich gut um sie kümmern?«, fragte ich, als sie weg waren.

»Er liebt sie abgöttisch.«

»Aber er ist bei der ›Groupe des Anciens‹ dabei. Und einer von denen hat sie angegriffen.«

»Die ›Anciens‹?«, sagte Gwenn.

»Es waren fünf oder sechs Männer, alle in Kapuzenmänteln. Genau wie am Strand von Veryach. Diese Männer sind gefährlich. Armand ist der Anführer.«

Gwenn sah mich scharf an. »Armand? Wie kommen Sie darauf?«

»Ich habe ihn erkannt. Er war es, der Vivienne angegriffen hat. Sie traut sich nicht, darüber zu reden – wegen ihres Vaters.«

»Woran haben Sie ihn erkannt?«

»Er war groß, auf eine massige Weise. Bedrohlich.«

»Das trifft auf einige Männer in Camaret zu. Passen Sie auf, was Sie sagen, Tereza. Falsche Verdächtigungen können sehr schädlich sein.«

»Aber …«

»Das werden wir natürlich ernst nehmen. Es müssen Rechtsextreme sein oder etwas in der Art. Eine Splittergruppe. Ich werde mich mit Mahon in Verbindung setzen, als stellvertretende Bürgermeisterin muss ich wissen, was los ist. Auf jeden Fall haben diese Kapuzenleute nichts zu tun mit der ›Groupe des Anciens‹, mit Erwan und den anderen. Auch nicht mit Armand, für ihn würde ich meine Hand ins Feuer legen. Wir sind zwar in der Sache verschiedener Meinung, im Ton jedoch bleiben wir immer respektvoll. Sie sollten das wissen, Sie arbeiten doch auch mit Isidore Breonnec?«

»Isidore ist bei den ›Anciens‹?«

Gwenn rückte ihren Schal zurecht. »Nicht in allen Fragen. Er gehört zur Mitte, wie ich übrigens auch.«

Das konnte ich kaum fassen. Isidore?

»Wissen Sie«, sagte Gwenn, »der abwesende Bürgermeister, der geplante Umbau der Mole, das neue Gemeindehaus – all diese Entscheidungen, das bringt die Leute in Aufruhr. Vor allem seit mein Mann …«, sie biss sich auf die Lippen, »seit Bruno gestorben ist.«

»Ich weiß, es tut mir leid.«

Sie trank ihren Kaffee aus. »Die älteren Menschen brauchen Sicherheit, alte Werte. Gut Ding will Weile haben. Eine Weisheit, die auch in der Bretagne gilt.« Sie wischte ihren Mund ab. »Warum interessieren Sie sich eigentlich so sehr für uns?«

Als ich den Verdacht Mahons gegen mich erwähnte, wirkte sie konsterniert.

»Das müssen Sie sich einbilden, meine Liebe, *non*? Warum sollten Sie Lukesch umbringen? Sie würden doch nicht wegen eines nächtlichen Techtelmechtels eine Tragödie anzetteln.«

»Ich muss Ihnen etwas gestehen, ich habe keine große Erinnerung daran, was in der Nacht gelaufen ist. Ich glaube, dass

Severin mir K.-o.-Tropfen gegeben hat. Mahon hat Beweise, die darauf hindeuten, dass wir, wie soll ich das sagen …«

Ich stockte. Mit meinen Kindern über ihre sexuellen Präferenzen zu reden machte mir keine Mühe, meinen möglichen One-Night-Stand in Worte zu fassen brachte mich echt in Schwierigkeiten.

»Sie meinen, Sie und Lukesch waren zusammen im Bett? Nun, diese Art von Spuren sind ja nachweisbar.« Gwenn ging zur Tür. »Sie waren nicht die Erste, aber, und das ist vermutlich das Wesentliche, zweifelsohne die Letzte. Vielleicht sollten Sie abreisen.«

»Ich lasse mich nicht vertreiben. Außerdem hat Mahon meinen Pass.«

»Wenn Sie gehen wollen, kann er Sie nicht aufhalten. Sonst würde er Sie festnehmen. Soweit ich informiert bin, werden die Ermittlungen eingestellt. Die Leiche wurde heute zur Beerdigung freigegeben. Ich habe am Nachmittag mit Severin Lukeschs Familie telefoniert. Die abschließende Autopsie hat keinerlei Beweise bezüglich Fremdeinfluss ergeben. Genau wie bei meinem Mann. Und bei Ronan.«

Das hörte ich zum ersten Mal. Hatte Mahon ein Spiel mit mir gespielt? »Wer hat Sie denn informiert? Dass die Ermittlungen eingestellt werden?«

»Maître Rebetez aus Brest, ein Freund von mir. Er steht in engem Kontakt mit dem Staatsanwalt.«

»Maître Rebetez?«

Das war der Anwalt mit den hohen Stundensätzen, bei dem Annie das Testament deponiert hatte. »Ist er vertrauenswürdig?«

Gwenn Yrne war irritiert. »Natürlich.«

»Ich verstehe es nicht. Die Kratzspuren auf Severins Rücken gelten doch als Beweise.«

Sie lachte. »Eben nicht. Dafür haben Sie ja gerade die beste Erklärung geliefert: eine wilde Liebesnacht.« Sie winkte mir, ihr zu folgen, und hielt die Tür auf. »Gabriel Mahon hat sich in seiner Theorie festgebissen und kann es nicht zugeben. Das ist seine herausragendste Charaktereigenschaft. Er verbeißt sich in Menschen. Manchmal nützlich, manchmal das Gegenteil. Seine Ex-Frau Nadège kann ein Lied davon singen.«

Fast war ich versucht, ihn zu verteidigen.

»Er ist ein tragischer Fall«, fuhr Gwenn fort. »Er hat seine Karriere als Ermittler in Edinburgh wegen Nadège aufgegeben. Mahon ist krankhaft eifersüchtig. Er dachte, sie habe eine Affäre mit Lukesch. Absurd, das Ganze. Dabei waren sie zu dem Zeitpunkt gar kein Paar mehr. Dass er den Job hier auf der Halbinsel bekam, als Saison-Ermittler sozusagen, hat er meinen Beziehungen zur Police nationale zu verdanken. Nadège ist eine gute Freundin.«

»Sein Job ist eine Beschäftigungstherapie?«

Gwenn lachte schallend. »Für diese Frage würde er Sie hassen, Madame Berger. Natürlich ist er auch nützlich. Emil Vanderbroucke braucht wirklich Unterstützung. Bei all den Verkehrs-, Bade- und sonstigen Unfällen, die im Sommer hier passieren. Die Touristen sind oft sehr unvernünftig. In einigen Tagen ist das Musikfestival, das Bout du Monde. Der Fall hier wird bald Geschichte sein.«

Wir gingen hinunter in den ersten Stock. Vorher war ich zu aufgeregt gewesen, um die renovierte Wendeltreppe zu bemerken, die fein geschliffenen Steinwände, die dezente Beleuchtung.

»Schön«, sagte ich.

»Nicht wahr? Jeder Stein in diesem Turm hat seine Bedeutung«, erklärte Gwenn. »Das alles haben wir Monsieur Vauban zu verdanken, dem Ingenieur des Königs Louis Quatorze. Er hat zwölf solcher Befestigungen gebaut und damit eine Art baulichen Sternenkranz um die ganze Bretagne gelegt. Vauban war ein Genie. Und nun ist es mein Baby.«

Ihr Baby. Das klang sehr emotional für Gwenn. »Der Umbau hat lange gedauert, hat man mir erzählt.«

»Sieben Jahre, ein endloser Prozess. Mein Mann hat vieles verschleppt. Das haben wir nach seinem Tod herausgefunden. Er war ein Schatz, jedoch kein guter Geschäftsmann.« Sie klang wehmütig, fasste sich aber gleich wieder. »Nun haben wir Gas gegeben. Mitte August, pünktlich zur Schiffstaufe, eröffnen wir.«

Ich trat zu einem der schmalen Fenster. »Was sind das für Schlitze?« Ich zeigte auf eine Öffnung an den Seiten.

»Da konnten die Turmhüter Wasser und Öl und anderes Zeug auf ihre Gegner fließen lassen.« Gwenn drehte sich um, ging zu einem Tisch in der Ecke. »Kommen Sie ruhig näher.«

Was da stand, war ein winziges Modell von Camaret. Die Wahrzeichen waren zu sehen, die Seefahrerkirche, die Ruine von Saint-Pol-Roux und natürlich der Turm.

Als Gwenn auf einen Schalter drückte, erleuchtete blutoranges Licht die Szenerie. Man sah winzige Playmobilmännchen und -frauen am Hafen, die letzten Strahlen der Batteriesonne genießend, die sich langsam abwärts bewegte, ins Meer, so glatt, wie es in Wirklichkeit niemals war.

»Großartig, *merveilleux, non*?«, sagte sie. »Der Dorfkern ist nicht mehr heruntergekommen, sondern gestylt. Jedes der Häuschen in einer anderen Farbe. Die Innenräume funktional und hell, *Scandie meets Neobreton*. Das ›Beaux Arts‹ wird ein Kulturzentrum. Mit Ausstellungen und öffentlichen Veranstaltungen für Einheimische und Touristen.«

»Sie setzen Severins Pläne um?«

»Er war auf seine Art ein Visionär. Ich habe ihn sehr gemocht. Er hat es verdient, dass wir ihm ein Denkmal setzen.«

»Und wie bezahlen Sie das alles?«

»Berufsgeheimnis. Aber ich kann Ihnen versichern, die Finanzierung steht.«

Das Modell sah großartig aus. »Da haben Sie ja echt etwas vor.«

»Bis jetzt sind wir bekannt für martialische Rückstände aus dem Zweiten Weltkrieg. Das wird sich ändern. Obwohl wir einige Waffen im Angebot haben.« Sie deutete auf eine Glasvitrine. »Donnerbüchse, Muskete und das wichtigste Requisit der Piraten: das Entermesser. Haben wir alles im Keller gefunden, ein unglaublicher Schatz.«

»Sind Sie auch aktiv bei den Frauen von Camaret?«

Gwenn verneinte. »Kann ich mir nicht leisten. Als künftige Bürgermeisterin will ich neutral sein. Das sollten Sie doch kennen.«

Sie spielte darauf an, dass ich Schweizerin war. »Kommt denn der Bürgermeister nicht mehr zurück?«

»Das behandeln wir diskret. Wir warten das Saisonende ab, bis wir kommunizieren. So, und jetzt lassen Sie uns gehen. Es ist spät. Oder früh, je nachdem.«

Als wir bei ihrem Auto, einem soliden Peugeot, ankamen, streckte sie sich und atmete tief die milde Nachtluft ein.

»Fast tropisch. Wir profitieren von der Klimaerwärmung. Camaret-sur-Mer hat Potenzial.«

Sie holte eine Karte aus ihrer Tasche. »Rufen Sie mich an. Ich wäre an Ihrem Haus interessiert. Daraus könnten wir ein wunderbares Ortsmuseum machen.«

11

Camaret-sur-Mer, 22. Juli

Über dem Hügel wurde es hell. Die letzten Sterne verblassten, der nachtschwarze Samt ging in ein kristallenes Blau über. Es war ruhig, bis auf das Scheppern einer Tonne und die Geräusche des Meeres.

Die auflaufende Flut war sanft. Auf der gegenüberliegenden Seite beobachtete ich ein anlegendes Schiff in der Nähe der Crierie, dem Gebäude, wo die Fische gehandelt wurden. Früher seien die Preise hinausgeschrien worden, hatte mir Isidore erzählt, heute liefe das alles auf digitalen Tafeln ab, wie an der Börse. Offenbar wurde gerade ein Fang eingebracht. Der Bootsführer sprang an Land, einige Fischer folgten, dann eine Touristengruppe, deutlich erkennbar an den bunten Hüten und den Rucksäcken.

Als der Bootsführer die Mütze abnahm, erkannte ich Isidore. Er war zu einem Freund geworden. Auch wenn er bei den »Anciens« mitmachte.

Durch das Gespräch mit Gwenn hatte die Gruppierung etwas von ihrem Schrecken verloren. Sie war rückwärtsorientiert, aber nicht militant. Militant war die kleine fremdenfeindliche Splittergruppe. Armand gehörte dazu. Auch wenn mir Gwenn das Gegenteil hatte einreden wollen, da war sie betriebsblind. Mahon sollte sich darum kümmern und nicht um Spuren, die keine waren. Wenn ich an seine Algentheorie dachte, wurde ich wütend. Fast hätte er es geschafft, mich in Misskredit zu bringen. Wie hatte Gwenn es genannt? Er hatte sich in mich verbissen.

Ich ging an der Mole entlang. Anstatt nach Hause schlug ich den Weg zu den Klippen ein. Beim Hotel »Thalassa« verteilte eine Angestellte Sitzkissen auf die Stühle vor dem Swimmingpool, das verbreitete Mittelmeerfeeling.

»Kann ich bei Ihnen einen Kaffee haben?«, fragte ich.

Nein, leider, die Maschine sei noch nicht an. Aber vielleicht drüben im »Epaulard«.

Die Angestellte deutete auf ein großes Motorrad, eine Harley-Davidson, die vor der Bar parkte. »Der Besitzer ist eben gekommen.«

Die Tür zu der Bar, in der man tagsüber draußen an kleinen Bistrotischen Eis und Kaffee bekommen konnte, stand offen, rockige Musik erklang, »Jumpin'Jack Flash« von den Rolling Stones, wie mir schien. Ein Typ mit Glatze und Geschirrtuch über der Schulter, einen Espresso neben sich und eine Zigarette in der Hand, war dabei, eine Liste zu erstellen.

»Geschlossen«, murmelte er.

»Ich möchte einen Kaffee zum Mitnehmen, *avec enormément de lait*.«

»Milch?« Er verzog sein Gesicht, als hätte ich von Kuhmist gesprochen.

»Dann schwarz.«

»*Désolé*, ich muss erst den Boden putzen.«

»Aber ich will mich nicht hinsetzen.« Da sah ich mitten im Raum ein antikes Motorrad. »Was ist das? Mahons Royal Enfield?«

Der Typ sah zum ersten Mal von seiner Liste hoch. »Sie kennen ihn?«

Natürlich, wollte ich sagen, er hat ein Pokerface, weiße Beine und mag keinen Sand, ist in Nadège verliebt, eifersüchtig, will mich ohne Grundlage verhaften und kann nicht akzeptieren, dass er nicht recht hat.

»Ein flüchtiger Bekannter.«

»Sind Sie schon mal mitgefahren?«

Als ich nickte, kriegte er sich fast nicht mehr ein. Ein völlig verwandelter Mensch. Er sei in seinem Leben schon Tausende von Motorradkilometern gefahren, aber nie seien die Reisen so gemütlich und stressfrei gewesen wie mit der Royal Enfield, die maximal hundertzwanzig Kilometer pro Stunde schaffe.

Diese Maschine hier gehöre ihm, erzählte er. Ein absolutes

Liebhaberstück, aber etwas einsam so allein im Schankraum. Darum habe er Mahon gebeten, für die Ausstellung am Sonntag auch seine Maschine beizusteuern, allerdings noch keine Antwort bekommen. Der Commissaire sei halt sehr beschäftigt, der Todesfall und nun noch diese Schlacht gestern Nacht.

Er ging zum Radio, drehte es lauter, bis die Musik dröhnte.

»›Presqu'île Sophie‹ hat eine Sondersendung angekündigt, da soll Gabriel ein Interview geben.«

Während wir dem letzten Akkord lauschten, fragte ich ihn, ob die Motorradausstellung wirklich mitten in der Bar stattfinden würde.

»Klar«, sagte er. »Wo sonst?«

Die Leute kämen von weit her, meinte er, Flyer gäbe es keine, nur Mund-zu-Mund-Propaganda.

Ich musste lachen. »Damit habe ich einen Laden eröffnet.«

Mit dem »DEJALU« hatte ich ihn endgültig auf meiner Seite. Er fand es ganz respektabel und riet mir, auch französische Bücher ins Sortiment zu nehmen, dem Dorffrieden zuliebe.

»Das hab ich schon. Einige Klassiker und das zwanzigste Jahrhundert.«

Daraufhin begann er, Milch zu schäumen.

»Mögen Sie ihn, Gabriel Mahon?«, fragte ich, während er mir den Espresso in einen Pappbecher goss und mit *enormément de lait* auffüllte.

»*Mais oui*, er ist ein Freund.«

Ein Freund? Eine ganz neue Seite am Commissaire.

»Ich bin übrigens Aimon.«

»Tereza.«

Als das Mission-Impossible-Signet ertönte, drehte er das Radio lauter, und wir hörten uns an, was Sophie zu sagen hatte.

»Coucou, bonjour und herzlich willkommen bei ›Presqu'île Sophie‹. Der Anlass für diese Sondersendung ist ein echtes Drama. Gestern gab es im Rahmen des Moules-Frites-Festes einen Angriff auf die Brassband der Frauen von Camaret. Zwei der Frauen, die Trompeterin und die Flötistin, mussten mit leichten Verletzungen in der Krankenstation von Crozon am-

bulant behandelt werden. Wir konnten mit Annaléa sprechen, Künstlerin im Quartier des Artistes und zweite Trompeterin bei den Frauen von Camaret. Annaléa, was genau ist passiert?«

Im Hintergrund wurde Festlärm eingeblendet, so als ob Sophie das Interview direkt auf dem Platz vor dem Turm gemacht hätte.

Annaléa begann zu sprechen, sichtlich erschüttert.

»Wir waren am Ende unseres Konzerts, viele Leute gingen bereits nach Hause, diejenigen, die noch da waren, haben fleißig mitgemacht. Immer wieder wurde gesungen, es war eines unserer besten Konzerte, alles sehr friedlich. Im Vorfeld haben wir mit Gabriel Mahon von der Police nationale über das Risiko gesprochen. Er schlug vor, dass entweder er oder jemand von der Gendarmerie präsent sein sollte. Vor allem zu später Stunde, wenn die Leute allmählich betrunken sind und sich die Stimmung aufheizen kann. Dies war aber überhaupt nicht der Fall, das freundlichste Fest der Welt. Wir wollten noch zwei Zugaben geben, das Personal der Bars war bereits am Aufräumen, Mahon war für einen Moment abwesend, als plötzlich diese Leute vom Dorf herkamen. Vielleicht fünf oder sechs, eine geschlossene Formation, alle in dunklen Kapuzenmänteln. Ich könnte nicht mit Sicherheit sagen, ob es Frauen oder Männer waren. Sie stellten sich im Hintergrund auf, in dieser kriegerischen Haltung. Einer, der Anführer, zog ein Schwert. Es sah aus wie ein Mittelalterspektakel, aber ich war instinktiv sicher, dass dies absolut ernst war. Milly, unsere Anführerin, sah das anders, sie wollte weiterspielen. ›Wir lassen uns nicht vertreiben‹, meinte sie. Mir war nicht wohl, und zwei von uns, beide mit Familie und Kindern, brachen ab. Dies führte zu einem Durcheinander, welches die Kapuzenleute für einen Angriff nutzten. Plötzlich standen sie vor der Bühne und skandierten eine provokative Parole. Milly stimmte daraufhin ›Les Femmes de Camaret‹ an, und wir unterstützten sie. Danach ist alles eskaliert.« Annaléa schluchzte auf. *»Es war eine richtige Schlacht, anders kann ich es nicht beschreiben. Wir hatten große Angst.«*

Im Äther war es ruhig. Annaléas Worte hallten nach. Dann übernahm Sophie wieder.

»So weit die Aussage einer Augenzeugin. Hören Sie nun die Analyse Gabriel Mahons, des Vertreters der Police nationale auf Crozon. Monsieur Mahon, ist es in Zukunft nicht mehr möglich, in Crozon ein Fest ohne Polizeipräsenz zu feiern?«

»Doch, natürlich, Sophie. Die Bretoninnen und Bretonen und ihre Gäste haben eine große Festtradition. Die wir schützen werden, und zwar um jeden Preis.«

Mahons Stimme, dieses etwas holperige Französisch mit dem schottischen Akzent, jagte mir einen Schauer über den Rücken. Dass ich all diese Dinge über ihn erfahren hatte, machte ihn verletzlich. Er fasste die Ereignisse aus seiner Sicht zusammen.

»Zwei Personen sind flüchtig, vier konnten wir überprüfen. Sie gingen von einem Streich aus, wollten Schrecken verbreiten, aber niemanden angreifen. Dass die Sache eskaliert ist, tue ihnen leid. Sie werden erneut verhört. Die wichtige Information an die Bevölkerung im Moment ist, dass keine Gefahr besteht. Ein Streich, der eine unangenehme Wende genommen hat. Auch wenn wir die Sicherheitsvorkehrungen verstärken, wird es weiterhin möglich sein, in Camaret ein Fest-noz ohne große Polizeipräsenz zu feiern.«

Daraufhin bedankte sich Sophie und lockerte zum Schluss die Stimmung mit einem kleinen Scherz auf.

»Sie haben sich auf jeden Fall tapfer geschlagen, Monsieur le Commissaire.« Und an uns Zuhörende gewandt: *»Er hat ein blaues Auge.«*

Eigenartig. Im Radiobericht kam Mahon als Held rüber. Wenn die Leute wüssten, dass er in Wirklichkeit ein halber Sozialfall war. Plötzlich fiel mir etwas auf.

»Sagen Sie, Aimon, ich dachte, dass niemand Sophie kennt. Wie konnte sie dann ein Interview mit Gabriel Mahon machen?«

Er grinste. »Das macht sie immer telefonisch. Sophie ist unser Insel-Geheimnis. Das wollen wir alle bewahren.«

Ich verabschiedete mich von ihm und versprach, auf jeden Fall zur Ausstellung zu kommen. Bevor ich ging, lag mir noch etwas auf dem Herzen. »Kennen Sie Isidore?«

Aimon nickte. »Aber natürlich. Auch er ist ein Freund.«

»Stört es Sie nicht, dass er bei den ›Anciens‹ ist?«

»Wieso, das bin ich doch auch.« Er lachte, als er meine Reaktion sah. »Aber vielleicht, wer weiß, werden wir in naher Zukunft zu den Frauen wechseln. Was sie auf die Beine stellen, ist beeindruckend. Findet übrigens auch Isidore. Grüßen Sie ihn schön von mir.«

Während ich über das Gehörte nachdachte, ging ich barfuß den schmalen Strand entlang. Ich war sehr froh, dass ich Isidore weiterhin vertrauen konnte.

Die gleichmäßige Bewegung tat mir gut, mein Hinken wurde weniger, ab und zu berührten meine Zehen das Wasser. Der Sand war weich, es gab kaum Algen, die Plage Corréjou war von der Plage nicht betroffen. Das Wasser glitzerte so einladend, dass ich Lust verspürte, hineinzuspringen. Ich entschied mich jedoch, in Richtung der Granitfelsen zu wandern.

Gwenns Angebot für die »Villa Wunderblau«, das sie mir unterbreitet hatte, bevor sie weggefahren war, fiel mir ein. Sollte ich es annehmen? Sie würde den Bankkredit sofort übernehmen, hatte sie gesagt, die Chefin der Banque Finisterra sei eine Freundin. Ein Ortsmuseum war ein kluger Plan. Und eine gute Sache, nicht? Noch heute könnte ich unterschreiben, und morgen wäre ich weg. Wollte ich das?

Ich sah hinaus auf die Wellen. Wo sich Morwen wohl herumtrieb? Ob sie sich wunderte über all die Aktivitäten, die ihre Strömungen ausgelöst hatten?

Meine Augen fanden die Trennlinie, bei der das Meer zum Himmel wird. Was für ein Abenteuer. Wer würde mir glauben, dass ich in all den Jahren, in denen ich die Kinder großgezogen hatte, kein einziges Mal auf Reisen gewesen war. Während sie mit ihrem Papa an den schönen Plätzen Sommerferien gemacht hatten, hatte ich die Buchhandlung gehütet. Reisen im Kopf, die Geschichten der anderen, immer spannender, abenteuerlicher, spektakulärer als meine.

Warum hatte Annie ausgerechnet mich als Erbin eingesetzt? Nominoë wusste vermutlich die Antwort. Sie wusste überhaupt sehr viel.

Ich marschierte weiter, erklomm den Küstenweg – ein Kunststück mit dem verletzten Knie und dem Kaffeebecher, der mir fast aus der Hand fiel, als mir ein Liebespaar entgegenkam und ich über den flachen Drahtzaun in die Heide ausweichen musste.

»*Non*, nicht, das ist verboten.«

Was meinte der Junge, der sich beim zweiten Hinsehen als Corentin Lehenaff entpuppte? In Hemd und Anzug, das Gesicht voller Lippenstift, neben ihm eine junge Frau, mindestens so zerknittert wie er.

»Oh, Madame Berger.«

Lehenaff war es wohl peinlich, seine Pickel wurden knallrot.

»Es tut mir leid, aber das ist ein Naturpark. Darum der kleine Zaun, wir sollen nicht in die Heide treten. Schwierig, das den Touristen zu erklären.«

Nun war es an mir, rot zu werden. Ich entschuldigte mich, schwärmte von der tollen Landschaft. Was ihn freute, der Stolz war ihm anzusehen. Beim Abschied drückte er mir seine Visitenkarte in die Hand. »Falls Sie mal was brauchen, rufen Sie mich einfach an.«

So lief das, vom Feind zum Freund.

Ich stieg nach oben, bis ich eine Anhöhe erreichte und aufs Meer hinausblickte. Ob meine Eltern meine Tante wohl besucht hatten? Ich dachte an die Fotoalben im Keller. Kai würde sie faszinierend finden, die Kinder hatten mir mein mangelndes Interesse an der Familiengeschichte oft vorgeworfen. Da wollten sie ihre Wurzeln kennen und hatten eine Mutter, die alles verdrängte. Genau wie die Alten, Erwan, Isidore, Aimon. Ich war keinen Deut besser.

Der Rhythmus der Wellen machte mich träge. Die Felsnase vor mir, eben noch mit dem Land verbunden, wurde umspült: vor-zurück, vor-zurück – ein faszinierendes Schauspiel. In einer kreisförmigen Bewegung strudelte das Wasser in die Tiefe, drei Halbkreise entstanden und in der Mitte ein Dreieck. Der Triskel? Sah ich einen Triskel?

Severins Stift fiel mir ein, an dem das Symbol gebaumelt hatte. Solche Stifte gab es im Touristenshop an der Mole zuhauf. Seine Stimme klang in meinem Kopf. »Trink, Tereza, Salz, Algen und Honig.«

Wieder fiel ein Puzzleteil an seinen Platz. Nicht K.-o.-Tropfen, Severin hatte mich zu einem bretonischen Whisky überredet, und ich altes Huhn hatte angenommen – alles für ein paar Streicheleinheiten.

Ich setzte mich auf den Boden, legte mich nach hinten, bettete meinen Kopf in eine Kuhle aus struppigem Heidgras. Nur kurz die Augen schließen …

Bis ich hochschreckte. Ein eigenartiges Rauschen lag in der Luft, als ob gleich ein U-Boot auftauchen würde. Ich sah nach Osten, dorthin, wo die ersten Strahlen der Morgensonne das Wasser berührten, in einem glitzernden Schweif, der sich rasend schnell ausbreitete und die Meeresoberfläche zum Gleißen brachte. Und dann schraubte sich ein silberner Körper hoch, schwebte in einem perfekten Bogen über dem Wellenkamm, bevor er wieder verschwand und ein zweiter Körper folgte. Ein dritter, eine ganze Gruppe.

Delfine. Isidore hatte mir von ihnen erzählt. Er nannte sie mit Namen. Sein Liebling hieß Bob. Bob, der Delfin.

Fasziniert sah ich dem Spiel der Körper zu. Sie wirkten leicht und schwer, froh und traurig, groß und klein. Irgendwann waren sie weg, und ich wusste nicht, ob ich alles geträumt hatte.

Ich schüttete den kalten Kaffee aus, stand auf, kletterte hinunter, ging ins Dorf zurück und erstand bei der Boulangerie eine Tüte Croissants. Ich hinkte bis zu meinem Haus, wo das »A vendre«-Schild schon von Weitem zu sehen war. Als ich es erreichte, zog ich es aus der Erde und verstaute es in Tante Annies Werkstatt.

Der Hund begrüßte mich begeistert. Mit einer Packung Zwieback aus dem Vorratsschrank trollte er sich. Von oben war nichts zu hören. Keine Ahnung, welches Zimmer die Jungs bezogen hatten.

Aufs Geratewohl zog ich eine von Annies Platten aus dem Regal. »Ne me quitte pas«. Ein Lieblingslied meiner Mutter, längst vergessen.

Die Musik klang auf die Straße hinaus, als ich die Tür aufsperrte und frische Luft hereinließ. Der Duft der Linde erschlug mich fast, es war, als ob die Blüten über Nacht explodiert wären. Zu Hause in Zürich war das meine liebste Jahreszeit, wenn die Linden blühten. Aber die Phase des intensiven Dufts dauerte jeweils nur kurz. Einige Tage Ende Juni, bis das erste große Gewitter kam. Hier oben schien alles ein wenig verschoben. Später und intensiver, so intensiv, dass es mir den Atem nahm.

Da ertönte eine Stimme. Der Hund brach in Bellen aus.

»Bonjour, Tereza.« Sylvie drückte mir einige Tafeln Grain-de-Sail-Schokolade in die Hand. »Ein Geschenk für dich.« Sie horchte auf. »Wer singt da? Jacques Brel?«

»Ja. Bestimmt ein Bretone«, sagte ich.

»Nein, ein Belgier.« Sie lachte aus vollem Hals. »Du hast dich schon gut eingelebt, muss ich sagen.«

Da hatte sie absolut recht. Jetzt gerade wusste ich keinen Platz auf der Welt, wo ich lieber sein wollte.

Ich drückte Sylvie an mich. »Danke.«

»Wofür?«

»Für alles.« Dann hob ich die Nadel von der Platte und klatschte in die Hände. »So. Schluss mit der Sentimentalität. Das ›DEJALU‹ ist offen, lass uns anfangen. Es gibt einiges zu tun.«

Sylvie lachte noch mehr. »Das tun wir. Morgen, liebe Tereza. Heute ist Sonntag. Geh mal eine Runde schlafen.«

12

Camaret-sur-Mer, 23. Juli

Einen Tag später hatte ich das Moules-Frites-Fest fast vergessen. Brigitte schickte ich eine SMS, dass ich nicht mehr verdächtig und der Fall abgeschlossen sei. Gwenn Yrne bekam ebenfalls einen Text: »Danke für das Angebot. Aber ich verkaufe nicht.«

Im »DEJALU« herrschte der Ausnahmezustand: Klempnerwerkzeug lag herum, Backduft vermischte sich mit dem Geruch nach frisch gesägtem Holz, zwischenzeitlich kam auch etwas Kloake dazu. Kai schleppte Mineralfarbe, Pinseln, Rollen und Abklebeband an. Es gäbe ein sehr schönes Geschäft in Morgat, Isidore habe ihm den Tipp gegeben – noch eine Nacht mit der bleigrünen Tapete und dem Teppichboden würde er nicht aushalten.

Sylvie übergab mir einen dünnen Umschlag mit einem Gruß von Sœur Nominoë. Der Text für die Vollmondlesung heute Nacht.

»War sie hier?«

»Nein, Schwester Jeanne ist vorbeigekommen.« Sie schob mich vor die Ladentür. »Stell dich mal da auf. Wir brauchen ein offizielles Foto.«

Während wir das Fotoshooting vorbereiteten – ich musste verputzt, verjüngt und aufgehübscht werden –, erfuhr ich, dass Sylvie in ihrer Heimat Heidelberg mit einem Partner zusammen ein Geschäft für Fotobedarf betrieben hatte.

»Die analoge Fotografie hat leider ausgedient. Mein Ex will nur noch das Inventar verscherbeln, inklusive mir. Gestern hat er mir die Auflösung unserer Vereinbarung gefaxt. Das heißt, ich bin vogelfrei. Wenn du mich als Angestellte brauchen kannst, ich bin zu haben.«

»Aber ich kann dir nichts bezahlen.«

»Ich will keinen Lohn. Krieg 'ne fette Abfindung. Habe Abendkurse in Arbeitsrecht belegt. Zum Glück.«

Meine Zusage, das »DEJALU« bliebe für diese Saison offen, erfüllte Sylvie mit solcher Begeisterung, dass der Hund mithüpfte.

Weitere Kundinnen näherten sich, angezogen vom Duft des Espressos und dem Ohrwurm »Ella, elle l'a«, den wir ganz laut abspielten. Was Ali auf den Plan rief: Mit France Gall aufzuwachen, sei eine Form von schwerer Folter.

Nach einer Runde Wasser aus der Gallone, mehreren Espressos, einigen Croissants und einem »Best of Alan Stivell«, einem bretonischen Musiker, der auch seinen Ansprüchen genügte, machte sich Ali daran, das neue Bestellsystem zu installieren, während ich mich um die Kundinnen kümmerte.

»Tereza, kommst du mal?«

Ich ließ das Wandertouristenpaar beim Bretagne-Regal zurück und ging in die Garage.

»Schläfst du immer noch hier?« Sylvie, den schwänzelnden Hund neben sich, zeigte auf das Klappbett an der Wand.

Ich erklärte ihr die Situation, dass die Zimmer oben nicht bewohnbar seien und ich mich an die Garage gewöhnt habe.

»Wieso ziehst du nicht ins Dach zum Meerblick? Wir brauchen mehr Platz. Sobald die ersten Bestellungen eintreffen, platzen wir aus allen Nähten.«

Das Meerblickzimmer. Ich hatte es bislang nur auf Zehenspitzen betreten, es war – na ja, es gehörte irgendwie Annie.

Ich machte Sylvie einen anderen Vorschlag. »Magst du dir den Keller ansehen? Der Raum neben der Waschküche ist fast leer. Den könnten wir als Lager hernehmen.«

Sie zog ab, der Hund trottete mit, und ich klappte das Bett zusammen. Dabei fiel das Packpapier heraus. Ich faltete es auseinander. Sah all die Namen, die ich aufgeschrieben hatte. Bruno Yrne – der gescheiterte Bauherr, Ronan – der tragische Gothic-Junge, Severin Lukesch – der magische Blender. Alle tot. Ertrunken. Fall geschlossen.

Ein Wermutstropfen blieb allerdings: der leere Kreis in

der Mitte. Die große Unbekannte, Severins Geliebte? Ob es sie wirklich gab? Vermutlich ein Hirngespinst, erfunden von Vivienne und Nominoë. Hier war das Land der Geschichten und Sagen. Da konnte so was schon mal passieren.

»Madame Berger?«, erschallte der Ruf aus dem Laden.

Ich zerknüllte das Packpapier und warf es in den Müll. Dann eilte ich zu den Wandertouristen, die fündig geworden waren. Sie kauften Bannalec, eine Bretagne-Romanze sowie ein Kochbuch über bretonische Kuchen. Ich notierte mir die Buchtitel und bat Ali, sie nachzubestellen.

»Das ist die entscheidende Prüfung«, sagte er. Schon tippte er auf seinem Laptop herum.

»Wieso hast du hier WLAN?«, fragte ich erstaunt.

»Ein Hotspot.« Zu kompliziert, es mir zu erklären, ich solle mich einfach darüber freuen.

»Na, dann wollen wir mal unsere erste Bestellung losschicken.«

Ich blieb skeptisch. »Die Buchhändlerin in Crozon …«

Ali unterbrach mich. »Sie weiß nicht, dass ich einen Zwischenhändler in Belgien entdeckt habe, der an die Normandie ausliefert. So könnten wir Paris umgehen.«

Das wäre ein Weltwunder, in Frankreich lief alles über Paris.

»Übrigens, das hat jemand für dich abgegeben.«

Schon wieder Post von Nominoë? Nein. Ein Paket ohne Absender.

Vorsichtig holte ich eine Musikkassette heraus. »Presqu'île Sophie. Sondersendung«, stand in geschwungener Handschrift auf einem Klebeetikett. Dazu eine Notiz. »Hören Sie genau zu.« Ohne Signatur.

»Was ist das?«, fragte Ali, der mir über die Schulter schaute.

War das möglich?

»Etwas für digitale Dinosaurier, erklär ich dir ein anderes Mal.« Ich würde sie mir später im Auto anhören und steckte die Kassette in meine Tasche.

»Tereza!«, rief Sylvie aus dem Laden. »Kannst du mal kommen? Wie heißt der Autor, der Krimis im Berlin Ende der Zwanziger schreibt? Du würdest drei Berlinerinnen sehr glücklich machen.«

In dem Moment kam ein Text von Brigitte. »Alarmstufe Rot. Setz dich hin, Tereza, bevor du das liest.«

***

Eilig ging ich die Straße hinunter in Richtung Kreisel und »La Coquille«.

Es war Mittagspause und unermesslich heiß. Ich brauchte einen Moment Ruhe, um meine Gedanken zu ordnen, im »DEJALU« war das gerade nicht möglich.

Nachdem sie meine Nachricht bekommen hatte, hatte Brigitte – von Berufs wegen misstrauisch – bei Docteur Martinez angerufen, nur um ganz sicher zu sein. »Bevor wir den Champagnerkorken knallen lassen.«

Ihre Nachricht war ein Schock. »Die Ermittlungen sind noch nicht abgeschlossen. Deine DNA ist sowohl in Lukeschs Zweitwohnung als auch in der Galerie sichergestellt worden. Seine Spuren wiederum in deinem Auto, in deinem Haus und auf deinem Klappbett. Die Ruhe täuscht. Gwenn Yrne ist vermutlich vom Staatsanwalt hintergangen worden. Zumindest hat er ihr nicht alles erzählt. Oder hast du deinen Pass wiederbekommen?«

Zum hundertsten Mal las ich die Zeilen. Severin hatte also bei mir übernachtet. Dafür gab es Beweise. Aber warum sollte das noch relevant sein, wenn doch nächste Woche die Beerdigung stattfand?

Gwenn ging nicht ans Handy, als ich sie anrief. Mahon auch nicht. Und dabei war ich so geladen, dass ich ihn mit allem konfrontiert hätte. Verdammt. Ich musste mit ihnen reden, wieso erzählten die so widersprüchliches Zeug.

Im »La Coquille« traf ich Magalies Chefin. Eine grimmige Person.

»Magalie hat heute frei«, sagte sie mit Unterton und verdrehte dazu die Augen.

Armand hat sie bestimmt wieder geschlagen, dachte ich. Jemand muss ihm das Handwerk legen. Die sehen das alle zu harmlos.

Wie viele Gesichter die Menschen hier hatten. Ich hatte keine Ahnung mehr, wem ich trauen konnte. Gwenn, Mahon, Armand, Nominoë – alles schob sich übereinander.

Hier war es zu heiß zum Denken. An den Kunstateliers vorbei ging ich in Richtung Mole. Gwenns Modell fiel mir ein. Bis jetzt war nichts zu sehen von alledem, Camaret-sur-Mer wirkte schäbig. Wenn das Meer nicht wäre, würde kein Mensch hierherkommen.

Um Gwenns Pläne umzusetzen, brauchte es solvente Investoren. Severin war pleite gewesen, zumindest laut Corentin Lehenaff. Und Gwenn selbst? Ob sie aus einer reichen Familie kam? Ich blieb stehen und sah im Internet nach.

Gwenn Yrne, fünfundvierzig, BWL-Studium in Rennes, seit Mai als Geschäftsführerin von Yrne Constructions eingetragen. Einige nette Fotos. Das war alles. Sie war nicht aktiv auf Social Media.

Ich steckte das Handy weg. Severin hatte Gwenn nicht erwähnt. Aus ihrer Beschreibung hatte ich den Eindruck gewonnen, sie würde Severins Pläne umsetzen. Was, wenn die beiden Konkurrenten gewesen waren? Das eröffnete eine neue Perspektive.

Ob ich Brigitte noch mal anrufen sollte? Nein, ich hatte sie eh schon über Gebühr belastet. Kümmere dich mal um deinen eigenen Scheiß, dachte ich.

Meine Bücher fielen mir ein, das »DEJALU«. All die Geschichten, die auf den Regalen standen. Geschichten von Menschen, die ihr Leben in die Hand nahmen. Und nicht einfach warteten, bis sie von einem undurchsichtigen Commissaire verhaftet wurden.

Ich setzte mich auf eine Bank im Schatten und googelte mich durch Webseiten über den Aufbau von französischen Gesellschaften. Fand sogar ein Verzeichnis. Als ich »Kulturzentrum Beaux Arts« eingab, ploppten mehrere auf, bloß keines in Camaret. Vielleicht sollte ich nicht in Frankreich suchen, sondern in Deutschland.

Auch das erbrachte nichts, es gab keine Beaux Arts GmbH. Ein Anruf beim deutschen Handelsregisteramt war frustrierend, Warteschleifen um Warteschleifen.

Dann fiel mir etwas ein. Basile hatte erwähnt, Severin sei Eigentümer des »Café des Beaux Arts«. Ob das stimmte?

Als ich beim *registre foncier* anrief, hatte ich Glück. Ich gab mich als Gwenn Yrne aus, und die Frau glaubte mir. Zwei Minuten später hatte ich eine Auskunft: Als Besitzer der beiden Gebäude an der Place Saint-Thomas war eine deutsche GmbH mit Namen SLLukArt eingetragen. Sie gehörte Severin Lukesch, Leontine Lukesch und einer Treuhandgesellschaft. Mit meinem Schweizer Handy rief ich da an, gab mich als Kultur-Investorin aus Zürich aus, auf der Suche nach Severin Lukesch.

Am anderen Ende blieb es still.

»Hallo?« Ich war drauf und dran, aufzulegen.

»Severin Lukesch ist leider verstorben. Die SLLukArt GmbH ist mit einem Trust verbunden, der von einer Bank in Saint Peter Port, dem Hauptort der Kanalinsel Guernsey, verwaltet wird. Rufen Sie da an.«

Erst war ich baff über meinen Erfolg, dann wurde mir eiskalt. Guernsey. Das galt als Steuerparadies. Es musste um viel Geld gehen.

»Was machen Sie hier?«

Vor mir stand Nadège. Über ihrer Yogakleidung trug sie ein transparentes Kleid.

»Arbeiten«, sagte ich.

»Sie sehen verspannt aus. Haben Sie Lust, etwas dagegen zu tun?«

***

Ich betrat das Yogastudio, wo einige Frauen bereits ausgestreckt auf den Matten lagen. Die Stille erschlug mich. Verstohlen hielt ich nach Mahon Ausschau, er wohnte ja im Haus.

Ich hatte ihm eine Nachricht hinterlassen. Er hatte nicht zurückgerufen.

»Bonsoir, Tereza«, begrüßte mich Magalie leise. Ihr Gesicht sah sorgenvoll aus, trotz der Hitze trug sie einen Schal.

Da wir zu früh waren, folgte ich ihr in den Garten. Es war ein Paradies, eine Fülle von Pflanzen, wesentlich gepflegter als in meiner Villa. Rhododendren in allen Schattierungen von Brombeer bis Lila, umrahmt von Rosen und Clematis. Auf einem Holztisch standen das bretonische Mineralwasser namens Plancoët und geschliffene Gläser bereit.

»Leben Nadège und Mahon immer noch zusammen?« Ich zeigte auf die Fenster im oberen Stock, wo mich Mahon gestern verhört hatte. »Trotz der Trennung?«

Magalie verneinte. »Sie schläft im Studio auf einer Yogamatte. Meins wär's nicht, muss ich ehrlich zugeben. Im Herbst geht sie nach Rennes, um ein Studium anzufangen.«

»Sie studiert?« Sie war bestimmt nicht viel jünger als ich.

»Man ist nie zu alt, sagt sie. Meeresbiologie ist ihr großer Traum. Sie will Forscherin werden. Sie ist sehr intelligent.«

Magalie bewunderte Nadège, das war offensichtlich. Sie sei in Crozon aufgewachsen, eine Einheimische, die sich in Schottland zur Pferdepflegerin ausgebildet, in Indien das Yoga gelernt habe und nun das Meer, ihre Leidenschaft, zu ihrem dritten Beruf machen wolle.

»Das war bestimmt auch der Grund für das Scheitern der Ehe mit Mahon«, sagte ich, Giorgio vor Augen, wie er sich gegen meine Abiturpläne gestemmt hatte. »Sie hatte zu viel vor.«

»Die Liebe war sehr leidenschaftlich. Und genauso leidenschaftlich ist sie gestorben«, sagte Magalie und trank ihr Glas aus. »Gehen wir rein. Gleich kommt sie.«

Nadège stand vor uns in ihrem fließenden Gewand, um den Hals eine ähnliche Kette wie ich, mit einem silbernen Triskel. Sie bückte sich zu ihrem iPod, stellte eine Melodie ein und begann einen Übungsablauf.

Waren wir zu Beginn nur wenige gewesen, drängten immer

mehr Leute in den Raum, ausschließlich Frauen, bis Corentin Lehenaff dazukam. Der junge Banker sah in einer engen Hose und einem noch engeren T-Shirt ziemlich appetitlich aus.

»Tereza, halten Sie den Kopf gerade«, sagte Nadège zu mir in diesem ihr eigenen melodiösen Deutsch mit dem Hauch eines französischen Akzents. »Geradeaus schauen, nicht auf die anderen.«

Beharrlich zwang sie mich zurück in die Konzentration. Nun kündigte sie an, dass wir zehn Minuten in einer Position verharren würden, Trommelmusik würde uns dabei unterstützen. Was einfach begann, entwickelte sich zum Marathon. Meine Arme wurden schwer wie Blei und drohten abzufallen.

»Nach oben, Tereza.«

Ein Anheben, um Millimeter nur.

»Wie ein Adler, toll gemacht, Tereza.«

Trotzdem war ich erleichtert, als die Anweisung zum Auflösen der Position kam. Der Rest der Stunde verging wie im Flug. Für die Relaxation – aus Nadèges Mund klang das Wort wie ein Liebeslied – legten wir uns mit geschlossenen Augen hin.

Ich schummelte und beobachtete, wie Nadège einen riesigen Gong hinter einem Vorhang hervorzog und das Metall mit einer Kelle zum Schwingen brachte, erst fein, dann immer kräftiger. Dem Klang konnte ich mich nicht entziehen. In einer Spirale wurde ich hinaufgesogen, bis der Ton den Höhepunkt erreichte und ich wieder in den Abgrund katapultiert wurde, auf die Achterbahn meines Geistes. Bob, der Delfin, fiel mir ein. Dann dachte ich nichts mehr.

Schwer atmend lagen wir alle da. Als ich erneut die Augen öffnete, sah ich, dass Nadèges Gesicht tränenüberströmt war. Ein Gedanke schwamm sich nach oben, aber bevor ich ihn fassen konnte, verschwand er wieder.

Einige Minuten später standen wir im Garten und tranken lauwarmes Holunderwasser. Ich versuchte vergeblich, Nadège in ein Gespräch zu verwickeln. Sie weicht dir aus, dachte ich. Ob Mahon ihr etwas erzählt hatte? Gwenn?

Magalie bot mir an, dass ich für die Lesung bei ihr mitfahren könne. Sie wollte jetzt schon los, um Nominoë und den anderen beim Vorbereiten zu helfen.

»Hoffentlich verläuft alles friedlich.« Sie sah besorgt aus.

»Was wissen Sie, Magalie?«

In dem Moment summte ein Text auf mein französisches Handy. »Madame Berger, ich möchte Sie höflich bitten, bei mir in der Mühle vorbeizukommen. Meine Tochter Vivienne hat den Wunsch geäußert, mit Ihnen einen vertraulichen Austausch zu führen.«

***

Den Weg an den Strand, in dessen Nähe Erwans Haus lag, fand ich auf Anhieb, nur um mich dann dort zu verfahren. Ich parkte und suchte zu Fuß weiter. Die Chefin einer Pony-Reitergruppe zeigte mir den verwunschenen tunnelartigen Pfad, der gesäumt von Büschen und überdacht von zusammengewachsenen Bäumen war.

Die alte Windmühle stand auf einer Art Hochebene und war viel kleiner, als ich es mir vorgestellt hatte, ein Rundbau aus Steinen, davor ein Zweimannzelt, eines dieser selbst aufklappbaren Dinger.

»Hallo?«

Nach einem neuerlichen Ruf betrat ich das Gemäuer. Der winzige Raum ohne eine einzige gerade Wand war intelligent eingerichtet. Es gab vier Klappstühle und einen Tisch, eine kleine Spüle, eine winzige Anrichte. Alles war perfekt auf die runden Mauern zugeschnitten. Ein verglastes Viereck gab den Blick frei auf eine Terrasse, umgeben von Rhododendren und Rosen. Das Meer war zur Abwechslung südseeblau, eingerahmt von den bereits vertrauten erbsenförmigen Felsen.

»Gefällt es Ihnen?«, fragte mich eine Stimme.

Erwan stand vor mir, die E-Zigarette im Mund, den üblichen Ringelschal um den Hals geschlungen, der Bart so weiß wie der wilde Haarschopf. Auf der Stirn trug er eine grünliche

Brille, umgeben von allerlei Röhren und Drähten. Es sah aus wie ein militärisches Zielinstrument oder wie der Kopf eines Insekts.

»Eine Spezialbrille«, erklärte er. »Ich bin am Arbeiten. Mögen Sie?« Er drückte mir ein Bier in die Hand. »Ein Bio-Coreff, aus der Gegend.«

Ich stellte die Flasche auf den blau lackierten Metalltisch und ignorierte die Einladung, mich zu setzen.

»Wo ist Vivienne?«, fragte ich.

Bei ihrer Erwähnung wurden Erwans Augen sanft. »Sie schläft«, sagte er. »Geben wir ihr ein paar Minuten.«

Ich sah unwillkürlich nach oben.

»Im ersten Stock ist das Arbeitszimmer«, sagte er. »Im Dach das Schlafzimmer. Vivi haust im Zelt, mein Schnarchen stört sie. Seit der Scheidung besucht sie mich nur selten. Nach Ronans Tod ist sie hier gestrandet.«

»Waren die beiden ein Paar?«

»Eine Spielerei. Ronan war ein Junge von hier, ein Magaziner. Vivi studiert in Paris.«

Was er alles beinhaltete, dieser eine Satz. Die Standesunterschiede, die Präferenzen der Eltern, die sich spinnefeind waren und nur einig in diesem einen Punkt: Vivi hatte etwas Besseres verdient als den Magaziner aus Crozon.

Komplizierte Verhältnisse. Wie überall.

»Sie arbeiten in Paris?«

»Ich bin im Ruhestand. Seit zehn Jahren.«

»Und davor?«

»An der Sorbonne, Professeur für Physik. Heute unterrichte ich ab und zu an einer Sommerakademie.« Er sah auf seine Uhr, ein altmodisches Modell. »Nächste Woche geht's los, dann bin ich weg.«

»Die restliche Zeit sind Sie hier?«

»Die Wohnung in Paris gehört meiner Ex-Frau und Vivi. Die Mühle war unser Feriendomizil.«

Er sah nicht so aus, als ob er sehr darunter litt.

»Kann man im Winter hier leben?«

»Ich liebe es. Es ist friedlich und entspannt, einsam auf angenehme Weise.«

»Ich meinte die Mühle.«

»Bestens. Bis auf die Heizung, die ist ein Problem.«

»Und das Wasser?«

»Kommt aus der Zisterne.«

»Elektrisch?«

»Ein Generator, ansonsten Petroleum. Nächstes Jahr soll eine Leitung gezogen werden.«

»Glauben Sie daran?«

Ein Blick traf mich. »Sie stellen die richtigen Fragen.«

»Mit einer historischen *maison neobretonne* lernt man die Probleme schnell kennen.«

Er lachte. »Wollen Sie nicht doch ein Bier? Oder einen Cidre?«

Warum eigentlich nicht? »Warum sind Sie bei der ›Groupe des Anciens‹?«, fragte ich und nahm einen Schluck. Es schmeckte gut.

Erwan gab keine Antwort. Dafür bot er mir von seiner Mahlzeit an, von den Biscuits Breton en Blé noir, eine Art salzige Version der süchtig machenden Kekse. Dazu gab es Wurstecken, in der Wildschweinvariante, wie er mir erklärte, und einen Comté, einen salzigen Käse aus der Region. Beides war zum Reinknien. Bis auf die Schokolade hatte ich den ganzen Tag noch nichts gegessen. Eine Zeit lang hörte man nur mein Kauen.

»Sie haben einen guten Appetit. Das ist selten bei Frauen.«

Der Bissen blieb mir im Hals stecken, ich schob den Teller weg. »Die ›Groupe des Anciens‹?«, fragte ich erneut.

Erwan zog die eigenartige Brille ab und deponierte sie sorgfältig auf dem Tisch.

»Wieso ich bei der Groupe mitmache? Ich bin gegen eine Aufwertung von Camaret, da geh ich einig mit Armand.«

Sofort war meine Aufmerksamkeit geweckt. Nun, da ich Gwenns Projekt und Severins Pläne kannte, bekam der Widerstand der »Anciens« eine neue Bedeutung. Es ging um weit mehr als um die Hafenmole. Diese Vermutung verdichtete sich.

»Warum?«

»Camaret ist der Ort der Fischer, der Schreiner, der Schiffer, der stillen Künste. Er ist nicht gemacht für den Tourismus.«

»Und darum wollen Sie weiter Autos, die die Hafenmole zuparken und verpesten.«

»Solange es nur wenige sind.«

»Wenige? Es sind Tausende, ich wohne seit bald zwei Wochen hier, ich sehe sie täglich.«

»Im Vergleich zu dem, was auf uns zukommt, wenn die Mole fußgängerfreundlich und die Tour de Vauban ein vermarktetes Wahrzeichen ist, wenn die Restaurants die zweite Reihe und die Hotels den Hügel erobert haben, ist das nichts.« Erwans feine Hände unterstrichen seine Worte, die Sprache blieb gepflegt. »Ich habe nachgerechnet, meine Liebe, und es ist wie mit vielem, was vordergründig ökologisch ist: Alles verwandelt sich ins Gegenteil, sobald es chic wird.«

»Trotzdem. Es gibt gelungene Aufwertungsprojekte. Ich sehe da Potenzial.«

Erwan stellte sein Glas ab. »Nicht, wenn Gwenn Yrne dahintersteckt. Die Frau ist vom Ehrgeiz zerfressen, sie will bei den nächsten Wahlen ›Madame le Maire‹ werden, die erste weibliche Bürgermeisterin Camarets. Unser jetziger Bürgermeister ist zurzeit nicht verfügbar. Gwenn reitet die neue Welle der Weiblichkeit. Ganz dezent verfolgt sie dabei eigene Interessen.«

»Solche wie das Kulturzentrum ›Beaux Arts‹?«

»Das ist ein Fehler, damit ist sie Lukesch aufgesessen. Das Projekt hatte weder Hand noch Fuß. Das Quartier Saint-Thomas ist ein ruhiges Künstlerviertel, es lebt vom Charme des Abgetakelten. Wozu mehr daraus machen? Lukesch war, entschuldigen Sie den Ausdruck, ein verspielter Teutone, der weder malen konnte noch sonst etwas fertigbrachte. Wie ein junger Hund, diese neue Rasse, Labradoodle, von allem nur das Beste, aber nichts Richtiges. Ein wirklicher Bourgeois Bohème. Ein elender Taugenichts.«

Das klang feindselig und passte nicht zu Erwans Stil.

Er muss wissen, dass Vivienne Severin verfallen war, dachte ich. Ich sah ihn mit neuen Augen, bemerkte den leidenschaftlichen Vater, bereit, alles für das Wohl seiner Tochter zu tun.

»Und was ist mit den Frauen von Camaret? Immerhin macht Vivienne da mit.«

Erwan lächelte sich in die Balance zurück. »Les Femmes? Ich verehre die Frauen, ich bin ein Liebhaber des weiblichen Geschlechts, wenn Sie mir diese Ausdrucksweise erlauben. Aber Les Femmes de Camaret, sie sind Rebellion pur, Résistance um jeden Preis. Sie preschen vor und übersehen die Menschen. Die kleinen Leute, die seit Jahren hier leben, die die harten Winter überdauern, zusehen, wie die Jungen abwandern, und erleben, wie ihre Kinder höchstens noch mit den Enkeln einen Besuch machen, weil sie ihren Broterwerb in Brest oder Rennes oder in Paris haben. Sie übersehen Menschen, die immer noch hoffen, dass General de Gaulle vorbeikommt und sich über seinen Platz freut. Dass er im ›La Coquille‹ ein Coreff trinkt und ihnen Santé wünscht. Sie übersehen die Menschen, die am fünfzehnten August, am Fête de la Mer, ihre Schiffe segnen und dazu ›Les Filles de Camaret‹ trällern, dieses zotige Chanson über die Fischer, die aufs Meer hinausfahren, und die Mädchen, die zu Hause bleiben müssen, über die Sehnsucht, über das Leben und den Tod im Spiegel der Gezeiten. Diese Menschen, *ma chère* Madame Berger, die kann man nicht einfach brüskieren. Und das machen Frauen wie Gwenn, Nadège oder Ayala und ziehen meine Vivienne mit in ihr Boot.« Er hielt inne. »Das sind meine Gründe, warum ich der absolut rückwärts orientierten Bewegung, die Camaret erhalten will, beipflichte.«

Ich schluckte. Eine ziemliche Breitseite.

»Und Armand ist der Anführer?«

»Das klingt martialisch. Ich würde es anders beschreiben. Er ist das geistige Zentrum.«

»Aber ein Teil der ›Groupe des Anciens‹ kämpft mit unlauteren Mitteln für ihre Sache. Der Auftritt gestern am Moules-Frites-Fest war nicht in Ordnung. Es war unheimlich, aggressiv und sehr gewalttätig. So etwas provoziert weitere Gewalt. Das können Sie nicht gutheißen.«

Erwans Blick war unergründlich. »Das waren nicht Armands Leute. Ein Maskenball. Kindereien.«

»Sie wollen nichts dagegen tun? Obwohl einige Frauen verletzt wurden und Vivienne fast vergewaltigt worden ist?«

Erwan blieb mir die Antwort schuldig, das Gespräch war für ihn zu Ende. Stattdessen stand er auf und wandte sich wieder dem Steinesortieren zu, der Tätigkeit, bei der ich ihn unterbrochen hatte.

Ich trat zu ihm. »Was machen Sie da?«

»Ich suche fluoreszierende Steine, ein freiwilliges Amt beim Museum für Mineralien in St. Hernot. Die Mineralien sind bei Tageslicht unmöglich zu sehen, es geht nur mit dieser Spezialbrille. Meine Konstruktion.« Stolz schimmerte durch seine Worte. »Gehen Sie in die Ausstellung, es lohnt sich.«

Ich nahm noch einen Schluck vom Coreff. »Wie kriegen Sie das so eiskalt hin, ohne Kühlschrank?«

Er zeigte zum Steinbrunnen. »Mit der Zisterne. Ich lasse morgens Milch und Bier hinunter und ziehe sie nachmittags gekühlt an Seilen wieder hoch.«

»Wirklich?«

»Nein, ich habe natürlich einen Kühlschrank. Er funktioniert mit Wärme. Ein bisschen Zivilisation muss sein. Sonst würde Vivi mich nie mehr besuchen.«

Das war das Stichwort.

»Warum wollte Vivienne mich sprechen?«

»Das weiß mein Vater nicht«, sagte eine raue Stimme hinter mir.

An die Terrassentür gelehnt stand Vivienne. Ohne die schwarzen Balken um die Augen sah sie so jung aus, wie sie war. Sie trug Jeans und Bluse, unter dem rasierten Haar auf der Seite schimmerte die rosige Kopfhaut durch, der Pferdeschwanz war verstrubbelt. Um die Piercings in der Nase hatten sich weißliche Krusten gebildet, als ob sie erkältet wäre. Oder geweint hätte.

»Ich lasse euch allein, *ma puce*«, sagte Erwan. Er ging zu seiner Tochter, flüsterte ihr ins Ohr, steckte ihr etwas in die Blusentasche und ging in die Mühle hinein.

Vivienne wartete ab, bis er die Terrassentür hinter sich zuzog.

»Ich weiß, wer Severins Geliebte war«, sagte sie dann. »Ich war heute Morgen im ›Café des Beaux Arts‹, Aufräumen und Putzen war angesagt. Eine Zeit lang war ich allein, Basile musste Zigaretten holen. Am Absperrband der Polizei vorbei bin ich in Severins Wohnung rein. Verraten Sie es bloß nicht Mahon.« Sie rieb ihre verkrustete Nase. »Ich habe ein Foto gefunden. Severin schreibt – schrieb – Scrapbooks. Eine Art Tagebuch, aber ohne Text, man klebt da Dinge ein, Erinnerungsalben.«

Sie zog das Buch aus ihrer Nietenhandtasche. Es wirkte wie ein Kinder-Ferientagebuch: herausgerissene Fotos, Filzstiftzeichnungen, Fahrkarten, vom Karussell im Port de Plaisance in Morgat, von der Segelschule, von Landié, einer Fritten- und Eisbude am Hafen in Morgat, eine von den Vedettes Sirènes und viele mehr.

Das fragliche Bild war ein Zeitungsfoto aus der »France Ouest«. Es zeigte Severin und weitere Menschen auf der Place de Saint-Thomas bei der Eröffnung der »Galerie Lukesch« vor einem Jahr. Ich überflog den Artikel, erfuhr auf diesem Weg, dass das Gebäude davor ein Restaurant gewesen war, dass ein nicht genannter Investor mit einer Finanzspritze die Renovation des heruntergekommenen Hauses und gleichzeitig den Umbau des nebenan liegenden »Café des Beaux Arts« finanziert habe, um dem Quartier d'Artistes zu neuem Glanz zu verhelfen.

Welcher Investor? Gwenn, Severin, seine Schwester? Ich muss diesem Trust nachgehen, dachte ich.

»Sieh es dir genauer an«, sagte Vivienne.

Neben Severin stand Bruno Yrne, klein, gedrungen, mit spärlichem Bart und Hamsterbäcklein. Er hatte sich bei Gwenn eingehakt. Zum ersten Mal sah ich die beiden zusammen. Er war sehr viel älter als sie.

»Gwenn? Du meinst, Gwenn war Severins Geliebte?«

Ein völlig neuer Aspekt. Im Schnelllauf ging ich unser Gespräch durch. Hatte sie entsprechende Signale gesendet? Vivienne fand mich bescheuert. »Schau ganz genau hin, Tereza.«

Das Wimmelbuchspiel hatte ich noch nie gemocht. Trotzdem tat ich Vivienne den Gefallen.

Auf dem Platz war eine kleine Tribüne aufgebaut, eine bretonische Band spielte. Unter den Tanzenden entdeckte ich bekannte Gesichter: Emil, der den Reigen anführte, Magalie, Armand, Erwan – und Gabriel Mahon.

»Der Commissaire hat getanzt?«, fragte ich erstaunt.

»Damals waren sie noch zusammen.«

Sie meinte Nadège.

»Siehst du nicht? Seinen Blick?«, sagte Vivienne.

»Mahons?«

»Den von Severin.«

Da wurde mir klar, was Vivienne meinte: Den Blick, den Severin Nadège zuwarf, könnte man als anbetend bezeichnen.

»Es ist ein Zufall, das Fest, alle sind betrunken, das Tanzen, die Energie.«

»Nadège war ›seine Frau‹. So macht alles Sinn.«

Tat es das? Gwenn hatte erwähnt, dass Mahon auf Lukesch eifersüchtig gewesen sei. Sie hatte es als Spinnerei dargestellt. Was, wenn es keine war?

Sollte es so simpel sein? Nadège und Severin? Und dazwischen Mahon? Ein Eifersuchtsdrama, zwei Männer, eine Frau.

Gott im Himmel. Hatte Mahon die Spuren gesammelt, die auf mich deuteten, um mich fälschlich anzuklagen? Er hätte Tante Annies graviertes Glas bei mir mitlaufen lassen und in Severins Atelier platziert haben können. Während ich unter der Naturdusche stand. Hatte Mahon mit Severins Tod zu tun?

»Wurde der Anlass auch in der anderen Zeitung besprochen, im ›Télégramme‹ zum Beispiel?«

»Wieso? Was denkst du, Tereza?«

»Ich finde, du solltest mit Emil sprechen. Den kennst du doch. Zu ihm kannst du Vertrauen haben.«

Sofort verschloss sich Viviennes Gesicht. Mit der Polizei wolle sie nichts zu tun haben. Sie schüttelte sich und steckte sich eine Tomate in den Mund, gleich noch eine.

»Das ist übrigens meine Aloe-vera-Pflanze.« Sie deutete auf ein grasgrünes, vielarmiges, kaktusähnliches Ding in einem Topf am Boden. »Wie geht's deinem Knie, hat die Salbe geholfen?«

»Es ist viel besser, fast geheilt, vielen Dank, Vivienne. Hör mal …«

Sie unterbrach mich. »Ich will nicht mehr darüber reden.« Ihr Ton war endgültig. »Das hat mein Vater für dich dagelassen.« Sie holte eine Karte aus ihrer Blusentasche. »Seine Handynummer. Auf der Rückseite steht was.«

»›Falls Sie immer noch einen Käufer suchen, ich bin interessiert. Ihr Haus ist sehr schön.‹«

Sprachlos ließ ich die Karte sinken. Auch Erwan wollte die Villa kaufen?

»Die Mühle ist nichts fürs Alter, zu eng, zu feucht, zu viele Treppen«, erklärte Vivienne. »Und mein Papa würde gern hierbleiben.«

Mein Papa? Sie schienen sich versöhnt zu haben.

»Muss los, die Lesung«, sagte ich. »Kommst du auch?«

Sie habe keinen Bock, verabschiedete sich mit einem coolen Handgruß, steckte sich Stöpsel ins Ohr und setzte sich an den Tisch, um die Überreste der Mahlzeit zu verputzen. Die Elastizität der Jugend. Sie wirkte, als sei nichts gewesen.

»Darf ich drinnen das Klo benutzen?«, sagte ich laut. Keine Ahnung, ob sie es gehört hatte.

Nachdem ich in dem winzigen Waschbecken meine Hände gewaschen hatte, ging ich nicht hinaus, sondern die Treppe hoch. Das Zimmer im ersten Stock war praktisch leer, ein Sessel am Fenster, die Sicht noch schöner als von der Terrasse aus. Eben versank die Sonne im Meer. Jeden Tag war das Schauspiel ein wenig anders, heute paarte sich mildes Apricot mit zartem Blau-Rosa und Zimt, über allem hing ein nebliger Schleier.

Ich riss mich los. Und gab versehentlich der halb offenen

Schranktür einen Stoß. Was ich sah, ließ mir das Blut in den Adern gefrieren.

***

Ich fuhr viel zu schnell.

In Erwans Schrank hing ein Kapuzenmantel! All die schönen Sätze, die er da gedrechselt hatte – fast wäre er mir sympathisch gewesen, und dann das.

Im Fahren rief ich bei Mahon an. Verdammt, ging der Typ nie ans Telefon?

»Ein Unfall an der Plage de l'Aber«, erklärte mir Emil, den ich schließlich erwischte.

»Wieder ein Toter?«

Emil wollte mir keine Auskunft geben.

»Hören Sie, Emil. Ich glaube, dass heute Abend bei der Lesung auf Lagatjar ein Anschlag geplant ist.«

»Sie glauben? Haben Sie Hinweise?«

Sollte ich von Magalies Befürchtungen erzählen? Von Erwans Kapuzenmantel? Im Geiste hörte ich Gwenns Stimme, die mir die bretonische Tradition der Regenkleidung erklärt hatte.

»Es ist mehr so ein Gefühl«, sagte ich und hängte auf, ohne seinen Kommentar abzuwarten.

Danach schob ich die Kassette ins Gerät. Es war eine Sendung vom Vorjahr. Sophies Signet ertönte.

»Coucou, bonjour und herzlich willkommen bei ›Presqu'île Sophie‹. Es ist die Saison der Sommerfeste, der hellen, der lichten, der leichten Jahreszeit. Heute ist viel los an der Place Saint-Thomas in Camaret zur Einweihung der ›Galerie Lukesch‹ im zukünftigen Kulturzentrum ›Beaux Arts‹. All das ist das Werk von Severin Lukesch. Wie wunderbar ist das denn? Darauf haben wir seit Tausenden von Jahren gewartet, nicht wahr?«

Ich stoppte das Band und spulte zurück. Erst zeigte mir Vivienne ein Foto von dem Anlass, nun hörte ich mir Sophies Blickwinkel an. Sie war nicht so amüsiert wie sonst. Ihre Stimme klang ironisch, um nicht zu sagen zynisch.

»Unsere Vize-Bürgermeisterin hat soeben das Band durchschnitten, nun treten alle ein, Bauunternehmer Yrne, Yogaguru Nadège Mahon und ihr Mann – die Prominenz unseres Dorfes ist versammelt. Ich bin nicht eingeladen, aber ich werde mal Mäuschen in der Ecke spielen.«

Was hatte Sophie gesagt? Nadège Mahon und ihr Mann? Die Einweihung war vor einem Jahr gewesen. Irgendwie hatte ich immer gedacht, die beiden seien seit ewig geschieden.

Als ich das Band erneut spulte, verwickelte es sich, der Ton brach ab, ich kam ins Schleudern.

Mit zitternden Händen saß ich da, nachdem ich das Auto abgebremst und gestoppt hatte. Ich musste herausfinden, wer Sophie war. Dass mir jemand ausgerechnet diese Kassette anonym zuspielte, konnte kein Zufall sein.

***

Zu Hause war niemand, alle ausgeflogen. Es blieb mir kaum Zeit, um mich umzuziehen.

Ein Kläffen schreckte mich auf. Der Hund wollte mit. Als ich den Motor anließ, streikte das Getriebe. Ich konnte weder Kai noch Ali erreichen. Bravo. Nun musste ich joggen. Zum Glück zog mich der Hund den Hang hinauf.

»Da ist sie!«, schrie eine Stimme. Die Zuschauer standen Spalier, alle hatten auf mich gewartet.

Nominoë kam mit ausgebreiteten Armen auf mich zu. »Ich war mir sicher, dass Sie kommen würden. Gerade rechtzeitig, *ma chère*.« Als sie mich umarmte, flüsterte ich ihr zu: »Ich muss sie hinterher dringend sprechen.«

Mir stand nicht der Sinn nach der Lesung. Aber wie konnte ich das strahlende Lächeln Magalies enttäuschen? Oder Isidore, der nur gekommen war, um mir *»Bonne chance«* zu wünschen. Auch Sylvie, Catherine und die Literaturgruppe vom Campingplatz waren bereits anwesend. Ebenso Aileen vom Souvenirshop – ohne Emil – und Kai und Ali, beide mit farbverschmierten Fingern, erfüllt vom analogsten Abenteuer ihres Lebens.

»Dein Zimmer ist fertig, Mama, wir zeigen es dir, wenn wir zu Hause sind.«

Ich war gerührt. Sei's drum. Dann würde ich halt feiern.

Die Vollmondlesung war ein Erfolg. Magalies Befürchtungen, der Anlass könnte gestört werden, bewahrheiteten sich nicht. Obwohl es kurz vor Mitternacht war, war der Himmel im Westen immer noch hell, Ende und Anfang zugleich.

Die Einführung übernahm Catherine, nebst allem anderen emeritierte Historikerin von der Uni Brighton, wie sich herausstellte. Sie erzählte von der Bedeutung des Platzes Lagatjar, zu Deutsch das Auge der Gluckhenne, übernommen von den Plejaden, einer Sternenkonstellation der Milchstraße. Die fünfundsechzig Menhire des Steinkreises entstammten der neolithischen Periode, seit etwa fünftausend Jahren würden hier, am Ende der Welt, Menschen durch die Gegend wandern. Der Platz spiele auch eine Rolle in der Sage um Morwen, womit Catherine an Sœur Nominoë weitergab.

Die Nonne im Häubchen und hellgrauen Habit stand an einen Menhir gelehnt, im Hintergrund die Ruine des Manoir Saint-Pol-Roux. So bildhaft und gestenreich erweckte sie die Tragödie zum Leben, dass es für mich ein Leichtes war, die Passagen auf Deutsch wiederzugeben, Morwens tragisches Ende zu beweinen, die Hoffnung heraufzubeschwören, dass die Liebe überlebe und die junge Frau sich von dem männerschlürfenden Fluch befreien könne.

Der Applaus wollte nicht enden.

Als Zugabe rezitierten wir das »Gebet an das Meer« von Saint-Pol-Roux.

»*Ciel à l'envers* – der Himmel steht kopf.«

Die Strophen sprachen wir im Chor, auf Französisch und Deutsch, bis Ayala, an einen weiteren Menhir gelehnt, einem Echo gleich das Englische ergänzte.

Die Zuschauer, die im trockenen Gras oder auf Campingstühlen saßen, waren gebannt, selbst der Hund hatte aufgehört zu hecheln, die von Fackeln beleuchtete Szenerie hatte etwas wahrhaft Magisches.

Kai, ganz der Buchhändlersohn, hatte einen Büchertisch eingerichtet, auf dem er hinterher alles feilbot, was unsere Regale in Bezug auf Morwen zu bieten hatten. Am besten liefen die Volksmärchen und »111 Orte in der Bretagne«. Das Drama um die Auslieferung der Bücher, die an der belgischen Grenze hängen geblieben und buchstäblich in letzter Sekunde eingetroffen waren, flüsterte Kai mir zu, während ihm die Bücher aus den Fingern gerissen wurden. Die Leute kauften und kauften, der Cidre floss in Strömen, und dass der Weißwein ein Chardonnay aus dem Burgund war, störte niemanden.

Nominoë setzte ihr Olivenöl gleich literweise ab, das Zeltplatz-Ehepaar konnte kaum fassen, dass es in der Bretagne Olivenbäume gab, und animierte auch noch den letzten Geizkragen zum Kauf einer Flasche.

»Es ist nicht von hier, aber nicht weitersagen«, murmelte Bauer Francis, der ganz am Schluss der Lesung aufgetaucht war, in seinen Vollbart hinein.

»Wie, nicht von hier?«, fragte ich.

»Eine weiße Lüge, die Sœur Nominoë aufrechterhält und die Gott ihr verzeihen möge. Das Olivenöl finanziert einen Teil ihres Ferienheim-Projekts. Wir stehen voll dahinter. Also, alle, die Bescheid wissen.«

Ein himmlischer Betrug. »Und woher stammt das Öl?«

Francis verzog seinen Mund. »Von meinem Bruder aus Fontvieille in der Provence. Immer im Herbst hole ich da einige Fässer. Die Flaschen graviert Nominoë.«

»Und die Etiketten malt sie auch selbst.«

»Nein, Sœur Jeanne.«

Die Stumme.

»Sie malt wie eine Göttin.«

»Und warum ziehen Sie mich ins Vertrauen? Ich meine, ich könnte das alles auffliegen lassen.«

»Na, weil Sie doch hierbleiben. Hat mir Sylvie erzählt.«

»Nein, nein, so war das nicht gemeint …«

»Aber sie verteilt die ganze Zeit Flyer, weil Sie bald die offizielle Eröffnung des ›DEJALU‹ feiern.«

»Sylvie hat vergessen zu erwähnen, dass es nur eine Zwischenlösung ist«, murmelte ich.

»Schade«, sagte Francis. »Bei Ihnen hätte ich ein Buch gekauft, auch wenn ich kein Deutsch spreche.«

Jemand hatte ein Feuer in einem mitgebrachten Grillrost entzündet, und bald verbreitete sich der Geruch nach gebratener Andouille, einer Wurst aus der Region, die jeden Vegetarier das Grausen lehren würde. Auch unser Hund hatte das entdeckt, vor lauter Aufregung kam er nicht mehr aus dem Schnuppern heraus.

»Waren Nadège Mahon und Severin Lukesch ein Paar?«, fragte ich Magalie eine Weile später rundheraus.

Sie spuckte fast den Cidre auf den Boden. »Unsinn. Wie kommen Sie darauf, Madame Berger?«

Plötzlich schienen mir meine Beweise schwach, Severins Scrapbook so läppisch wie Sophies und Viviennes Interpretation. »Es ist mehr so ein Gefühl.«

Magalie wechselte das Thema. »Stimmt es, dass Sie Ihr Haus an Gwenn verkaufen?«

»Ich habe nichts unterschrieben.«

»Bei ihr klang es wie eine Tatsache.« Magalie schirmte mit der Hand ihr Geflüster ab. »*Ecoutez*, Tereza, bevor Sie auf Gwenns Angebot eingehen: Armand hat mir aufgetragen, Ihnen zu sagen, dass wir sehr an der Villa interessiert wären.«

Der Koloss? Zum ersten Mal erwähnte sie seinen Namen. Mich schauderte. Es war offensichtlich, dass der Typ sie schlug. Und jetzt wollte sie mit ihm zusammen mein Haus kaufen?

»Warum das denn, Sie haben selbst ein schönes Haus. Und Armands Fischladen floriert, hat Isidore mir erzählt.«

»Das ist der Grund. Armand will alles unserem Sohn übergeben, Haus und Laden.«

»Was wollen Sie mit der ›Villa Wunderblau‹? Sie ist doch viel zu groß für Sie beide? Haben Sie keine Lust, mal von hier wegzugehen, Magalie? Zu reisen?«

»Reisen? Nein. Mein ganzes Leben ist hier.«

»Anderswo gibt es Neues zu entdecken.«

»Ich bin gebunden.«

Was meinte sie damit? Doch nicht Armand.

Sie zeigte um sich. Das Wasser, der Himmel, das Dorf. »Ich muss hierbleiben. Verstehen Sie?«

Vor einem Monat hätte ich verneint, nun verspürte ich es auch, dieses Ziehen, dieses Verbundensein, diese Sehnsucht. Gern hätte ich Magalie umarmt, aber sie wich zurück.

»Mir würde die Villa gefallen. Für Armand wäre es eine Gelegenheit, sein riesiges Archiv an Presseartikeln, die er während Jahren gesammelt hat, der Öffentlichkeit zugänglich zu machen.«

»Ein Vergangenheitsmuseum?«

Magalie wirkte erleichtert. »Sie haben es erfasst.«

Zum Glück ging weiter vorn die Musik los, sonst hätte ich Magalie meine Meinung sagen müssen.

In der Zwischenzeit war Emil eingetroffen, offenbar hatte sich die Sache am Strand geklärt. Er zwinkerte mir zu – sehen Sie, alles ruhig, kein Angriff! – und packte sein Banjo aus. Catherine und Sylvie holten Geige und Flöte. Schon begannen die Ersten zu tanzen. Nicht so feierlich wie am Moules-Frites-Fest, ausgelassener. Als Isidore – heute ohne seine Aurélie – mich aufforderte, lehnte ich trotzdem ab und schob mein schmerzendes Knie vor.

Ich trat zu Ayala. »Alles gut bei dir?«, fragte ich.

Sie zuckte die Achseln. »Es hat einen neuen Todesfall gegeben, an der Plage de l'Aber. Darum wurden alle Surfstrände bis auf Weiteres geschlossen. Ich musste sämtliche Stunden ausfallen lassen. Und dabei wäre der Wind super gewesen.«

»Weißt du etwas über den Todesfall?«

»Eine alte Frau ist zusammengebrochen. Das passiert ab und zu. Natürlich ist es tragisch. Aber sie war nicht mal im Wasser. Die bauschen das total auf. Wenn es so weitergeht, muss ich umziehen. Unten im Süden gibt's auch Strände, La Rochelle, Biarritz.«

Bevor sie weiter lamentieren konnte, wurde sie von Kai in

den Reigen gezogen. Zum ersten Mal hörte ich Ayala kichern. Es tat mir in der Seele gut.

Emil lief zur Hochform auf, mit dem Banjo in der Hand ging er an der Spitze. Den Vollblutmusiker sah man ihm nicht an, wenn er in Uniform war. Eine Wundertüte, dieser Mann.

Als ich Aileen erblickte, mit einem Coreff in der Hand, ging ich zu ihr. Seit unserer ersten Begegnung hatte sie mir einige Crêpes verkauft, gesprochen hatten wir nicht mehr.

Eine Weile sahen wir dem Treiben zu, plauderten über dies und das. Es war schwierig, meine Frage zu platzieren. Bis Emil winkte, um Aileen zum Tanz zu rufen. Da hielt ich sie zurück.

»An meinem ersten Tag hier hat Severin Lukesch Emil nach einer Bewilligung gefragt. Es ging um das Kulturzentrum. Das wird eine teure Sache, wie mir scheint. Sind die Frauen von Camaret dafür?«

Aileen schüttelte den Kopf. »Nein, die Pläne sind zu aufgeblasen. Wir wollen kein Luxusdorf. Außerdem, wer soll so was finanzieren?«

»Das habe ich mich auch gefragt. Dafür braucht es Investitionen. Jemand hat einen Trust erwähnt, einen Künstler-Trust. Haben Sie davon schon gehört?«

»Das war der ausschlaggebende Punkt. Der Ruche Trust Beaux Arts. Nur schon der Name. Ein international angelegter Trust, um ein Künstlerdorf in Camaret zu finanzieren? Das klingt schön, aber irgendjemand muss es am Schluss bezahlen, das Geld schwimmt ja nicht im Meer. Wie gesagt, das geht uns zu weit.«

»Finden das alle? Auch Nadège?«

Sie sah mich erstaunt an. »Wieso fragen Sie das? Nadège ist unsere Präsidentin.«

»Es gibt Leute, die sagen, sie und Severin seien ein Paar gewesen.«

Das brachte Aileen zum Lachen. »Ein Paar? Höchstens eine kleine Affäre. Nadège ist eine Weise.«

Das hatte ich schon gemerkt. Aber auch Weise haben Bedürfnisse.

Da reichte es Emil. Er gab das Banjo an Isidore weiter und zog seine Gattin von mir weg. »*Viens, chérie*. Ein Tänzchen zum Abschluss.«

Es war kurz vor Mitternacht. Das Fest kam zum Ende.

Sœur Nominoë verabschiedete sich. *»Au revoir et merci.«* Sie deutete auf die Kinderschar. »Die müssen ins Bett.«

Nein, stopp, ich hatte noch eine Frage. »Wissen Sie, wer Sophie ist? Haben Sie mir die Kassette geschickt?«

Anstatt einer Antwort legte Nominoë ihren Zeigefinger auf den Mund. Das Schweigegelübde. Und dabei hatte ich gehofft, heute Abend hätte sie frei.

***

Kurze Zeit später war alles aufgeräumt, alle hatten mitgeholfen. Nun begleiteten die Jungs Ayala zu ihrer Strandbude hinunter, Sylvie und einige andere fuhren bei Magalie mit. Dass ich mit dem Hund allein zu Fuß gehen musste, machte mir nichts aus. Mein Knie schmerzte kaum mehr, Viviennes Salbe war wirklich ein Wunder.

Hinter einer Kurve tauchte die Bucht von Camaret auf, schimmernde Lichter, helle Boote, das glatte Meer. Es war einzigartig.

Plötzlich zuckte ich zusammen. War das ein Hund weiter vorn? Die Konturen sahen so aus.

Meiner begann zu knurren.

»Schsch«, beruhigte ich ihn, obwohl mir auch nicht wohl war.

Das Tier stand bocksteif da und sah uns an. Ein Fuchs? Nein, dafür war es zu groß, eher ein Wolf. Gab es hier Wölfe?

Der Hund knurrte erneut. Ich fummelte die Merguez aus der Tasche, die mir Isidore zum Abschied gegeben hatte, und warf sie ihm vor die Füße. Er ignorierte sie und sah unverwandt nach vorn, immer lauter knurrend.

Da passierte es. Anstatt zu verschwinden, nahm das Tier Kurs auf uns.

Oh Gott, nein, was war das für eine Kreatur? Hunde verschwinden, wenn sie angeknurrt werden, die suchen nicht die Gefahr, außer sie fühlen sich viel stärker. Was dieser offenbar tat. Langsam und geschmeidig kam er näher. Den Schwanz auf halbmast, die Ohren angelegt, die Augen zu Schlitzen verengt.

»Keine Angst«, sagte ich mit zitternder Stimme.

Und, was soll ich sagen, mein Hund nahm mich so ernst wie nie zuvor, er versteckte sich hinter meinen Beinen. Das gab mir den Rest. Traute er mir zu, dass ich ihn gegen die Bestie da verteidigte?

Ich griff in meine Boule-rouge-Tasche und tastete nach dem Pfefferspray. Es war nicht da, lagerte in einem Umzugskarton in Zürich. Dafür fand ich den nutzlos gewordenen Hausschlüssel zur Buchhandlung in der Altstadt. Ich holte aus und warf ihn dem Tier an den Schädel.

Irritiert blieb es stehen. Und begann zu knurren. Mit einem Satz floh mein Hund in Richtung Dorf. Nun stand ich dem Biest allein gegenüber.

»Hugo, *au pied*!«, sagte eine Stimme. Der Besitzer des Hundes. Gott sei Dank.

Dann ereilte mich der nächste Schock. Der Typ war ziemlich groß – und er trug eine Kapuze, die fast das ganze Gesicht bedeckte. Als er den Hund erreichte, bückte er sich zu ihm, um ihn anzuleinen, bevor er in meine Richtung sah. Ich drehte mich um und rannte los.

***

In der Villa friemelte ich als Erstes eine Gauloise aus Annies Vorratsschrank. Natürlich musste ich husten, natürlich wurde mir schwindlig, ich hatte seit Jahren nicht mehr geraucht. Und doch war das Kraut meine Rettung, das Adrenalin verflüchtigte sich, und ich konnte allmählich wieder normal denken.

Vielleicht war das Armand gewesen – vielleicht aber ein normaler Spaziergänger, der genau wie ich nachts mit seinem Hund Gassi ging.

Mit einem Glas Wasser aus der Gallone ging ich in die Garage und holte das zerknüllte Packpapier aus dem Müll. Fragen über Fragen türmten sich vor mir auf. Steckte unter Nadèges geläuterter Ausstrahlung eine Wilde? Hatte ich in der Yogastunde nicht Tränen der Verzweiflung gesehen? Welche Rolle spielte Mahon bei den drei Todesfällen? Stand ein Verbrechen dahinter? Und wenn ja, was gab es für ein Motiv?

Dazu hatten viele eine Meinung. Ich ergänzte um Sophies Kommentar, Viviennes Verdacht, den Kapuzenmantel Erwans. Um namenlose Investoren.

Dann googelte ich den Ruche Trust, so hatte Aileen ihn genannt. Fand viele Finanzinstitute in Guernsey. Alle superdiskret. Es gab keine Infos über Klienten. Logisch. Corentin Lehenaff fiel mir ein. Auf seiner Visitenkarte war auch die Handynummer. Ich schrieb ihm eine Nachricht. Erfand ein Legat aus Annies Nachlass. Erklärte, dass ich es gern in den Ruche Trust investieren wolle. Ob er mir da weiterhelfen könne.

Da hörte ich eine Sirene. Es erinnerte mich an damals, als die Polizistin mir vom Tod meiner Eltern berichtet hatte.

Was für ein Blödsinn. Das war vor zwanzig Jahren gewesen. Bestimmt hatte es am Kreisel einen Zusammenstoß gegeben, es wunderte mich ohnehin, dass da nicht mehr passierte.

Gleich darauf erreichte mich eine Textnachricht.

»Mama, komm bitte sofort her, die Hütte von Ayala brennt.«

***

Stunden später, es war morgens nach drei, saßen wir alle am Küchentisch, jede Menge Tafeln Fleur de Sail auf dem Tisch. Der Schock ließ allmählich nach.

Ayalas Surfhütte war fast bis auf den Grund abgebrannt. Ob Brandstiftung, Unfall oder Naturereignis, war noch unklar.

Emil, der mit Blaulicht angefahren gekommen war, um den Tatort zu inspizieren, hatte auf den Chef der Feuerwehr verwiesen, der an diesem Abend insgesamt fünf Brände hatte löschen müssen, drei an nicht autorisierten Grillplätzen, einen am gesperrten Surfstrand La Palue.

»*La chaleur*«, hatte er gesagt, die große Hitze, die auch nachts nicht mehr aufhörte, und diese Tropennächte, die Natur und Mensch in Aufruhr brachten. Man würde sich bemühen, die Ursache herauszufinden, aber es sei fast immer Unachtsamkeit.

Für Ayala war es eine Katastrophe, ich sah es ihr an. Ihr ganzes Hab und Gut war verbrannt. Ein Glück im Unglück war, dass sie die Surfbretter vorübergehend an der Plage de Veryach im Schuppen gelagert hatte, während sie Laptop, Handy und ihre Papiere im Rucksack bei sich trug.

»Komm, Ayala, ich zeig dir dein Zimmer«, sagte ich und zog sie über die kaputten Stufen die Treppe hoch.

Wie viel so ein Eimer Farbe doch ausmachte! Das Atlantique, das mein Zimmer werden sollte, war eine Symphonie in Meerblau, während die Wände von Kais Zimmer, dem Turqoise, das er Ayala großzügig angeboten hatte, türkisblau erstrahlten. Die Bettwäsche war passend bezogen, der Supermarché sei diesbezüglich erstaunlich gut ausgerüstet, hatte Kai berichtet. Er würde nochmals eine Nacht in neobretonischem Düstergrün verbringen, aber für Ayala tat er alles, fand er, und erntete einen irritierten Blick von Ali.

Ach du je, bahnte sich da was an? Sei's drum, darüber konnte ich mir jetzt nicht auch noch Gedanken machen. Ich bot Ali dafür das Saphir an und stieg meinerseits ins Dach. Das Meer sah silbern aus. Hingegossen. Der Schiffsfriedhof zur Linken, die Tour de Vauban, die Kirche, die Boote schaukelnd in der auflaufenden Flut. Und ein Himmel voller Sterne, keine einzige Wolke.

Wunderblau, dachte ich. Bevor ich mich auf der Yogamatte zusammenrollte.

13

Camaret-sur-Mer, 24. Juli

Gegen Morgen wurde ich von einem Wasserfall geweckt. Über mir sah ich einen Blitz zucken und den Himmel, schwer von Wolken. Nie würde ich verstehen, wie schnell das Wetter hier wechseln konnte. Zum Überlegen kam ich aber nicht. Durch ein Loch im Dach strömte der Regen hinein. Nun begriff ich auch, warum in der Zimmerecke ein Eimer stand – in Tante Annies Haus hatte jeder Gegenstand seinen Sinn.

Es ist nur ein kleines Leck, Isidore kann Abhilfe schaffen, dachte ich automatisch. Wie wichtig der patente Bretone für mich geworden war.

Als der Hund bellte, ging ich die Treppe hinunter. Das Haus war ruhig, alle anderen schliefen noch. Der Hund ließ sich nicht beruhigen, schwänzelte unruhig vor der Hintertür herum. Es klopfte. Vorsichtig öffnete ich, bereit, mich zu wehren.

Es war Vivienne. In eine zu große Pelerine gehüllt und dennoch tropfnass. Ihr Papa sei am Abend nach Paris abgereist, das Zelt sei nicht dicht, und sie habe keine Lust, allein da oben zu bleiben.

Flüsternd bot ich ihr mein Klappbett an und zog es aus der Garage ins »DEJALU«. Danach war ich hellwach. Gerade als ich auf dem Campingkocher Kaffee machte, hörte ich Schritte auf der Treppe.

»Vorsicht, das Loch«, flüsterte ich.

Ayala. Konnte auch nicht schlafen. Stumm schenkte sie sich eine Tasse ein und sah zum Fenster hinaus. Als sie mich darauf hinwies, dass ich DD umparken müsse, bekam ich einen Lachanfall. Dann erzählte ich ihr von meinem Plan.

***

Ayala saß neben mir auf dem Deck der Fähre, gleich würden wir in Saint Peter Port ankommen. Die Überfahrt von Saint-Malo aus dauerte keine eineinhalb Stunden.

»Heute geht es wegen der ablaufenden Ebbe noch schneller als sonst«, sagte der Schiffsjunge, der Ayala anstarrte, als ob er noch nie im Leben eine Afrikanerin gesehen hätte. Guernsey liege zwar auf dem Gebiet des britischen Königreichs, sei aber distanzmäßig viel näher bei der Bretagne.

Ich unterbrach seinen Monolog und tippte Ayala an. »Komm, es ist höchste Zeit.«

Die Toilette war eng und stank, ein typisches Schiffsklo – und das Umziehen war ein Kunststück. Doch es gelang uns. Verwandelt stöckelten wir als Letzte von Bord und taten so, als ob uns die erstaunten Blicke nichts angingen.

Von Weitem war die Hafenzeile von Saint Peter Port derjenigen von Morgat sehr ähnlich. Auch hier reihten sich bunte Häuschen aneinander, die die Farben der Fischkutter widerspiegelten. Aus der Nähe jedoch war alles viel größer und geschäftiger, ein richtiger Umschlagplatz, mit Autos, Booten und Menschen, mit Verabschiedungen und Begrüßungen, in einem Sprachgemisch aus Englisch, Deutsch und Französisch.

Der Taxifahrer brachte uns nach Bordeaux Harbour und schimpfte darüber, dass der Film »The Guernsey Literary and Potato Peel Pie Society« zum großen Teil nicht hier gedreht worden sei, sondern in North Devon.

»*Bloody hell*, wer kommt auf eine solche Idee?«

Er parkte in der zweiten Reihe, vor einem Palast ganz aus Glas. »Galthert & Partner«, stand diskret auf der Front.

Ich atmete tief durch. Kaum fünf Stunden, nachdem mir Corentin Lehenaff in der Früh den Kontakt gemailt hatte, waren wir da. Eine reife Leistung.

Der Empfangsraum war überwältigend, hoch, luftig und elegant, mit Projektionsflächen, die diskrete Werbung für die Finanzgeschäfte von John Galthert und seiner Crew einblendeten. Die Standorte, so lasen wir, lägen auf der ganzen

Welt, von den Cayman Islands über Cape Town, Hongkong, London, Singapur und die Bermudas bis in die Schweiz.

Dass Ayala aus Kapstadt stammte und ich aus Zürich, war denn auch unser Eintrittsticket gewesen. Brigitte, von mir ein letztes Mal um Hilfe gebeten, hatte uns als Mrs. Berger and Miss Ngkachana angemeldet, auf der Suche nach alternativen Anlagen, bereit, ein Vermögen zu investieren, gender- und kunstorientiert.

»*This way, please.*«

Unsere Absätze versanken im flauschigen Teppich. Dennoch war unser Auftritt bemerkenswert. Stunden früher hatten wir aus Tante Annies schwerem Kleiderschrank ein Fünfziger-Jahre-Bleistiftkostüm in hellem Sand und einen Turban für Ayala sowie einen geblümten Glockenrock samt Ascottauglichem Hut für mich gewählt.

Die strenge Sicherheitsprüfung bestanden wir problemlos, allerdings mussten wir Handy, Laptop und Handtaschen abgeben. Kein Problem für uns. In Ayalas hochgesteckter Zopffrisur war die kleine GoPro-Kamera so versteckt, dass Ayala verdeckt damit filmen konnte. Ob es auf Guernsey ein Gefängnis gab? Oder würden sie uns direkt in den Tower werfen?

»Die Damen.«

Vor uns stand Paulette Galthert, die Tochter des Chefs. Sie war vielleicht Mitte dreißig. Spargelweiße Haut mit Pagenschnitt und knallroten Lippen. Ihr Schreibtisch war leer, bis auf für uns bereitgelegtes Schreibzeug und ein gerahmtes Foto: Mann, Mädchen, Katamaran.

»Sie segeln?«, fragte Ayala.

Das Plaudereis war gebrochen. Ayala erzählte vom Surfen und erfuhr im Gegenzug, dass Paulette und ihr Mann sehr einsam auf der anderen Seite der Insel lebten, dass auf Guernsey die Türen immer offen blieben, dass die Verbrechensrate gleich null sei und dass das mit den betrügerischen Bankgeschäften ein Gerücht sei. In Tat und Wahrheit seien die Regulationen beträchtlich und die Kontrollen von geradezu schweizerischer Gründlichkeit. Damit war der gesellschaftliche Teil vorbei.

Paulette Galthert wandte sich an mich. Sie hatte begriffen, wie bei uns die Rollen verteilt waren: Madame Berger das Gut, Miss Ngkachana die Glut.

»Ihre Mitarbeiterin aus der Schweiz hat Sie angekündigt. Es geht um alternative Anlagen, kunstorientiert, am liebsten auf Tax-Shelter-Basis. *Right?*« Prüfend sah sie mich an.

»Wunderbar, genau Madame Bergers Plan.« Ayala setzte eine Brille auf, zog den Block heran, nahm den Stift. »Schießen Sie los.«

Das ließ sich Paulette nicht zweimal sagen.

»Ich empfehle Ihnen ein ganz neues Modell, im Filmbereich.« Ihre Augen leuchteten, die Filmbranche schien ihr Steckenpferd zu sein. »Es gibt in UK zwar eine breit aufgestellte regionale Förderung, das System der Steuerermäßigung für die Beteiligung an einer Finanzierung ist in Belgien und Luxemburg aber wesentlich differenzierter als hier, außerdem könnte es mit dem Brexit Probleme geben.«

Ich verstand kein Wort.

»Madame Bergers Geld soll nicht nach Luxemburg«, sagte Ayala. »Wir haben auch nicht an Film gedacht. Wie ist es mit der bildenden Kunst?«

Während Ayala weitersprach, trat sie mir unter dem Tisch auf die eingequetschten Zehen.

»Komm, Tereza, mach auch mal mit«, hieß das.

Also erfand ich eine Geschichte über meine Kunstfaszination und wie ich mich durchaus als Mäzenin sehen würde.

»Sie wollen investieren und nichts zurück? Eine reine Wohltäterin?« Paulette wandte sich wieder an Ayala. »Dann ist Madame Berger falsch bei uns, wir sind ein Finanzinstitut. Ich könnte Ihnen aber eine Liste junger Künstler beschaffen, die an einem zinslosen Darlehen ausgesprochen interessiert wären.«

Dachte sie, ich wolle mir Liebhaber kaufen? Sah mich als Mutter Teresa eines zwanzigjährigen Möchtegern-Malers? »Madame Berger sucht durchaus eine gute Rendite.«

Paulette klappte ihr Tablet zu. »In dem Fall würde ich zu

einem Bilderkauf raten, nächste Woche betreuen wir eine Auktion in London. Ich habe einen Kontakt, weil ich eine Zeit lang am Gericht gearbeitet habe. Wenn Sie wollen, für eine kleine Kommission …«

Ayala winkte ab. »Nein, es soll auch eine ethische Anlage sein.«

Das brachte Paulette Galthert zum Kopfschütteln. »Ein Widerspruch in sich.«

Eine Stunde später waren wir keinen Schritt weiter.

Ich wollte meine vermeintlichen drei Millionen weder in ein Pariser Spontan-Kunst-Projekt investieren noch in einen globalen Oppenheim-Event-Trust. Paulette war nun sichtlich genervt und wollte uns nichts als loswerden.

»Tut mir leid«, sagte sie abschließend.

Bravo. Ich schaffte es nicht mal, eine Bankerin für drei Millionen zu interessieren.

Das konnte ich nicht auf mir sitzen lassen. Denk nach, Tereza. Und dann machte es klick. Ein weiteres Puzzleteil manifestierte sich: Severin und ich hatten den ganzen Abend über Kunst gesprochen.

»Ich möchte ein Künstlerviertel finanzieren, so ähnlich wie das ›La Ruche‹, der sogenannte Bienenkorb, im Paris der zwanziger Jahre, autobiografisch beschrieben vom Schriftsteller Matveev in seinem Roman ›Le Quartier des Artistes‹.«

Im Reden fiel mir immer mehr ein, ich redete mich in einen wahren Rausch, dem Paulette und Ayala mit offenem Mund zuhörten.

»Matveev ist ein Pseudonym, in Wahrheit heißt der Autor anders, ist ein französisch-israelischer Bildhauer. Hunger, Armut, kein Geld für Modelle, Versagensangst … das waren seine Themen. Die auch unsere Themen sind, finden Sie nicht?« Was mein Hirn so alles produzierte, wenn ich mal den Schlüssel gefunden hatte.

Paulette tippte mit ihrem Stift auf dem Tablet herum.

»Wir betreuen in der Tat einen kleinen, feinen Trust mit dem Namen ›Ruche Trust Beaux Arts‹. Es ist ein Euro-Projekt, das in mehreren Ländern Künstlerviertel im alten Stil wieder aufleben lässt. Eine Möglichkeit zur alternativen Investition.«

In Paulettes Augen las ich die Frage, wieso ich das nicht von Anfang an gesagt hatte? Sie würde mich googeln, kaum hätte mein zu kleiner neobretonischer Schuhabsatz ihr Heiligtum verlassen.

»Entschuldigen Sie die Ausschweifungen. Ich wollte herausfinden, ob ich Ihnen trauen kann«, fabulierte ich.

Ayala räusperte sich. »Madame Berger will sagen, dass zwischen Trustverwalter und Trustee ein Vertrauensverhältnis bestehen sollte, welches sie mit dieser kleinen List auf den Prüfstand gestellt hat. Ich würde sagen, ›Galthert & Partner‹ hat mit Bravour bestanden, nicht, Tereza?«

Keine halbe Stunde später wussten wir, wie der Ruche Trust Beaux Arts strukturiert war, samt dem bretonischen Ableger, in den ich zu investieren beabsichtigte. Namen, das Einzige, was uns interessierte, hatte Paulette leider keine genannt. Das Organigramm hatte sie nur den Bruchteil einer Sekunde hergezeigt, ganz die verkörperte Diskretion. Regulation und Kontrolle, nichts ging hier raus, bevor ich nicht unterschrieben hätte.

Beim Verhandeln, bei der Verabschiedung und dem Versprechen, mich in spätestens drei Tagen mit den unterschriebenen Formularen zu melden, auf der Taxifahrt, beim Betreten der Fähre, beim Umziehen in der Toilette, auf der Überfahrt, bei alledem bewiesen Ayala und ich Contenance. Erst als wir britisches Hoheitsgebiet verlassen hatten, in Frankreich an Land gegangen waren und hinter dem Steuer von Ayalas Surfvan saßen, löste sich unsere Anspannung.

»Das war geil!«, schrie Ayala. »Tereza, du bist die Größte!«

»Du aber auch, das haben wir zusammen gemacht!«, schrie ich zurück. »Lass sehen, was das dritte Auge erkannt hat.«

Ayala zog ihr Laptop aus dem Rucksack und lud das gefilmte Material hoch. Im Schnelllauf sahen wir es durch.

Auf den ersten Blick war vor allem Paulettes Nase zu erkennen und die Tatsache, dass sie ihre Sommersprossen mit einem geschickten Make-up verdeckte. Immerhin hatte es Ayala geschafft, am Schluss, als uns Paulette auf dem Tablet die Struktur gezeigt hatte, ihren Kopf so zu beugen, dass einige Namen erkennbar waren. Der Trustee des »Beaux Arts St. Ives« hieß Ranajey Patel, sein Name war gut zu lesen. Allerdings sagte er mir nichts. Beim Trustee für das »Beaux Arts Camaret« waren nur die Initialen leserlich.

»N. D.«, stand da. N. D.

Ich musste keine Sekunde überlegen. »Nadège Ducret.«

»Bist du verrückt?« Ayala sah mich mit offenem Mund an.

»Wieso? N. D. Nadège Ducret. Es passt wie der Deckel auf den Topf.«

»Das ist eine reine Annahme. Entbehrt jeglicher Grundlage. Wieso sollte Nadège in diesem Trust sein? Außerdem sind die Initialen häufig.«

»Im Gegenteil. Es macht total Sinn. Nadège und Severin sind ein heimliches Liebespaar. Er ist pleite. Sie hat Geld, geerbt, verdient, was auch immer. Das investiert sie und wird als oberste Trustee eingesetzt.«

Ich sah Ayala die Zweifel an. Aber sie schien keine Lust auf weitere Diskussionen zu haben. »Erzähl es Mahon, wenn wir zu Hause sind«, sagte sie. »Dann soll er sich damit herumschlagen. Und jetzt lass uns feiern.«

Ayalas Playlist von Rita Ora bis zu Freshlyground unterhielt uns auf der Heimfahrt. Wir fuhren durch einen gigantischen Laubwald, glaubten, die Schatten von wandernden Kelten, von Wildschweinen und Schwertern, von Bäuerinnen und Seefahrern zu sehen, und genossen das Gefühl, etwas erreicht zu haben. Als ich jedoch weiter darüber spekulierte, ob die drei Todesfälle Unfälle oder Verbrechen waren und wer wie beteiligt sein könnte, reichte es Ayala.

»Können wir über etwas anderes sprechen? Das ist Mahons Sache.«

Vielleicht ist Mahon daran beteiligt. Das sagte ich nicht laut. »Was ist eigentlich mit dir, Ayala? Warum erzählst du nie von dir?«

Die Geschichte brach nur so aus ihr heraus. Ihre Tochter, Mathilde, acht Jahre alt, lebte bei ihrer Mam außerhalb von Kapstadt, sie sparte alles, um die Kleine nachkommen zu lassen, damit sie in Paris das Lycée besuchen könne.

»In Kapstadt sind die guten Schulen alle privat. Meine Mam denkt, ich spare für das College an. Aber ich will Mathilde hier haben, bei mir.«

Das war also Ayalas Geheimnis. Tante Annie hatte nicht nur davon gewusst, sondern sie auch unterstützt, indem sie jeweils das Geld über ihr Bankkonto nach Kapstadt überwiesen hatte.

Darum war Ayala gestern so fertig gewesen, mit der Hütte seien sicher fünftausend Euro verbrannt, die ganzen Einkünfte der letzten Wochen.

»Ich kann dir bei den Überweisungen helfen«, sagte ich. »Die Bankerin hat mir einen Kredit gegeben. Und Corentin Lehenaff ist ein Freund geworden.«

Ayala lächelte mir zu.

»Danke, Tereza, nehm ich gern an.« Mit einer Hand öffnete Ayala das Coreff, das wir uns auf der Fähre gekauft hatten. »Weißt du, ich dachte erst …« Sie verstummte.

Was hatte sie gedacht? Ich sei langweilig, auf dem Abstellgleis, so grau wie die Wurzeln meiner Haare?

Sie schüttelte den Kopf. »Ich habe mich getäuscht. Du bist von der Kraft des Meeres, wenn die Welle bricht, wenn die Oberfläche sich in silbernen Schaum verwandelt und die Welt unendlich wird. Das bist du für mich, Tereza.«

Darauf brauchte ich einen Schluck.

Wir prosteten uns zu. Verschiedene Nachrichten kamen auf meinem Handy herein. Isidore, der DDs Getriebe repariert hatte. Kai, der schon wieder ein Zimmer gemalt hatte. Brigitte, die wissen wollte, wie es gelaufen war. Und noch einmal, als sie uns gratulierte. Und mich ermahnte, zur Polizei zu gehen.

»Das ist zu groß für dich, Tereza.«

***

»Sind Sie betrunken, Tereza?«, fragte mich Emil, als ich in der Gendarmerie Crozon vorsprach. Dass ich meine Bierfahne mit einer Mischung aus Schokolade und einem Pfefferminzbonbon überdeckt hatte, konnte ihn nicht täuschen.

»Ich muss dringend Commissaire Mahon sprechen«, sagte ich und tätschelte den Kopf des Hundes.

Meine Jungmannschaft, beschäftigt mit dem Malen der restlichen Zimmer, hatte mich gebeten, ihn mitzunehmen, weil er eine Vorliebe für blaue Farbe entwickelt hatte, unschwer zu erkennen an den tapsigen Pfotenabdrücken, die die ganze »Villa Wunderblau« zierten.

»Commissaire Mahon ist unten in Morgat und besucht ein kleines Konzert. Wenn Sie ihn sprechen wollen, müssen Sie dorthin fahren.«

Von wegen kleines Konzert. Erst fand ich kaum einen Parkplatz, dann mussten der Hund und ich mit Hunderten Touristen die Mole entlanggehen in Richtung der Bühne und der Rockmusik, die aufhörte, als ich ankam.

Ein Speaker kündigte eine Pause und für später die nächste Band an. Vier Männer und eine Frau, Geige, Bodhrán, Akkordeon, Gitarre – ein weiterer bretonischer Abend stand mir bevor.

Ich beschloss, mich nicht von der Stelle zu rühren, das war meine größte Chance, den Commissaire zu finden. Er hatte sich nicht mehr gemeldet. War ich noch auf der Liste seiner Verdächtigen? Hatte ich nie draufgestanden? Ich würde mich vorsehen müssen.

Während die Pause andauerte, nahm ich das Gratis-Mineralwasser der Antialkoholiker-Liga dankbar entgegen. Auf dem Hügel hinter der Bühne ertrank die Sonne in Blassorange und Terracotta, das Meer schimmerte tintenblau, dazu der große Dorfplatz voll Menschen in Festlaune und der Duft nach Karamell, Tang und Gebratenem. Mein Magen knurrte. Als ich in der Menge Erwan zu erkennen glaubte, wurde mir kalt. War Paris nur ein Vorwand gewesen?

Gleich darauf grüßte mich Isidore und stellte mich einem

Kollegen vor, der auch ein Automechaniker sei, graues, borstiges Haar hatte und eine Latzhose trug. Außerdem sei er Schreiner, er würde morgen vorbeikommen und sich beides ansehen, mein Auto und mein Dach.

Dann begann die Musik. Die vier Männer und die Frau an der Geige präsentierten als Erstes einen Klassiker: »Dirty Old Town«. Und brachten damit das Publikum aus dem Stand zum Kochen. Das muss man erst mal schaffen.

Für einen Moment vergaß ich die bretonischen Verwicklungen und krähte in diesem Nonsens-Englisch mit, das man auf jedes Lied anwenden kann. Es war, um es mit den Worten meiner Tochter Lovis auszudrücken, einfach geil. Bis die Musik abbrach und die Band einen Gast begrüßte. Einen hageren Typen im Motorradmantel, den Hut ins Gesicht gezogen, um ein blaues Auge zu überdecken. Gabriel Mahon, in der einen Hand eine Geige, in der anderen den Bogen.

Mahon war auch Musiker? Das Staunen verließ mich nicht, nicht während »Love You 'Till the End«, nicht während »Waltzing Matilda«, nicht während »The Town I Loved So Well«.

Mahon stand unbeweglich, während er dem Instrument die unglaublichsten Klänge entlockte. Voll Wärme schwangen sie sich von der Bühne, in die Weite des Atlantiks, ans andere Ende der Baie d'Iroise, an die Westküste Schottlands und die Ostküste Irlands, und wenn ich einen Gedanken hatte, dann den, was Gabriel Mahon hier machte, wenn seine Sehnsucht doch zu Hause war.

Applaus brandete auf, das Publikum tobte, bis der Kopf der Band die unwiederbringlich letzte Zugabe ankündigte.

Es war mucksmäuschenstill. Und dann begann Mahon, mit rauer Raspelstimme zu singen.

»Oh Danny Boy«. Ein irischer Song über das Abschiednehmen, über den vergangenen Sommer, die fallenden Rosen, über jemanden, der geht, und jemanden, der bleibt. Es war pur und simpel und einfach nur da.

Ein Zwinkern des verschwollenen Auges. Das war die einzige Reaktion, die ich Mahon entlocken konnte, als wir etwas später an der Bar standen, um Getränke zu bestellen. Im »Relais Des Pêcheurs« ging es hoch her. Mahon war von den Gästen, vornehmlich Männern, mit Schulterklopfen und freundlichen Boxschlägen begrüßt worden. Er schien bekannt und beliebt zu sein, bekam gleich zwei Coreff in die Hand. Nach seinem Auftritt war er durstig.

»Haben Sie nicht zugehört? Ihre Ex-Frau ist möglicherweise in einen finanziellen Trust verwickelt, von dem Severin Lukesch profitiert hat.«

Immer noch schwieg er. Arbeitete dieses Gehirn, oder war es abgeschaltet?

»Dafür haben Sie keinerlei Beweise. Warum mischen Sie sich in Dinge ein, die Sie absolut nichts angehen?«, sagte er schließlich.

»Um mich zu schützen. Ich denke nämlich, dass Sie, Monsieur le Commissaire, mich mit Dreck beschmutzen, Beweise manipulieren, wie das gravierte Glas meiner Tante, das in Severins Atelier aufgetaucht ist, um den Verdacht auf mich zu lenken. Weg von Nadège. Das denke ich.«

Ich versuchte gerade zu stehen, obwohl der Hund an der Leine zerrte. Erst das Tanzen in der Menge, nun die volle Bar, er war überdreht.

Da bückte sich Mahon, um ihn zu streicheln.

Wollte er sich einschleimen? Oder mir ein schlechtes Gewissen machen? Wenn du nicht aufpasst, hast du auch noch den Tierschutz am Hals. Mir reichte es.

Der Hund versaute meinen Abgang, indem er die Pfoten in den Boden stemmte – die streichelnden Hände des Commissaire hatten es ihm angetan.

»Komm, Hund, los.«

Er war nicht wegzubewegen. Ein wahres *monument historique*.

»Wie heißt er?«, fragte Mahon und gab ihm eine Salzstange.

»Hund.«

Wieder das Augenzwinkern.

»Wir sind nicht dazu gekommen, ihm einen Namen zu geben.«

Plötzlich kam Bewegung in Mahon, er trat nah zu mir, die Augen noch giftgrüner schillernd als bei unserer letzten Begegnung. Er öffnete den Mund. Schloss ihn wieder. Dann ging er hinaus. Und was soll ich sagen, mein opportunistischer Hund folgte ihm und schleifte mich mit sich.

Vor der Bar waren alle Plätze besetzt, die Leute saßen kurzärmlig, der Wind von eben war wieder abgeflaut, die Sterne glitzerten mit den Lichtern um die Wette, der Mond warf seine Bahn. Mahon ging die Treppe hinunter an den Strand.

»Bleib«, sagte ich zum Hund.

Keine Chance. Hätte ich den Jungehundekurs nur nicht dauernd geschwänzt.

Mahon setzte sich in den Sand. »Ich kenne diesen Trust.«

»Sie lügen.«

Er kommentierte meinen Angriff nicht. »Weltweit gibt es eine Nachfrage nach alternativen Anlagen. Windparks, Ozeanmüllfischerei.« Mit der Flasche malte er einen Kreis in den Sand. »Auch im Kunstbereich gibt's ein solches Bedürfnis. Darum entstand der Ruche Trust Beaux Arts. Nachempfunden dem Künstlerhaus in Paris. Von Bergen bis Ascona, von Hiddensee bis St. Ives werden alte Kolonien wiederbelebt. Ein europäisches Netzwerk der Künste. Mit exorbitanter Gewinnmöglichkeit. In Form des Welterfolgs einer deiner Künstlerinnen. Der physische Sitz ist in Köln. An jedem Ort gibt es einen anderen Ausführenden. In Camaret besitzt der Trust mittlerweile eine ganze Straße.«

Davon hatte Paulette nichts erzählt. »Was meinen Sie damit?«

»Das, was ich sage. Eine ganze Straße, ein Haus am anderen.«

Er wusste bereits alles. Ich war enttäuscht. Der Ausflug nach Guernsey war für die Katz gewesen. »Warum streiten Sie dann ab, dass Nadège an dem Trust beteiligt ist?«

»Das sind Hirngespinste, Spekulationen.«

»Ich habe ihre Initialen da stehen sehen. N. D.«

Er sah mich an, als wäre ich ein Mondkalb.

»Und Sie denken, das ist Nadège? Sind Sie verrückt? Nadège hat überhaupt kein Geld.«

»Wirklich? Ich habe erst bei meiner Scheidung herausgefunden, dass mein Ex-Mann seinen Besitz so umverteilt hat, dass er mittellos dastand. Daraufhin musste ich ihm jahrelang Alimente bezahlen.«

»Nadège ist Yogalehrerin.«

»Sind Sie sicher, dass Sie in Indien Yoga gelernt hat? Der Trustee aus St. Ives ist ein Inder. Ranajey Patel.«

Das traf Mahon. Sein Blick war mörderisch. Sogar der Hund winselte auf. »Wie sind Sie an die Namen gekommen? Dafür braucht es eine Verfügung.«

Die er offenbar nicht hatte.

»Ich war in Guernsey«, sagte ich. Endlich hatte ich Oberwasser. »Und das Brisanteste kommt zum Schluss: Nadège und Severin waren ein Paar.«

Mahon reagierte völlig unerwartet. Er lachte. »Sie haben den Dorfklatsch aufgeschnappt? Von Magalie oder von der afrikanischen Surflehrerin? Von Sœur Nominoë, wenn sie nicht gerade ein Schweigegelübde praktiziert?«

»Sie haben es gewusst?«

»Natürlich. Wir wohnen im selben Haus. Nadège und Lukesch kennen sich seit Jahren. Eine Sandkastenliebe. Sie steht auf die Mischung von Ambition und Nonchalance. Für ein kleines Abenteuer reicht das aus.«

Ambition und Nonchalance. Treffender hätte ich Severin Lukesch nicht beschreiben können.

Mahon schwieg. Ich schwieg auch. Der Hund kuschelte sich zwischen uns. Bis Mahon aufstand und davonging, über den Strand zu seinem Motorrad.

So ein Rüpel. Ich rannte hinter ihm her und erwischte ihn, als er das Startpedal durchtrat.

»Was fällt Ihnen ein? Sie können mich doch nicht einfach so stehen lassen.«

Er zog den Helm über den Kopf, nestelte in der Tasche des Ledermantels und holte ein weiß-rotes Büchlein heraus.

»Ihr Pass, Madame Berger. Der Fall ist abgeschlossen, Sie sind frei zu gehen. *Bonne chance.* Tun Sie mir einen Gefallen, geben Sie dem Hund einen Namen.«

***

»Ich habe meinen Pass wieder. Wer will mit mir feiern?«, fragte ich, als ich das »DEJALU« betrat.

Einem Echo gleich erschallten die Stimmen gleichzeitig aus der Küche, wo sich alle zu einem mitternächtlichen Snack versammelt hatten – Kai, Ali, Vivienne, Ayala und Sylvie, die sich ebenfalls eingemietet hatte, ihr Wohnwagen war überschwemmt und unbewohnbar –, große Tafeln Schokolade vor sich auf dem Tisch. Landerneau, Grain de Sail, Cabosse Créative, Maison Larnicol, Maison Chatillon, alles bretonische Schokoladenhersteller. Mir war gar nicht klar gewesen, wie viele Tafeln mittlerweile als Gastgeschenke bei uns abgegeben worden waren.

»Wir probieren uns durch. Magst du mitmachen, Tereza? Die mit den meisten Punkten gewinnt«, sagte Sylvie.

Eine Stunde später, unterstützt von Pfefferminztee und Hydromel, dem Honigwein, der angeblich das Aroma der Schokolade noch viel stärker hervorhob, hatten wir einen Sieger. Grain de Sail, Chocolat au lait avec Fleur de Sel.

Mir war schlecht. Meinen Pass hatte ich nicht mehr erwähnt, niemand schien es zu interessieren, dass ich abreisen konnte. Mich am allerwenigsten.

Als sich die anderen in ihre frisch gestrichenen Zimmer verzogen hatten, ging ich ins »DEJALU« und holte das Packpapier raus. Obwohl ich todmüde war, sagte mir mein Gefühl, dass die Sache noch nicht ausgestanden war.

Auf meine Zeichnung trug ich die Verbindung zwischen Nadège und Severin ein, den Ruche Trust Beaux Arts. Eine ganze Straße, einfach aufgekauft. Da gab es doch Gewinnpotenzial. War Bruno Yrne nicht Bauunternehmer gewesen?

Hätte er die Aufträge zur Renovierung bekommen? Oder eben gerade nicht? Weil er zu den »Anciens« gehörte und nicht zu den Frauen von Camaret?

Dann dieser Inder, Ranajey Patel, und Mahons Bemerkung. Hatte Nadège nebst Severin noch weitere Affären? War sie eine Frau, die das tat, was ihr Spaß machte, und sich nichts verbieten ließ? Hatte Severin versucht, sie einzufangen, und darum sterben müssen? Und was war mit Ronan, Viviennes Möchtegern-Freund?

Es ließ mir keine Ruhe, und so ging ich nach oben, die kaputte Stufe vermeidend, klopfte ans Pétrole, wo ich Vivienne vermutete, und ging hinein.

»Entschuldige die Störung, schläfst du schon? Darf ich das Foto haben? Und such keine Ausrede, ich bin sicher, dass du es dabeihast.«

Im Halbschlaf deutete Vivienne auf ihre Lederhose. Das Foto steckte zerknittert in der hinteren Tasche.

»Danke«, sagte ich. »Nur noch eine Frage, dann kannst du weiterschlafen. War Ronan mal in Indien?«

»Was?«

»War er in Indien?«

»Nein, er ist nie von Crozon weggekommen, der Loser.«

Leise ging ich die Treppe wieder hinunter und in den Laden, wo ich mir das Foto ganz genau anschaute. Die Umrisse der Menschen waren darauf zu erkennen. Severin und Nadège, einander zugewandt, im Hintergrund Mahon. Alle anderen blendete ich aus, bis ich nur noch die drei sah. Das ist der Schlüssel, Tereza.

Da klopfte es an der Tür. Draußen stand Magalie, einen dunkelblauen Kapuzenmantel über dem Arm. Sie sah entsetzlich aus: Ihr linkes Auge war blau und verschwollen, an ihrem Mundwinkel klebte verkrustetes Blut.

Ich bat sie herein. »Was ist passiert?«

Sie schüttelte nur den Kopf, zitterte am ganzen Körper.

»Verbrenn das Ding«, sagte sie leise und ließ den Mantel fallen.

Das sagte mir alles. Armand war ein Kapuzenmann. »Hat er dir das angetan?«

Sie nickte kaum merklich. »Er hat auch deine Schaufenster verschandelt. Das Haus gegenüber gehört uns. Kann ich bei euch bleiben?« Sie sprach undeutlich, als ob sie einen Zahn verloren hätte.

Ich holte eine von Tante Annies wunderblauen Strickdecken und schenkte lauwarmen Tee à la menthe in eine Tasse.

Magalie saß zusammengekauert am Tisch, das gefärbte Blondhaar aschgrau, die Überreste ihres Make-ups bröcklig.

»Er hat herausgefunden, dass ich bei der Lesung war«, sagte sie. »Er hasst Nominoë fast so sehr wie die Frauen von Camaret.«

Die arme Magalie. Hatte sich heimlich aufgelehnt, nun war sie unter die Räder gekommen.

»Ich rufe den Commissaire an«, sagte ich.

Nein, das wolle sie nicht, sonst wäre sie ja zur Polizei gegangen. Es sei nicht das erste Mal und werde auch nicht das letzte sein. Sie würde heute einfach gern hier schlafen.

Aber natürlich, das Meerblickzimmer im Dach hatte nur auf sie gewartet.

Kurze Zeit später lag sie in einen Schlafsack gewickelt, ganz steif, die Hände gefaltet. Erst als ich ihren ruhigen Atem hörte, ging ich wieder hinunter und in die Garage. Setzte mich vor meine Zeichnung, aß die letzte Tafel Schokolade mit Fleur de Sel.

Ich musste die Verbindung finden, den Zusammenhang. Bruno und Ronan waren am gleichen Datum gestorben, einen Monat auseinander. Severin zwei Monate später. Zwei von ihnen konnten nicht schwimmen. Was verband sie außerdem? Konnte es Nadège sein?

14

Camaret-sur-Mer, 25. Juli

»Dumme Sau! FICK DICH!« Das stand am nächsten Morgen auf dem Schaufenster.

Allerdings nur mit Ketchup, das Ganze wirkte improvisiert. Ich zeigte einen Stinkefinger nach gegenüber und wischte die Soße weg. Dass Vivienne verschwunden war, ohne eine Nachricht zu hinterlassen, beschäftigte mich mehr.

»Könnt ihr übernehmen?«, bat ich Kai und ging ins »Café des Beaux Arts«, wo ich Basile nach Vivienne fragte.

»Sie ist nicht da.«

»Waren Vivienne und Ronan mal zusammen in Indien?« Als Basile nickte, fiel ich fast in Ohnmacht.

Ronan habe Vivienne vor einem Jahr zu einer Indienreise eingeladen, sie hätten Nadège in ihrem Yoga-Retreat besucht, wo sie jedes Jahr einige Monate verbringe.

»War Ronan reich? Wie hat er das finanziert?«

»Bankgeschäfte fand er immer geil, Corentin Lehenaff war ein Kumpel von ihm. Ronan hat sein gesamtes Erspartes in einen Trust investiert. Die Anteile hat er Vivienne vermacht.«

»Sie hat geerbt?«

Basile verneinte. »Der Notar in Brest fand, das Testament sei nichtig, alles würde Ronans Familie gehören.«

Ronan bei Nadège in Indien und als Investor des Trusts? Eine Hand tippte mich an. Als ich herumschoss, stand Nadège vor mir. Wenn man an den Teufel denkt ... Mir lief es heiß und kalt den Rücken hinunter.

»Kommst du mit? Yoga am Strand von Corréjou.«

Vorsichtig ging ich neben Nadège her. Ein Geschöpf von Wissen, Kraft und Macht. Konnte sie drei Menschen auf dem Gewissen haben? Die körperlichen Voraussetzungen brachte sie mit. Severin hatte sie geliebt, eine Verbindung zu Ronan gab es auch, wie würde Bruno in dieses Schema passen? Wenn es mir gelang, mehr Informationen zu sammeln, könnte ich damit zu Mahon. Unmittelbare Gefahr von ihr drohte mir nicht, die Straßen waren voller Menschen.

»Hast du Bruno Yrne auch gekannt?«, fragte ich.

»Natürlich. Er hat mein Studio gebaut. Was hast du, Tereza?« Nadège berührte meinen Oberarm. »Ist dir kalt?«

»Ja«, antwortete ich. »Eigenartig, nicht? Wo es doch so warm ist.«

»Dein Körper weiß mehr als du. Das Wetter wird sich ändern. Es zieht ein Sturm auf. Sieh zu, dass du dein Haus gut abschirmst.«

Das war eine Warnung. Und trotzdem ging ich weiter. Noch beruhte mein Verdacht auf purer Spekulation.

Am Ende des Quais sprang Nadège auf die Mauer und spähte zum Strand hinunter, wo über zwanzig Yoga-Interessierte auf ihren Matten lagen und die Strahlen der Morgensonne in sich aufsogen.

»Magalie fehlt«, sagte sie.

»Sie schläft noch. Sie hat in der ›Villa Wunderblau‹ übernachtet. Weißt du, dass ihr Mann sie schlägt?«

Nadège nickte. »Seit Bruno gestorben ist, ist es schlimmer geworden.«

Bruno und Magalie? Ich erinnerte mich daran, wie Magalie von Bruno erzählt hatte, ihr Gesicht voller Zärtlichkeit.

»Sie hatten eine Liaison? Warum hat sie mir das nicht erzählt?«

»Magalie ist sehr verschwiegen, wenn es um Privates geht. Sie, Gwenn und ich kennen uns seit ewig, wir waren in der Unterstufe, sie in der Abschlussklasse. Nach der Schule wurde sie als Dienstmädchen bei den Yrnes angestellt, eine altehrwürdige Handwerkerfamilie mit viel Einfluss in Camaret. Bruno war der einzige Sohn, viel älter als Magalie. Die beiden haben sich ineinander verliebt.«

»Wieso hat er dann Gwenn geheiratet?«

»Magalie war arm, ihre Familie *de la terre*, arme Bauern vom

Land. Die Yrnes und die Ducrets, das hat besser zusammengepasst.«

»Die Ducrets? Das ist doch dein Name?«

»Gwenn und ich sind Cousinen.«

Das hatte ich nicht gewusst. Die Mitteilung musste ich erst verdauen. »Dann war das nur ein Arrangement, Gwenn und Bruno?«, sagte ich schließlich.

»Von Anfang an. Dass er starb, war eine Befreiung für sie.«

»Aber nicht für Magalie?«

»Nein, sie hat gelitten. Leidet immer noch.«

»Und Armand?«

»Ach der. Seit Brunos Tod schlägt er um sich. Magalie deckt ihn. Das war schon immer so.«

»Weiß Mahon davon?«

»Logisch. Er hat mehrfach angeboten, ihr zu helfen. Dafür bräuchte er nur eine Anzeige. Eine einfache Anzeige. Aber sie will nicht.« Nadège sprang in den Sand. »Kommst du eigentlich auch zur Beerdigung von Severin heute Nachmittag? Wir gehen alle hin. Auch Gabriel.«

Ich übersah ihre ausgestreckte Hand.

»Ein großer Verlust für dich, sein Tod?«, fragte ich.

»Noch lebt er ja.« Sie wirkte amüsiert. »Und wir sind geschieden.«

»Ich meine natürlich Severin.«

»Weißt du, Tereza, ich habe gelernt, den Lauf des Lebens zu akzeptieren. Ich bin sicher, dass Severin und ich auf einer anderen Ebene wieder zusammenkommen.«

Blödes Yogagewäsch. »Ihr wart doch ein Paar?«

»Auf eine gewisse Weise.«

»Du hast bei ihm im ›Beaux Arts‹ gewohnt.«

»Manchmal.«

»Er hat eine tolle Bewegung ins Leben gerufen. Dieser Trust funktioniert super, das habt ihr gut hinbekommen. Die Bankerin in Guernsey hat mir alles erzählt.«

»Was für ein Trust?«, fragte Nadège.

»Tu nicht so naiv, Nadège. Der Ruche Trust Beaux Arts.«

»Das sagt mir nichts.«

»Und Ranajey Patel?«

Nun zuckte sie zusammen. »Ein Freund von mir, aus Indien. Er hat Gabriel das Motorrad vermittelt.«

Darum hatte Mahon so schockiert reagiert.

»Wieso kennst du ihn?«, fragte Nadège.

»Er gehört zum Trust. Aber das weißt du doch, Nadège.«

»Ich habe nichts mit diesem Trust zu tun, Tereza. Was auch immer du vermutest, du liegst falsch.«

***

»Hallo, Mama, bist du da?«

Ich zwängte mich gerade in einen schwarzen Rock von Tante Annie, als ich von unten eine vertraute Stimme hörte. Meine Tochter Lovis. Mit roten Wangen und ihrem neuesten Freund im Schlepptau, Barry aus Australien.

Nachdem sich die Wiedersehensfreude gelegt hatte, erzählte sie, dass sie den TGV über Paris genommen hätten und von Brest hergetrampt seien.

»Niemand wollte uns mitnehmen, wegen all der Bücherkisten, wir sind voll gestrandet, es war semigeil, kann ich dir sagen. Bis Kai deinen Freund Isidore mobilisiert hat, um uns abzuholen.«

Barry entpuppte sich nicht nur als sehr freundlich, sondern auch als fähiger Schreiner. Er und Isidore vertieften sich zusammen mit dem Dachdecker in eine Fachsimpelei, im Verlauf derer Barry vorschlug, bei der Ausführung der Reparaturarbeit mitzuhelfen, damit ich meinen Kredit nicht zu erhöhen brauchte.

Was waren sie doch alle für Goldschätze. Ich nahm das Angebot dankend an, offerierte im Gegenzug Kost und das frisch gestrichene »Tintenblau« und freute mich über die vielen helfenden Hände.

»Das ist ja ganz was Neues, Mama«, sagte Lovis. »Ich hätte gewettet, dass du Nein sagen würdest.«

»Wieso?«

»Früher wolltest du alles allein machen. Papa bekam dauernd eine vor den Latz geknallt, wenn er dir helfen wollte.«

Nett, meine Kleine. Wobei sie recht hatte.

Ayala und sie verstanden sich gleich. Alle fünf schleppten gemeinsam Kartons in den Keller. Eine Kiste voller Krimis, eine weitere mit leichter Urlaubslektüre und dazu jede Menge Nordwind, Sommerbrise und Atlantiklüftchen, alles, was gute Laune machte und die Sorgen vertrieb.

Ein letztes Mal rückte ich den Rockbund zurecht, schlüpfte in die Flipflops und zog los. Magalie begleitete mich ein Stück. Sie hatte angekündigt, mit dem Bus nach Brest zu fahren, um eine Weile bei ihrer Schwester zu wohnen.

»Merci pour tout«, murmelte sie, als wir am Kreisel an der Place de Gaulle ankamen, wo der Bus nach Brest fuhr.

»Magalie …«, begann ich. Mir fehlten die Worte.

»Ich komme bald wieder«, sagte sie. »Wenn Armand sich beruhigt hat.«

Da kam die Wirtin aus dem »La Coquille«, Magalies Chefin, und lamentierte über den nahenden Sturm. Sie werde sämtliche Terrassenmöbel reinräumen, mir riet sie, dasselbe zu tun.

»Und bitte, Tereza, kein Wort zu Gabriel Mahon. Ich regle das selbst«, flüsterte Magalie mir zu, ehe sie sich mit zwei Küsschen von mir verabschiedete.

Der Gottesdienst fand in der Kirche Notre-Dame-de-Rocamadour statt, der Schifferkirche neben der Tour de Vauban. Zum ersten Mal sah ich das Gebäude von innen, bestaunte den Dachstuhl, der einem Schiffsrumpf nachempfunden war. Der Altar war weiß und blau gestrichen, links und rechts zwei Engel, Kerzen. Die Decke war voller Segelschiffe und Rettungsringe, es gab helles Licht und bunte Scheiben, Bilder von Jesus und den Aposteln, der Jungfrau Maria, immer wieder Maria, die Schutzpatronin der Schiffsleute. Aber auch Morwen glaubte ich zu sehen, halb Frau, halb Fisch, wie sie gerade einen Menschen ausspuckte, schaurig schön. Dazu leise Musik aus den Lautsprechern, irgendwas mit Flöten und Harfe, kaum zu hören in dem Flüstern und Wispern, das den Raum erfüllte.

Tief atmete ich das Gemisch aus Salz, Weihrauch und Zitrone ein. Es erinnerte mich an die Gottesdienste meiner Kindheit, zu denen ich meine Mutter manchmal begleitet hatte. Abgesehen von dem Geruch hatte dieser Anlass jedoch nichts damit gemein. Hier war vor allem Geld versammelt. Schon am Quai waren mir die vielen Autos mit deutschen Nummernschildern aufgefallen, alles Edelmarken, BMW, Mercedes, zwei Teslas. Daneben machte sich Gabriel Mahons Royal Enfield ausgesprochen bescheiden.

Der Commissaire stand seitlich an die hintere Wand gelehnt. Was er wohl vorhatte? Ich musste auf alles gefasst sein. In seinem Motorradmantel, den Hut in der Hand, beobachtete er die Trauernden, so indifferent wie immer. Ich folgte seinem Blick und versuchte, in der Menge der Gäste einen Überblick zu bekommen.

In der ersten Reihe der geschnitzten Sitzbänke machte ich Leontine aus, im schwarzen Kleid mit burgunderfarbenem Seidenschal, neben ihr ein älteres Ehepaar. Das mussten die Eltern sein, der Vater grimmig ernst, die rote Krawatte ein Kontrastpunkt, die Mutter stumm. Daneben weitere Familienmitglieder, zwei Kinder in Anzug und Kleid, beide mit rosa Schärpen, winzigen Erwachsenen ähnelnd.

Wirklich aufsehenerregend war die zweite Reihe. Da saßen lauter Frauen – und, was soll ich sagen, nicht Les Femmes de Camaret. Die Auffälligste trug Hut und Schleier, als ob sie die einzige würdige Witwe wäre. In gebührendem Abstand von ihr vier Schönheiten in Schwarz und Weiß, dann eine Reihe studentisch wirkender Mädchen, eher Surfkolleginnen als Models. Auch sie gestylt. Und allesamt trugen sie rote Schuhe. Selbst die Witwe. *Merde alors.* Eine Verschwörung oder ein intimer Ruf, dem alle folgten, in der Meinung, sie seien die Auserwählten?

Ich tippte auf Letzteres, als ich den irritierten Blick einer dunkelhäutigen Aphrodite in Stiletto-Sandalen bemerkte und ihre geflüsterte Frage an den Platzanweiser im Anzug, welcher sie in der dritten Reihe platzierte, während er einer alten Dame mit rotem Halstuch die Familienbank zuwies und eine magere

Chinesin mit dick geränderter Brille und roten Ballerinas in die zweite Reihe dirigierte. Leontine quittierte sein Tun mit einem diskreten Luftkuss.

Ihr Partner?

Was wohl Ludovic dazu meinte. Der saß mit gesenktem Kopf im hinteren Teil, wo sich nach und nach weitere Dorfleute einfanden. Ich kannte einige, nebst Isidore und dem Schreiner, beide im Anzug, die Wirtin vom »La Coquille«, die junge Crew vom »Frère de la Côte«, alle vom »Café des Beaux Arts« und natürlich Sœur Nominoë – Severin war beliebt gewesen.

Nadège saß neben Gwenn, die beiden Cousinen, wie ich jetzt wusste, waren in ein flüsterndes Gespräch vertieft. Waren sie Komplizinnen? Völlig unschuldig? War Gwenn in Gefahr? Vieles war möglich.

Hinter den beiden saß fast die ganze Yogagruppe, alle in rot verwaschenen Turnschuhen. Verlegen sah ich auf meine Füße in den abgetragenen Flipflops.

»War das Vorschrift?«, fragte ich flüsternd Basile, der als einer der Letzten die Kirche betrat und sich neben mich stellte.

Er nickte. »Es stand auf der Todesanzeige. *Amis*: roter Schal oder Krawatte, *petites amies*: rote Schuhe.« Er grinste ein wenig. »Blöd nur, dass die Anzeige aus Versehen genau so im ›Télégramme‹ abgedruckt war.« Das mit den Schuhen hätte nicht publiziert werden dürfen, dem zuständigen Redakteur sei ein Schnitzer unterlaufen. Damit habe er sich den Zorn der Familie zugezogen. »Die sind alle stinksauer, vor allem Severins Schwester.«

Nun wurde die Musik ausgeblendet, und die Klänge der Orgel setzten ein. Gleichzeitig erhob sich ein Trompeter. Zu meinem Erstaunen war es Isidores Schreiner, mein zukünftiger Chef-Dachdecker.

»Er ist auch aus der ›Groupe des Anciens‹«, flüsterte Basile mir zu. »Aber sonst ist er nett.«

Wir ernteten einen Blick vom Platzanweiser. »*Silence.* Ruhe. Es fängt an.«

»Wohin soll ich mich wenden.« Das war das erste Lied

auf der Liste und ein todsicherer Tränendrüsen-Drücker. Ich kannte jedes Wort, ich bin Katholikin. Schon bei den ersten Klängen wurden die Taschentücher hervorgeholt, und auch ich griff danach.

Während wir gemeinsam die Verzweiflung priesen, betrat ein Priester mit Kreuz und violetter Soutane, gefolgt von einigen Kindern in weißen Chorkleidern, das Kirchenschiff.

Es wurde still, der Gottesdienst begann.

***

Eineinhalb Stunden später zog die Prozession im grellen Schein der glutgelben Sonne über die Place Saint-Thomas in Richtung Friedhof. Den sechs Sargträgern, darunter Isidore, Emil und der schreinernde Trompeter, lief der Schweiß in Strömen. Der Gottesdienst war pompös gewesen, mit einem schwierigen Moment, als Leontine ein Gemälde enthüllt hatte, das eine fröhliche Gesellschaft zeigte: ein Mann und lauter Frauen, eine Art Jesus mit den zwölf Jüngerinnen. Severins Vermächtnis, das von jetzt an in der »Galerie Lukesch« zu besichtigen sei.

Am Grab wurde es richtig peinlich, als das »Gegrüßet seist du, Maria« zweisprachig gebetet werden sollte. Die Französinnen deklamierten innig und chorisch, während die Deutschen verlegen stammelten. Wäre ich nicht gewesen, wir wären abgestunken. So aber rettete ich die religiöse Ehre, was mir einen stummen Dank von Leontine eintrug, die gleich darauf eine Rede hielt. Ein wirklich berührender Moment in dieser Veranstaltung, man merkte, dass sie ihren Bruder geliebt hatte.

Plötzlich sah ich Severin vor mir, sein Lachen, seinen Eifer, das winzige Tattoo unter dem linken Schulterblatt.

Ein Tattoo? Ich seufzte. Noch war ich nicht über den Berg, das Gefühl der Teilamnesie tauchte in Form von unmotivierten Puzzleteilen immer wieder auf. Würde das nie aufhören? Konnte ich je absolute Sicherheit über die Ereignisse jenes Abends erlangen?

Bestimmt war es kein Zufall, dass in diesem Moment Mahons Blick meinen traf. Ich hab dich im Visier, signalisierte er. Das mit dem Pass war ein Trick, um dich in Sicherheit zu wiegen. Mach einen Fehler, einen einzigen, winzigen Fehler, und du bist dran.

Isidore erlöste mich aus dem Blickwechsel, als er sich verabschiedete und mir zuraunte, dass er direkt zur »Villa Wunderblau« gehe, es gäbe einiges zu tun. Ich bedankte mich stumm, mehr wagte ich nicht, Aurélies Blick war eisig.

Während der Sarg hinuntergelassen wurde, kam der Trompeter zum Zug, diesmal mit dem »Ave Maria« von Bach. Wir standen im Halbkreis, die Männer nahmen die Hüte ab, die Frauen falteten die Hände, alle sahen aufs Meer. Ein Grab mit Meerblick, es sollte wohl der Höhepunkt in der Orchestrierung der Emotionen sein. Mir kam es bieder vor, eingeklemmt in die Reihe all dieser Toten. So gar nicht vereinbar mit Severin.

Und plötzlich, wie aus dem Nichts, erhob sich ein Windstoß, scharf, heftig und kalt. Der Trompeter verpasste eine Note. Dann noch eine. Leontine erstarrte. Die Leute hüstelten, diskrete Blicke.

Bevor es erneut peinlich wurde, erholte sich der Trompeter, er gewann an Schwung, setzte zum großen Finale an, und die Taschentücher mussten wieder herhalten. Bis erneut ein Fehlton ertönte, der sich immer länger zog, erst grellhoch, dann tief, während der Trompeter taumelte, in die Knie ging und der Ton in einem Diminuendo verklang.

»Ein typischer Bretone«, flüsterte eine Stimme neben mir. »Hält durch bis zum Schluss.«

***

»Haben Sie Severin gut gekannt?«, fragte ich Gwenn Yrne auf dem Weg zum Leichenmahl im »Frère de la Côte«.

Gerade war der Trompeter, der vermutlich einen Hitzschlag erlitten hatte, von einem Rettungswagen abgeholt worden – das Ganze hatte keine fünf Minuten gedauert, Emils Verdienst, der sofort die Ambulanz organisiert hatte.

»Severin? Nein, ich bin hier wegen Nadège.«

Nadège ging an der Spitze des Trauerzugs, neben Leontine.

»Sie ist traurig, nicht wahr?«, sagte ich. »Dass sie das alles nichts angeht, ist nur Fassade. Sie hat Severin geliebt. Und er sie.«

Gwenn lachte auf. »Sie können es nicht lassen, nicht wahr?«

Nein, konnte ich nicht. »Mahon ermittelt weiter. Sie haben mir Mist erzählt.«

»Er lügt. Die Untersuchung ist eingestellt. Ich bin seinetwegen vorstellig geworden. Er wird in den nächsten Tagen abgesetzt. Nicht mehr tragbar. Unter uns gesagt, er ist manischdepressiv.« Sie ließ mir keine Zeit zum Nachdenken. »Was ist jetzt mit dem Haus? Haben Sie es sich überlegt? Verkaufen Sie?«

»Nein.«

Schweigend nahm sie meine Absage zur Kenntnis, ging etwas schneller.

»Tut mir leid. Aber Sie müssen es verstehen. Es war das Haus meiner Tante.«

Sie zuckte die Achseln. »Schon gut.«

»Machen Sie auch mit?«, fragte ich und deutete auf ihre Schuhe von dunklem Purpur, wesentlich unaufdringlicher als die anderen.

»Es war Vorschrift.« Gwenn schob ihr gegeltes Haar hinters Ohr. »Romantischer Quatsch.«

An einem Lastwagen und rot-weißen Schildern vorbei, bogen wir auf den Quai ein.

»Na so was, wird die Mole umgebaut?«, sagte ich. »Haben die Frauen sich durchgesetzt?«

Gwenn verneinte. »Das ist wegen des angekündigten Unwetters. In den letzten Jahren gab es hier heftige Überschwemmungen. Heißere Sommer haben heftigere Stürme zur Folge. Die Kehrseite der Medaille.«

»Also bleiben die Autos«, sagte ich. »Keine Aussicht aufs Meer, kein Erfolg für die Frauen von Camaret.«

»Mal sehen. Vielleicht setze ich eine Gemeindeversammlung zu dem Thema an.«

Gwenn, die Moderate. Ihr intelligentes Schlängeln in der Mitte zahlte sich aus.

»Und was meinen die ›Anciens‹ dazu?«

»Die arrangieren sich. Solange sie ihre Autos am Hafen vorn parken können.«

»Wer wird das alles bauen? Ihre Firma? So wie den Rest des Künstlerquartiers auch?«

Sie nickte. »Yrne-Bricolage. Genau.«

Ich dachte an das Modell, das sie mir gezeigt hatte. »Sind Sie eigentlich auch in diesem Ruche Trust Beaux Arts dabei?«

Sie warf mir einen Blick zu. »Das haben Sie herausgefunden? Ich gratuliere, Tereza. Man könnte meinen, Sie seien von der Polizei.«

Plötzlich tauchte Nadège neben uns auf, und ich verstummte. Ob sie auf unser Gespräch zurückkommen würde? Sie wechselte jedoch nur einige Worte mit Gwenn. Mit Erstaunen vernahm ich, dass die beiden sich für nach dem Essen zum Schwimmen verabredeten, an der Plage de Corréjou.

»Es kommt ein Sturm«, sagte ich.

»Das dauert noch einige Stunden«, entgegnete Gwenn und zeigte auf den immer noch sehr blauen Himmel. »Das Wasser wird uns guttun. Das haben wir nötig, nach diesem Nachmittag.«

Als Leontines deutscher Freund die Trauergemeinde ins Restaurant hineinbat, bildete sich eine Schlange vor dem Eingang. In geschwungener Handschrift stand das Menu auf einer Schiefertafel. Es würde vier verschiedene gegrillte Fische geben, dazu konnte man auswählen zwischen einer Buttersoße, einer kreolischen Soße, Café de Paris und einem Confit von Sellerie, zum Dessert gab es eine Crême brûlée. Trotz allem lief mir das Wasser im Mund zusammen. Es war lange her, seit ich etwas Warmes gegessen hatte.

Leontine lud mich leider nicht ein, ich gehörte nicht zum engsten Kreis. So wenig wie Ludovic, der hinter mir stand. Es kümmerte ihn nicht.

»Der Große da«, flüsterte er mir zu und deutete auf Leontines

Begleiter, der die Auserkorenen mit einem Drink willkommen hieß, »reist morgen ab. Dann gehört sie wieder mir allein.«

Bretonische Verhältnisse.

Durch die Fensterscheibe sah ich Gwenn und Nadège von hinten. Beide gleich groß. Die eine weiblicher, die andere drahtig. Zwei Cousinen. Beide am Begräbnis von Severin. *L'Homme qui aimait les femmes.*

Ich ging nach Hause. Die Sonne verschwand, im Westen bildete sich eine weiße Wolkenwand.

»Es wird ein *hublot à l'enfers*, ein Fenster zur Hölle«, zitierte Isidore den Dichter Saint-Pol-Roux. Er hatte die Läden bereits festgezurrt, außerdem hatte er eine Elektroleitung gelegt.

»Sie sind wirklich ein Schatz«, sagte ich.

Er wurde dunkelrot und zuckelte auf seinem Moped davon.

Bis auf einige Kundinnen war Sylvie allein im Laden.

»Die anderen sind zum Surfen an die Plage Pen Hat gefahren, die Wellen sollen großartig sein«, sagte sie.

»Aber das ist verboten.«

Sylvie beruhigte mich, Ayala sei dabei. Sie wolle die Gelegenheit nutzen, um vor dem großen Sturm in den Überresten ihrer Bude das eine oder andere zu finden. Dann zeigte sie mir die Liste der verkauften Bücher, sie war sehr lang, die Keksdose mit Geldscheinen voll. Außerdem duftete es himmlisch. Auch das war Sylvie gewesen.

»All die Schokolade … ich dachte mir, einer muss die mal verarbeiten.«

Herausgekommen waren Schokomuffins, nach einem alten Rezept mit Sahne, dunkler Kakaoschokolade und gesalzener Butter.

»Muffins au Breton à la Annie.«

»Wo hast du die gebacken?«

»Im Elektroofen, hat Isidore mitgebracht.« Sie zeigte auf die Kundinnen vor dem Kuchentisch. »Als ob sie noch nie ein Schokotörtchen gesehen hätten. Du wirst sehen, wir rollen Camaret von hinten auf. Damit hat keiner gerechnet. Niemand von diesen festgefahrenen alten Bretonen. Magst du auch?«

Ich hatte keine Zeit. Gerade wollte ich in die Garage verschwinden, um etwas über diesen Inder herauszufinden, Ranajey Patel, als die Hintertür aufgerissen wurde.

Vor mir stand Gabriel Mahon. Verwegen, ohne Hut und mit dem blauen Auge. »Wo ist Nadège?«

»Im ›Frère de la Côte‹. Auf der Trauerfeier.«

»Da ist sie nicht mehr. Seit über einer Stunde ist sie verschwunden.«

In Mahons Gesicht las ich Wut, Zorn und etwas, das mir das Blut in den Adern gefrieren ließ. Wollte er sie umbringen? Wollte er mich umbringen?

Als er die Hand hob, warf ich ihm den angebissenen Muffin mit der butterweichen Füllung mitten auf sein Veilchen. Und rannte davon.

***

DD ächzte. Der Wind pfiff durch alle Ritzen. Die Federwolken im Westen waren grau geworden, einer zerbröselten Birkenrinde gleich rasten sie über den Himmel und kämpften dem Atlantikblau die Vorherrschaft ab. Als ich Gas gab, wurde das Pfeifen mehr.

Trotzdem blieb Mahon dicht hinter mir. Die gemütliche Royal Enfield entpuppte sich als Turbo.

Planlos wählte ich die Straße nach Morgat. Hätte ich nicht tun sollen, bei der Ortseinfahrt war ein Stau, die Autos standen bis zum Kreisel. Im Rückspiegel sah ich, wie Mahon näher kam, sich elegant an den Urlaubern vorbeischlängelte, alle in Ferienlaune, bereit, einer alten Retromaschine Platz zu machen. Im letzten Moment entdeckte ich die Abkürzung in Richtung Labyrinth.

Scharf riss ich das Steuer herum, DD schlitterte auf dem Schotter. Keine Zeit zum Zittern. Ich raste die Straße hoch, passierte einen Weiler, einen zweiten, die Landstraße, ein Feld, den Laubwald auf dem Hügelkamm. Da tauchte Mahon hinter mir auf, begleitet vom Heulen der Polizeisirene, dazu hatte er sich das Blaulicht auf den Tank geklemmt, für alle als Fahnder im Dienst erkennbar.

Vor Schreck trat ich aufs Gaspedal und hätte fast zwei Radfahrer umgenietet, die mitten auf der Straße einen Halt eingelegt hatten. Die Frau machte einen Ausfallschritt, ihr voll beladenes Bike kippte. Sofort hielt ich an, um mich zu vergewissern, dass alles in Ordnung war.

»Kein Problem, es war auch unser Fehler.« Sie war nicht wütend.

»Sind Sie sicher? Keine Verletzung?«

Nein, meinte sie, alles gut. Als sie mich jedoch nach dem Weg zum Musikfestival Bout du Monde fragte, klemmte ich sie ab.

»Ich hab's eilig. Fragen Sie den Polizisten hinter mir.«

Während ich anfuhr, sah ich im Rückspiegel Mahon näher kommen. Die Frau winkte, er hielt an. Das war meine Chance. Ich drückte das Gaspedal voll durch, spürte das Metall durch das Plastik der Flipflops. Nach Hause konnte ich nicht, Ayalas Bude war abgebrannt, weder das »La Coquille« noch das »Café des Beaux Arts« noch das »Epaulard« waren eine Option, die Kirche ebenfalls nicht. Es gab nur einen einzigen Ort, an dem ich mich verstecken konnte.

***

Mir zitterten die Knie. Im Bestreben, DD blickgeschützt zu parken, war ich in einen Graben gefahren. Einmal Stöhnen und dann hatte das frisch reparierte Auto den Geist aufgegeben. Meine Fluchtmöglichkeiten waren also sehr eingeschränkt.

Der Wind blies inzwischen stärker, der Himmel war von einer dunklen Wolkenwand bedeckt. Das war die echte, die wahre Bretagne.

»*Coucou*, Sœur Nominoë?«

Der Hof war leer, nur die beiden Fahrräder standen an die Klostermauer gelehnt. Hatte ich beim Schuppen eine Bewegung gesehen? Ich zuckte zusammen. Was, wenn Mahon eine Abkürzung kannte?

In meinem Rücken knarrte das Tor, deutlich zu hören durch den Wind. Ich stand bocksteif da. Vor mir erschien Sœur Jeanne, die mir ein Zeichen machte, ihr zu folgen. Wieso stellte sie keine Fragen?

»Haben Sie mich erwartet?«

Ohne mir zu antworten, eilte sie zum Hof hinaus in den Wald hinein. Eine Art Mini-Brocéliande, hatte mir Nominoë erklärt, der Zauberwald von König Artus, der hinter ihrem Kloster einen Ableger entwickelt hatte. Laubbäume, Zypressen, Pinien, hochstämmige, mit Moos bewachsene Bäume, ein flinkes Eichhörnchen, ein fliehendes Reh, kreischende Vögel – eine einzigartige Szenerie, für die ich jedoch kein Auge hatte.

»Sœur Jeanne, ich bin nicht so schnell in den Flipflops.«

Die Turnschuhe lagen im Kofferraum, neben dem letzten Bücherkarton: »Die Räuber«, »Faust«, »Der Sturm«.

»So warten Sie doch.«

Plötzlich stand der Leuchtturm vor uns. Wir hatten uns von hinten genähert. Jeanne machte mir ein Zeichen hineinzugehen und verschwand. Sollte ich? Mir blieb keine Wahl.

Es war dunkel, ich kannte das Gelände nicht. Die alte Stahltreppe führte in drei Drehungen nach oben, unangenehm stark wehte es durch die kleinen Lüftungsschlitze.

»Sœur Nominoë?«, flüsterte ich, als ich oben die Tür aufmachte und meinen Kopf in einen dämmrigen Raum steckte. Meine Erleichterung war unendlich. Am Fenster vorn stand Nominoë. Sie bedeckte schnell einen Gegenstand neben sich und drehte sich um. Was hatte sie da gemacht?

Bevor ich nachfragen konnte, begrüßte sie mich.

»Tereza. Was für eine Überraschung.«

Ihr Gesicht strafte ihre Aussage Lügen. Sie wirkte überhaupt nicht überrascht. Sie ging zu der gläsernen Kuppel in der Mitte und drehte einen Schalter.

Das Licht der Leuchtturm-Glühlampe strahlte nach allen Seiten und blendete mich. Trotzdem bemerkte ich das Gefäß mit Deckel von schönstem atlantischen Blau. Es stand direkt neben der Kuppel auf dem Boden.

Ich war fassungslos. »Das ist eine Urne. Ist das die Asche von Severin?«

»Eine Urne? Auf dem Friedhof war ein Sarg.«

»Das Grab passt nicht zu ihm. Haben Sie irgendetwas getrickst, Sœur? Wurde er heimlich verbrannt?« Als sie antworten wollte, winkte ich ab. »Schweigen Sie, ich will es gar nicht wissen.«

Nominoë lächelte. »Ich liebe Stürme«, sagte sie und deutete zur Fensterfront. »Wenn die Linie zwischen Himmel und Erde aufgelöst wird. Heute ist *marée haute*, ganz außerordentlich.«

Ich wusste, was sie meinte, Isidore hatte es mir erklärt. Extreme Flut, extreme Ebbe, das gab es nur einmal im Monat, abhängig vom Mond. Aber jetzt war keine Zeit für Geplauder über die Phänomene der Natur.

»Sie müssen mir helfen, Sœur Nominoë. Der Commissaire … er ist verrückt geworden.«

»Das glaube ich nicht, mit Verlaub.«

Mit zwei Schritten war ich bei ihr. »Nicht nur der Himmel steht Kopf. Ich habe so viel herausgefunden. Es geht um Profite, um Künstler, deren Bilder Millionen einbringen könnten. Dahinter steht ein Trust, dessen Mitglieder eine ganze Straße aufgekauft haben. Wenn Sie mich fragen, ein völlig überzogenes Projekt. Severin Lukesch hat die Leute damit verzaubert, eine davon ist Gwenn, eine andere Nadège. Sie ist auch an dem Trust beteiligt. Irgendetwas ist da schiefgelaufen. Keine Ahnung, was. Vielleicht hatten sie einen Streit, vielleicht wollte Nadège aussteigen. Nun ist Severin tot. Mahon deckt sie. Er würde mich lieber umbringen, als sie auffliegen zu lassen. Weil er Nadège immer noch liebt.«

Sœur Nominoë sah mich nachdenklich an. »Mit dem letzten Satz bin ich einverstanden. Es geht um Liebe. *Mon dieu, l'amour, quelle force.* Welche Kraft sitzt in der Liebe.«

»Sœur Nominoë! Ich bin auf der Flucht, ich weiß nicht, was passiert, wenn Mahon mich erwischt.«

In diesem Moment wurde die Tür aufgerissen. Gabriel Mahon. Außer Atem, mit zerzaustem Haar, schneeweiß im Gesicht. Nur das blaue Auge leuchtete gelbgrün.

Nun wurde es kritisch. Schützend stellte ich mich vor Nominoë.

»Sœur Jeanne hat gute Arbeit geleistet«, sagte sie in meinen Rücken. »Ganz wie du angeordnet hast, Gabriel.«

Waren die beiden per Du? Ich sah zu Nominoë. »Was …?«

Sie verzog ihren Mund. »Die Chance, dass Sie zu mir flüchten, war unendlich groß, meine liebe Tereza, nachdem Sie wie eine Verrückte durch Camaret gerast sind. Magalie hat sie gesehen und mir Bescheid gesagt.«

»Magalie ist in Brest.«

Sœur Nominoë verneinte. »Sie ist auf halber Strecke wieder umgekehrt. Es gehe ihr viel besser, soll ich Ihnen ausrichten.«

Magalie war eine Verräterin und feige noch dazu. Nie mehr würde ich ihr ein Bett anbieten.

»Wo ist Nadège?« Mahon packte mich am Arm. *»Go n-ithe ha peisteoga thu!«*

»Das ist eine Art Fluch. Es bedeutet: Mögen dich die Würmer fressen«, erklärte mir Nominoë.

Waren beide verrückt geworden?

Mahon schüttelte mich. »Sagen Sie mir auf der Stelle, wo sie ist. Ludovic hat mir erzählt, dass sie mit ihr und Gwenn gesprochen haben. Wo sind die beiden hingegangen, Nadège und Gwenn? Sie müssen irgendetwas erwähnt haben. Strengen Sie Ihr Hirn an und versuchen Sie, sich zu erinnern.«

Als er mich erneut schütteln wollte, ging Nominoë dazwischen.

»Gabriel, ich bitte dich. So kann kein Mensch nachdenken.«

Was ging hier ab? Keine Zeit, um nachzufragen. Ich überlegte, ließ das Gespräch mit den beiden Frauen im Schnelldurchlauf Revue passieren. »Sie und Gwenn haben angedeutet, dass sie noch zum Schwimmen gehen wollten. An die Plage de Corréjou«, sagte ich schließlich. »Aber ich denke, bei dem Wetter …«

»Zum Schwimmen? Mit Gwenn?«

Mahon ließ mich so schnell los, dass ich hinfiel.

»Gehen Sie mit ihm«, sagte Nominoë. »In Gottes Namen.«

Blitzschnell rappelte ich mich hoch, eilte zur Tür und die Treppe hinunter. Draußen war das Unwetter ausgebrochen. Der Wind tobte so, dass die Krone der größten Kiefer fast den Boden berührte.

Mahon startete bereits die Royal Enfield, kommentarlos reichte er mir den zweiten Helm.

»Ist Gwenn in Gefahr?«, fragte ich. »Denken Sie, dass Nadège ...«

»Sie sind zu naiv«, brüllte er. »Es geht um Gwenn. Als Kind hieß sie Gwendolyn Ducret. Die Familie hat sie Nelly genannt. N.D. Das sind ihre Initialen. Sie hat ihr ganzes Geld in den Trust gesteckt. Ronans Anteile haben ihr die Mehrheit verschafft.«

»Aber ...«

»Es ist eine Dreiecksgeschichte, kapieren Sie endlich. Und ich bin nicht der Dritte im Bunde!«

***

Die Fahrt war die Hölle. Als wir am Hafen von Camaret abstiegen, überspülten die Wellen die menschenleere Mole. In Richtung Strand brachen sie sich an den Felsen. Ganz am Rand entdeckte ich zwei zusammengerollte Badetücher, beschwert mit Steinen.

»Das müssen sie sein, Gwenn und Nadège.«

In der Bucht war niemand zu sehen.

»Ich glaube, sie sind da drüben!«, schrie Mahon. Er deutete auf die linke Seite zu einem kleinen Plateau. »Unterhalb davon liegt die Plage ancienne. Bei diesem Wetter verschwinden der Strand und die Fackel vollständig. So nennen die Einheimischen die Felsnase.«

Da begann es zu regnen. Innerhalb von Sekunden sah ich nichts mehr.

Mahon nahm mich bei der Hand, rannte auf die Mole zurück, schnappte sich aus einem Erste-Hilfe-Kasten ein Seil, setzte die Leuchte in Gang, betätigte eine Notruf-Sirene, machte einen Anruf, ging zum Motorrad und startete es. Im letzten Moment schwang ich mich hinter ihn.

Wir fuhren am »Epaulard« vorbei auf einen steilen Pfad, der immer zugewachsener wurde, je weiter wir nach oben kamen. Es rumpelte gewaltig, ich rutschte nach vorn, klammerte mich am Metallrahmen fest.

Links von uns waren Büsche und Geröll, rechts von uns musste der tobende Wellenkessel sein, in der Regenflut war er kaum zu sehen. Ein Augenblick der Unaufmerksamkeit, ich verlor das Gleichgewicht, kippte seitlich, rutschte, gleich würde ich fallen.

Da spürte ich Mahons Arm. Hart wie ein Stahlseil. Er drückte mich auf den Sitz zurück. Noch einige Meter, dann hielt er an.

»*Merci*«, keuchte ich.

»*De rien.*«

Kaum waren wir abgestiegen, kraxelte Mahon in Richtung des Felsvorsprungs, ich hinterher, mehr schlecht als recht. Auf der Höhe des Wassers hielt er an. Die etwa drei Meter bis zur Felsnase waren unterspült.

Durch den Regenvorhang sahen wir nun Nadège.

»Komm her!«, schrie Mahon und streckte den Arm aus.

Sie regte sich nicht. War sie ohnmächtig? Ihr Körper war aufrecht an den gezackten Fels gelehnt, die Wellen bereits auf Brusthöhe.

»Sie ist gefesselt!«, schrie Mahon.

Er hatte recht. Ihr Kopf baumelte im Wind.

»Schwimmen Sie rüber?«, fragte ich.

Er sah mich wieder mit diesem mörderischen Blick an. »Ich bin Schotte. Ich kann nicht schwimmen.«

»Aber ich.«

Hastig schlüpfte ich aus den Flipflops und riss den Rock kaputt, das T-Shirt behielt ich an. Mahon schlang mir das Seil um den Bauch.

»Der Fels fällt steil ins Wasser, Sie können sich nicht verletzen. Falls die Strömung zu stark ist, ziehe ich Sie zurück.«

»Zur Seite, Commissaire.«

Mit einem Sprung war ich drin. Sofort wurde ich nach unten gezogen. Ich kämpfte mich hoch. Und vorwärts. Wozu hatte ich alle Schwimmtests gemacht? Sogar die Rettungsschwimmerin hatte ich im ersten Anlauf bestanden, eine Karriere als Bademeisterin wäre mir gewiss gewesen.

Wann hatte ich eigentlich das Wasser verlassen und war ans sichere Ufer gewechselt? Unglaublich, was einem in Bruchteilen von Sekunden durch den Kopf schießen kann.

Oder dachte ich das später, als ich mich an der Felsnase hochzog und mein frisch verheiltes Knie auf eine Steinkante prallte?

Ich hielt mich mit der linken Hand am Stein fest, tastete mit der Rechten nach Nadèges Beinen und ihren gefesselten Armen. Den ersten Knoten löste ich sofort, auch den zweiten, den dritten. Nur der rechte Arm war noch festgebunden. Eine weitere Welle riss Nadège mit sich. Als ich nach ihr fasste, glitt sie mir durch die Finger. Wurde an den Fels geschleudert, der sich wie eine versteinerte Fackel aus dem Wasser wand.

Ich versuchte, den Knoten aufzukriegen. Verdammt. Meine Finger waren taub, einer stand schräg ab, der linke Zeigefinger. Zum Glück nicht der rechte, dachte ich.

Da öffnete Nadège die Augen, zumindest kam es mir so vor. Wollte sie mir etwas sagen?

»Gwenn …«

»Wo ist sie?«

Bevor Nadège antworten konnte, wurde sie von einer neuen Welle überspült. In ihrer Not griff sie um sich und erwischte meine Triskel-Kette. Klammerte sich fest.

Bis die nächste Welle herangerollt kam, blieben mir kostbare Sekunden. Ich fummelte mit den Händen am Knoten. Als ich spürte, wie er sich löste, fasste ich Mahons Seil, band mich los und Nadège fest.

»Achtung, Mahon!«, schrie ich. Dann überließ ich Nadèges Körper dem Meer und betete.

Die Welle brandete so wuchtig zurück, dass ich mitgerissen wurde. Ich ergab mich instinktiv, ließ mich nach draußen treiben bis zum äußersten Punkt, um mich mit einem gewaltigen Beinschlag wieder zurückzukatapultieren und gleichzeitig zu schwimmen. Ich schwamm mit der ganzen Kraft meines Körpers.

Und, was soll ich sagen, es gelang. Bis auf einige Zentimeter kam ich an den Felsrand heran. Sofort zog mich Mahon an Land. Hielt mich fest. Für den Bruchteil einer Sekunde fühlte es sich an wie eine Umarmung. Als ich das realisierte, war sie bereits wieder vorbei.

Danach ging alles blitzschnell. Mahon begann mit der Mund-zu-Mund-Beatmung bei Nadège. Vom Dorf kamen die ersten Menschen hochgerannt. Rettungssanitäter mit einer Bahre, Emil und ein zweiter Gendarm, Aimon, der Wirt vom »Epaulard«, der unsere Aktion beobachtet hatte – immer mehr Leute drängten sich auf der schmalen Plattform.

Ich verlor die Orientierung, wollte zu Mahon und Nadège. Ein Rettungssanitäter stellte sich mir in den Weg.

»Da können Sie jetzt nicht hin, *désolé*.«

»Ich glaube, ich habe mir etwas gebrochen.« Ich zeigte ihm den abstehenden Finger.

Er legte mir eine Wolldecke um die Schultern.

»Setzen Sie sich dorthin. Ich bin gleich bei Ihnen.«

Der kleine Felsbrocken lag etwas abseits. Er sah gemütlich aus, mit einer Kuhle in der Mitte. Der Regen war weniger geworden. Ich setzte mich, sah zum Himmel: eine schwarzgraublaue Wand, bis auf den kleinen Streifen Licht ganz im Osten. Die vier Jahreszeiten der Bretagne.

Plötzlich spürte ich etwas in meinem Rücken, es war spitz und tat weh.

»Coucou, bonjour«, flüsterte eine saloppe Stimme in mein Ohr.

***

Das Messer ritzte mich jedes Mal, wenn ich langsamer wurde. Gwenn trieb mich den Abhang hoch, durch das Dickicht, an geduckten Kiefern vorbei, über bröckelige Steine. Als wir klettern mussten, rutschte ich aus. Verwünschte meine Flipflops.

»Tempo, Tempo«, sagte sie und beobachtete, wie ich wieder aufstand. »Nicht abhauen, meine Liebe.«

Mit der Rechten drückte ich meine verletzte Linke an die Brust.

»Tut's weh?«, fragte Gwenn. »Geschieht dir recht. Was mischst du dich in Dinge ein, die dich nichts angehen.«

Sie hielt mir ihre Waffe vors Gesicht. Die Klinge war lang und gebogen mit einer scharfen Spitze, blutbedeckt, weil sie mich erwischt hatte. Ich hatte das Messer schon mal gesehen.

»Ein Entermesser«, erklärte sie. »Von Pirat Patrice. Mit ihm zusammen werden die künftigen Besucher die Tour de Vauban erleben. Schade, dass Sie dann nicht mehr dabei sind. Weiter geht's.«

Ich hatte keine Chance zu fliehen, konnte lediglich hoffen, dass Mahon oder Emil meine Abwesenheit bemerkten und mich suchten. Wobei, würden Sie mich finden in dem dichten Gebüsch? Eine Brombeerranke riss mir die Wange auf. Schon wieder mussten wir klettern. Nicht hinuntersehen, Tereza.

Ich tat es trotzdem. Weit unten war das Meer. Nicht mehr ganz so dunkel wie eben. Auch der Wind hatte nachgelassen. Dafür war es viel kälter geworden. Ende der Hitzewelle. Meine Zähne klapperten.

Durchhalten, sagte ich mir. Wenn du eine Chance haben willst, musst du schlauer sein als sie. Denk nach, finde ihren wunden Punkt.

Alles hing mit Nadège zusammen. Nadège Ducret, die Weibliche, und Gwenn Ducret, die Jungenhafte – Cousinen und Jugendfreundinnen. Die Mädchen gingen in Annies Surfschule. Der Boom hatte die Bretagne gerade erst erreicht, passionierte Surferinnen waren die absolute Ausnahme.

»Weiter, Tereza, weiter, was trödelst du? Wir sind noch nicht am Ziel.«

Ich spürte, wie das Messer in meine Haut drang, spürte warmes Blut an meinem ausgekühlten Rücken, spürte mein pochendes Knie. Ich kletterte vorwärts, während mein Hirn raste. Nadège und Gwenn trainierten, wuchsen zusammen. Und dann, Achtung: Auftritt Severin Lukesch, mit Kringellocken und kölschem Charme. Entschied sich, nach einer Zeit der Balz, für Nadège: ein Sommer der Liebe, der ersten, der wahren, der ewig währenden. Warum Severin und Nadège getrennt wurden, warum er zum Gesellschaftskünstler wurde und sie zur Erleuchteten und wie Gwenn und Mahon in das Konstrukt hineinpassten, das wäre ein Stoff für eine Liebesgeschichte gewesen, so schön und schmerzvoll wie viele andere, die ich täglich verkaufte.

»Beeil dich, Tereza. Wir sollten verschwinden, bevor die dich suchen.«

Wir waren auf der Anhöhe angekommen. Die Wolken rissen auf, die Abendsonne zeigte sich. Hinter uns lag das Meer, vor uns lag das Meer. Und unter uns lag die Plage de Pen Hat – wo alles angefangen hatte.

»Schön, nicht?«, sagte Gwenn.

Über einen Pfad trieb sie mich den Abhang hinunter. Ich ignorierte, dass meine Beine zerkratzt wurden, ignorierte das Knie und meinen Rücken. Meine ganze Konzentration war bei Gwenn.

»Was geschieht mit deinem Projekt?«, fragte ich. »Ich meine, jetzt, da Severin tot ist. War es eigentlich Liebe?«

Das berührte etwas in ihr.

»Er war *mon complice*«, sagte sie. »Alles seine Idee.«

»Es ist ein Riesenprojekt. Wie finanzierst du es? Mit dem Trust?«

»Der Trust ist nichts. Paulette Galthert ist eine Pfeife. Nein, dafür nehmen wir die Gelder des Heimatschutzes. In den sieben Jahren haben wir einiges abgezweigt.«

»Hast du auch meine Scheiben beschmiert?«, fragte ich aus einer Eingebung heraus.

Sie wurde immer schneller, ich kam kaum mehr nach. »Gut

kombiniert, Tereza. Ich habe Armand unterstützt. Hat Spaß gemacht.«

»Hat Severin dir das beigebracht? Das Malen?«

Keine Ahnung, woher mir der Satz zugeflogen war. Die Wirkung war jedoch gigantisch.

Gwenn schrie auf. Eine Mischung aus Wut, Aggression und Verzweiflung. An der Stelle, an der Mahon damals das Motorrad geparkt hatte, blieb sie stehen und zog den kleinen Schwimm-Rucksack und Regenmantel aus. Darunter trug sie einen schwarzen Neoprenanzug.

Das war meine Chance. Ich drehte mich um und rannte davon.

Doch sie war schneller. »Hiergeblieben, du feige Sau!« Sie hielt mich fest, während sie mit der anderen Hand den Rucksack wieder aufsetzte.

»Sie werden dich erwischen, du hast keine Chance«, sagte ich, während sie mich zum Wasser zerrte.

Lenk sie ab, Tereza, finde den wunden Punkt, das Krebsgeschwür.

»Was wolltest du eigentlich mit Severin, Gwenn? Du musstest doch wissen, dass er und Nadège unzertrennlich waren.«

»Wäre sie nur in Schottland geblieben. Beim Schafsdreck und den Innereien. Aber nein, sie muss nach Indien und sich erleuchten lassen. Und dann wieder herkommen. Das war der Gipfel, dass sie nach Crozon zurückgekehrt ist.«

Nun standen wir im ablaufenden Wasser. Die Wellen waren nicht hoch, dafür strömten sie mit großer Kraft ins Meer hinaus. Könnte ich ihr davonschwimmen?

Gwenn klemmte meinen lächerlichen Versuch ab, ritzte mehrfach meinen Rücken. »Diplomierte Taucherin. Gegen mich hast du keine Chance.«

Sie begann, mich hinauszutreiben. Ich spürte Panik. Halte sie am Reden, Tereza.

»Wie lange war sie in Indien?«

»Zwei verdammte Jahre. So was können sich nur reiche Menschen leisten.«

»Ist Nadège reich?«

»Ihre Eltern. Wohnen im Peugeot-Quartier und in Paris. Nadège ist ein Einzelkind.« Die Worte spuckte sie förmlich aus. Mahon hatte es anders erzählt.

»Und du?«

»Arme Eltern, *de la terre*. Die Heirat mit Bruno war ein Reinfall. Halte endlich die Klappe, Tereza.«

Ich gab nicht auf. »Hast du Severin geliebt?«

Schon wieder dieser Aufschrei. Das Wasser ging mir nun bis zum Bauch. »Hast du Severin geliebt? Die Antwort bist du mir schuldig.«

»Ich habe ihm alles gegeben, Liebe und Geld.«

Und dieser Idiot hatte es angenommen und heimlich weiter eine Beziehung mit Nadège geführt.

Nun verstaute Gwenn das Messer im Rucksack, holte dafür Bademütze und Brille heraus. Während sie beides aufsetzte, sprach sie immer weiter. Als ich versuchte, sie am Rucksack zu packen, wehrte sie mich ab, erwischte dabei den gebrochenen Finger. Ich jaulte auf, stolperte, ging unter. An meinem Finger zog sie mich nach oben. Schrie mir die ganze Geschichte ins Ohr. Wie Severin nicht mit Geld habe umgehen können, wie ihm der Vater die Zahlungen gekürzt, wie die Mutter ihm jeweils heimlich Tausend-Euro-Scheine zugesteckt habe.

»Ich habe ihm das ›Beaux Arts‹ gekauft. So ein Loser. Genau wie Bruno. Alles, was ich habe, habe ich mir selbst erarbeitet.«

Sie drückte mich unter Wasser. Ich strampelte mich los, rang nach Luft.

»Wie hast du Bruno getötet?«, schrie ich.

»Ich habe ihm erzählt, dass ich von Magalie weiß. Ihn zu einem Gespräch auf seinem Kutter gezwungen. Ihn über Bord gekippt.« Sie zeigte nach vorn. »Da sind die Wirbel der Iroise. Siehst du den Triskel?«

Mein Moment. In Sekundenschnelle tauchte ich unter, schwamm davon. Dachte schon, ich hätte sie überlistet, da packte sie mich.

Als ich auftauchte, war ihr Gesicht so nah, dass ich die

Augen hinter der Schwimmbrille sah. Ich strampelte noch mehr, versuchte, mich loszureißen. Sie umfasste meinen Hals, bis ich würgte. Auch sie schluckte Wasser. Hustete, sprach nur noch in Stichworten.

»Ronan hat mich auf dem Boot beobachtet … saß in der Kombüse … Brunos Schachzug, um sich gegen mich zu schützen … ist ihm über den Tod hinaus gelungen, Ronan wollte mich erpressen.«

Nun ging uns das Wasser bis zum Kinn.

»Jetzt wäre der Moment, wo du nach Severin fragen müsstest, du dumme Hure.« Sie hustete, keuchte. Tauchte mich unter, zog mich wieder hoch und schrie mir eine Zusammenfassung meiner Nacht mit Severin zu. Auch noch dem letzten losen Puzzleteil in meinem Kopf gab sie einen Platz, indem sie mir den Kir, den Cidre und den Whisky beschrieb. Sie wusste sogar, dass Severin bei mir im Klappbett geschlafen hatte.

»Und du armselige Kreatur lagst auf dem Boden. Aus euch wäre nie was geworden. Ich habe ihn angerufen. Mit Nadèges Handy. Er kam sofort. In jeder Beziehung.«

Die Kratz- und Bissspuren.

»Damit habe ich ihn immer weichgekocht. Er war süchtig danach.«

»Und wieso musste er sterben?« Das Salz brannte in meinem Mund, ich lallte.

»Er wollte auf und davon. Das konnte ich nicht zulassen.«

Da fiel mir etwas ein. Noch einmal bäumte ich mich auf.

»Hast du Annie auch getötet?«

»Das war nicht ich«, sagte Gwenn. »Da müsstest du weiterforschen, Tereza. Zu schade, dass du keine Zeit mehr haben wirst, das herauszufinden.«

Damit drehte sie meinen kleinen Finger um die Achse, mit dem Fuß trat sie mich ins verletzte Knie.

Der Schmerz war durchdringend. Ich verlor das Bewusstsein. Als ich wieder aufwachte, füllte Wasser meine Lungen.

Ich ruderte hektisch mit den Armen, hustete, versuchte, Boden unter den Füßen zu finden. Es gab keinen, ich war zu weit draußen. Um mich nur Gischt, weiße, schaumige Gischt, ein brodelnder Kessel.

Da begann ich zu schwimmen. Am Anfang war es schwierig mit dem verletzten Finger, dauernd schluckte ich Wasser, ein Durcheinander von Armen und Beinen. Doch mit der Zeit fand ich einen Rhythmus. Im Licht der aufgehenden Sonne sah ich am Ufer eine einsame Gestalt den Hügel nach oben zum Manoir wandern. Gwenn musste sehr sicher sein, dass ich nicht überlebte, sonst wäre sie niemals gegangen.

Allmählich verstand ich, warum. Sosehr ich auch schwamm, so kräftig meine Arme und Beine vorwärtsstießen, ich kam keinen Millimeter voran. Die Erbsenfelsen zu meiner Rechten blieben immer an derselben Stelle. Und dabei hätten sie längst hinter mir liegen müssen. Das war sie, die Strömung der Morwen. Ich hatte sie mir wilder vorgestellt, mit tobenden Wellen, einem gewaltigen Wirbel. In Wirklichkeit war sie ganz unspektakulär. Sie hinderte mich lediglich am Vorwärtskommen, indem sie einfach da war, stetig und dauerhaft.

Mein Kampf dauerte Stunden. So kam es mir vor. Bis ich spürte, wie meine Kraft nachließ und ich nach unten gezogen wurde. Ich schloss die Augen, spürte Morwens Arme, ihren Atem, ihre wunderbare Süße. Wie sie mich streichelte, mich an sich zog, mich immer weiter mit nach unten nahm, wo es dunkel wurde, schattig.

Da raunte sie mir etwas ins Ohr. Eine Melodie. Spiel mir das Lied vom Tod.

Und dann spuckte sie mich in einer einzigen Bewegung wieder nach oben. Wo ich erneut zu schwimmen begann. Und endlich Oberhand hatte, vorwärtskam, dem Ufer entgegen, umgeben vom Wasser und von diesem unglaublichen bretonischen Licht, in die Landschaft hineingewoben, in die Häuser und in die Menschen.

15

Camaret-sur-Mer, 15. August

Was war das nur für ein prachtvoller Tag, wie bestellt zur Eröffnung des »DEJALU«. Gestern hatte mir Kai eine Wetterkarte gezeigt: Ganz Europa wurde von einer neuen Hitzewelle heimgesucht, zündrot, nur oben, weit im Westen, im Finistère, da war es gelb bis grün. »Die atlantische Kühle. Wir werden eine Bewegung, du wirst sehen, Tereza.«

Es rührte mich, mit welcher Begeisterung sich meine Kinder samt Anhang in dieses Projekt geschmissen hatten. Ohne sie würde die »Villa Wunderblau« nicht so dastehen, wie sie es heute tat: mit Zimmern in allen Schattierungen von Blau, vom Atlantique bis zum Pétrole, und mit einer Wohnküche, die ihren Namen verdiente. Das Badezimmer und der ganze Rest mussten warten, bis ich etwas Geld hatte. Aber irgendwie hatten sich alle an die Naturdusche gewöhnt. Wer brauchte schon eine Badewanne, wenn das Meer nur einen Steinwurf entfernt lag?

Ich band meine Schnürsenkel, nicht ganz einfach mit meinem bandagierten Finger. Dann rannte ich los, über die Place Saint-Thomas, wo Basile mir zuwinkte, bei der Bäckerei vorbei, dem »Frère de la Côte« bis zum »Epaulard«. Wie jedes Mal ärgerte ich mich über die geparkten Autos und fragte mich, ob die Frauen von Camaret sich doch noch durchsetzen würden. Mit Nadège, die leider verstorben war, und Gwenn, die in Untersuchungshaft saß, waren zwei Vorreiterinnen verschwunden, die Leerstellen mussten erst gefüllt werden. Immerhin, die »Anciens« hatten einen Dämpfer bekommen. Armand war von der Bildfläche verschwunden. Mehrere Missetaten waren ihm vorgeworfen worden, als Kapuzenmann hatte er nicht nur mich, sondern auch einige andere Dorfbewohner geplagt. Der Grund? Er mochte keine Fremden. Wobei die wirklich schweren Delikte, die sexuelle Belästigung gegen Vivienne oder die Tatsache, dass er Magalie schlug, im Dunkeln geblieben waren. Wo er sich im Moment aufhielt, wusste nur die Polizei.

Vivienne hatte sich nach Paris verabschiedet. Wie sie mit allem, was passiert war, umgehen würde, war offen. Erwan, ihr Papa, würde sie kaum unterstützen, er war ein großer Verdränger, außerdem auch ein Kapuzenmann, wenngleich ein sehr zurückhaltender. Die Pelerine habe er als Regenmantel getragen, so hatte er sich verteidigt.

Und Magalie? Wir hatten uns ausgesprochen, ich verstand nun besser, warum sie so lange geschwiegen hatte. Angst, pure Angst. Sie war nicht dazu erzogen worden, Nein zu sagen. Zum Glück gab es die Frauen von Camaret. Sie wurden für Magalie zu einer Zuflucht. Vorübergehend lebte sie bei uns, bis sie etwas zum Wohnen finden würde. Ihre Chefin im »La Coquille« hatte ihr ein Appartement im Haus angeboten, aber das war Magalie zu nah, sie wolle nicht über ihrem Arbeitsplatz wohnen. Wir schätzten sie alle sehr und ganz besonders ihre Galette capilar nach einem Rezept ihrer Großmutter mütterlicherseits, eine *de la mer*, vom Fischerdorf Port Cancale. Die Galette mit Kammmuscheln, Champignons, gesalzener Butter und Crème fraîche war bei uns zum Festmahl geworden.

Ich bog auf den Küstenweg ein. Es roch nach Meer, nach Salz und Jod und ganz leicht nach Fisch, ohne die scharfe Algennote, dafür angereichert mit etwas Honigartigem. Ich würde bis zum Kloster joggen, wo ich eine Verabredung hatte.

Beim Fackelfels machte ich mit abgewandtem Blick einen Spurt, zu intensiv war die Erinnerung an die dramatischen Momente mit Nadège. Sie war kurz nach ihrer Rettung gestorben. Das Bewusstsein habe sie noch einmal erlangt und mit Mahon sprechen können, munkelte man im Dorf.

Ob es stimmte, wusste ich nicht, ich hatte Gabriel Mahon seither nur einmal gesehen. Als ich meine Begegnung mit Gwenn zu Protokoll geben musste. Es war ein sachliches, unpersönliches Gespräch gewesen. Gleich danach war er verschwunden, meine Einladung zu einer Breizh Cola hatte er überhört. Er war und blieb ein Raubein. Nach allem, was wir zusammen erlebt hatten, hätte ich mir etwas mehr gewünscht. In wenigen Stunden würden Sylvie und ich die Flügeltüren weit aufmachen und die Leute ins »DEJALU« hereinbitten: Die offizielle Einweihung feierten wir mit einem Tag der offenen Tür.

»Sie müssen die ganze Villa herzeigen, Madame Berger«, hatte Isidore insistiert. »Ein paar Stunden nur, dann ist die Neugier befriedigt.«

Sosehr ich in den letzten Wochen Teil dieser kleinen Gemeinschaft geworden war, für manche Leute blieb ich Annies Erbin aus der reichen Schweiz. Das Fest war eine Möglichkeit, dass sie mich näher kennenlernen konnten. Dies war wichtig im Hinblick auf die kommenden Monate.

»Es kann schon recht einsam sein hier«, hatte Isidore gemeint, als ich ihm zum ersten Mal von meinem Plan erzählt hatte.

Davon ließ ich mich nicht abhalten. Was soll ich sagen, wenn man Gwenn Yrne überlebt hatte, dann war der bretonische Winter ein Klacks.

Als das Klostertor in Sicht kam, hörte ich Kindergeschrei. Es klang nach Freude, Freiheit und Ferien.

Nominoë platzierte gerade einen Volleyball mit einem schwungvollen Wurf auf der gegnerischen Seite, was den Kindern freudiges Gebrüll entlockte, gefolgt von Applaus. Während alle zum bereitgestellten Frühstücksbuffet eilten, sprach Nominoë ein paar Worte zu Jeanne und winkte mir zu, ihr zu folgen.

Nach der Begrüßung stiegen wir den Weg hoch, am Leuchtturm vorbei. Ich sah zur gläsernen Kuppel. Seit jenem Abend war ich nicht mehr hier gewesen. Ein Bild fiel mir ein. Der Gegenstand, den Nominoë mit einem Tuch verdeckt hatte, war das ein Mikrofonständer gewesen?

»Sœur Nominoë, sind Sie Sophie?«

Nominoë drehte sich zu mir. In ihren Augen funkelte es. Dann legte sie ihren Zeigefinger auf den Mund.

Silentium. Das Schweigegelübde.

Stumm gingen wir weiter, aber es war ein gutes Schweigen. Nominoë schwamm gegen den Strom. Das musste ich respektieren. Sie hatte auf ihre Art zur Aufklärung beigetragen. Ich vermutete, dass sie Gwenn verdächtigt hatte. Und mich mit ihren Hinweisen sanft in die richtige Richtung gedrängt hatte.

Als der Weg steiler wurde, half mir Nominoë über die Felsplatten, noch war mein Knie nicht verheilt. Im Gegensatz zu den Stichwunden am Rücken, die bereits verschorft waren. Sie waren nur oberflächlich gewesen.

Endlich erreichten wir die kleine Hochebene, wo der Hang einfach wegkippte. Und dann war da nur noch das Meer, so weit das Auge reichte. Von warmem Blau über schimmerndes Azur bis zu den durchsichtigen Wellen am weißen Sandstrand, der direkt unter uns lag, nur über den steilen Weg oder per Kanu erreichbar. Ein solches war da angebunden. Ein Mensch kraxelte den Weg hinauf. Leontine Lukesch.

Wir begrüßten uns, freundlich und kurz, ohne große Worte. Auf einem Baumstumpf standen die beiden Urnen bereit, die von Severin und die von Annie. Severins war atlantikblau, Annies wunderblau.

Annie hatte in ihrem ersten Testament festgelegt, wie sie begraben werden wollte. Als Vollstreckerin bestimmt hatte sie Madame Monbillard. Severin hatte das Testament gestohlen und zu seinen Gunsten gefälscht, in seiner Not hatte er wirklich nach jedem Strohhalm gegriffen. Er musste sehr überrascht gewesen sein, dass ich plötzlich als Erbin dastand. Vom neuen Testament hatte er nichts gewusst.

Wir nahmen je eine Urne in die Hand. Nominoë führte uns an. Die Stelle lag auf einem Fels, der wie ein Geierschnabel ins Meer hinausragte. Um dorthin zu gelangen, mussten wir den schmalen Grat überqueren – ein anspruchsvolles Unterfangen, mit dem Abgrund links und rechts.

Als wir am äußersten Ende ankamen, zog Leontine ihr Handy hervor.

»Ein Selfie?«, fragte sie.

Warum nicht? Sich allem Neuen zu verschließen, war unklug. Wer wusste, vielleicht würden sich unsere Kinder daran freuen. Sogar Nominoë wollte mit aufs Bild.

Wir stellten uns im Halbkreis auf, öffneten die Urnen, den Blick auf den Horizont gerichtet. Wir hatten uns für die letzte Strophe des Gebets von Saint-Pol-Roux entschieden.

»Un cœur te manque, Océan pitoyable – prends le mien! Petit comme un crapaud, mais grand comme Dieu même. Fehlt dir ein Herz, Ozean – nimm meins! Klein wie ein Fröschlein, aber groß wie Gott selbst.«

Es gefiel uns. Dramatisch, aber irgendwie auch zum Schmunzeln. Es passte.

Als wir fertig waren, streuten Leontine und ich die Asche in die Luft. Der Wind nahm sie mit sich.

Epilog

Das Fest brummte. Zwischen den Regalen war kein Durchkommen mehr. Die Biscuitbüchse quoll über vor Scheinen und Münzen. Ali hatte mir zu einem anderen Bezahlsystem geraten, am liebsten bargeldlos. Für mich stimmte es so.

Im Garten stand Catherine an der Kaffeemaschine, ein italienisches Modell, das mein Ex Giorgio als Einstandsgeschenk geschickt hatte, und produzierte mit britischer Gelassenheit einen Kaffee nach dem anderen. Daneben waren zwei Platten in Betrieb, eine für Crêpes, eine für Galettes. Magalie belegte die Crêpes mit Apfelmus oder mit Crème caramel, die Galette mit Schinken, Käse, Ei und Meeresfrüchten. Catherine und Magalie hatten sich angefreundet. Magalie überlegte nun, einen Camper auf dem Zeltplatz zu beziehen.

»Die Treppe ist fertig, komm, Tereza. Ich muss dir etwas zeigen.«

Hatte Isidore mich gerade geduzt? Ich übersah den wütenden Blick Aurélies und ging mit ihm mit. Seit Wochen arbeitete er im Dach an einer Überraschung. Nun wollte er sie lüften.

Wir kamen an Aimon vom »Epaulard« vorbei, der Ali gerade alle Details seiner Royal Enfield erklärte. Von der Wiese aus winkte mir Kai zu, der morgen seine Heimreise nach Berlin antreten würde. Zusammen mit Basile und dem Volleyballclub spielte er ein Petanque, wir hatten die Hälfte des Gartens dafür hergerichtet. Nominoë war der Star des Spiels und versenkte die entscheidende Kugel. Sie klatschte sich mit Lovis ab.

Meine Tochter überraschte mich. Ich hatte vermutet, dass sie es keinen Tag aushalten würde, und nun wollte sie sogar noch einige Wochen länger bleiben. Sie und Barry hatten das Surfen entdeckt. Mittlerweile waren sie so gut, dass sie für Ayala die Kurse mit den Kleinsten übernehmen konnten. Ayala hatte viel zu tun, sie wollte ihr eigenes Haus bauen. Ihre Euros waren wieder aufgetaucht, die Keksbüchse hatte das Feuer überlebt. Wer es gelegt hatte, blieb unklar, Armand hatte es abgestritten. Vielleicht war es doch ein Streichholz gewesen. Für Ayala war es nicht mehr wichtig, das Geld hatte gereicht, um ein Stück Land zu kaufen. Sie musste sich beeilen. Zum Schulbeginn nächstes Jahr musste es fertig sein, dann nämlich würde endlich ihre Tochter Mathilde kommen. Das war der Plan. In unbeobachteten Momenten sah ich Ayala an, dass sie nicht recht daran glaubte. Sehnsüchte in Realität umzuwandeln, das war nicht immer so einfach. Davon konnte ich ein Lied singen.

Nun waren wir im ersten Stock, kamen an all den wunderbaren Zimmern vorbei. Da klingelte mein Handy. Brigitte. Ein Skype-Call. Das machte sie sonst nie.

Ich entschuldigte mich bei Isidore. »Es dauert nur eine Minute.«

Brigitte saß in ihrem Rollstuhl am Fenster. Sehr feierlich. »Ich grüße dich aus meiner neuen Wohnung. Ich konnte sie ganz spontan erwerben. Weil der eigentliche Käufer kurzfristig abgesprungen ist. Es ist ihm nachts zu laut hier.«

Im Hintergrund war nicht die erwartete Winterthurer Industriebrache zu sehen, sondern ein sehr vertrautes Bild. Die Zürcher Altstadt. Ein scharfer Stich im Herzen. Heimweh?

»Die Wabe war mir zu klein und die zukünftigen Mitbewohnerinnen zu kleinlich«, erklärte Brigitte. »In meinem Alter mag ich keine Wochenpläne für die Kühlschrankbelegung diskutieren.«

Als ich erfuhr, dass sie meine alte Wohnung gekauft hatte, die behindertengerecht umgebaut worden war, stieß ich einen Schrei aus. Wie toll war das denn? Nun hatte ich ein Bett zum Übernachten, wenn mir hier mal der bretonische Himmel auf den Kopf fallen sollte.

Dann musste Brigitte auflegen. Sie erwartete Besuch. Docteur Miguela Martinez aus Brest, die Pathologin. Brigitte hatte sie als Entschuldigung für den kleinen Betrug nach Zürich eingeladen.

»Komm, Tereza.« Isidore war nun sichtlich aufgeregt.

Im zweiten Stock montierte er als Erstes das Kartonschild »STOP, DANGER, ABSOLUTE LEBENSGEFAHR« ab, welches uns am Betreten des Dachstockes gehindert hatte. Oben angekommen, staunte ich. Das also hatte Isidore auf der Baustelle gemacht. Er hatte nicht nur die Treppe repariert, sondern den ganzen Raum ausgebaut und die kleinen Fenster ersetzt. Ein Bullauge nach vorn, eines nach hinten. Der perfekte Ausguck.

»Isidore.« Anstatt weiter nach Worten zu suchen, gab ich ihm einen Kuss auf die Wange. Er wurde dunkelrot.

»Ich bin fast fertig. Fehlt nur noch der Wasseranschluss, damit du nicht immer nach unten musst.«

Ein warmes Brummen war zu hören, auf der Straße fuhr die Royal Enfield vor. Gabriel Mahon stieg ab, dabei sah er nach oben. Unsere Blicke kreuzten sich. Er tippte die Hutkrempe an.

»Er mag dich auch«, sagte Isidore in meinem Rücken.

Was meinte er mit dem »auch«?

Bis ich mich von der Anspielung erholt hatte, war er bereits die Treppe hinuntergeeilt.

Bei einem Kaffee brachte mir Mahon Neuigkeiten von Gwenn, ich hatte ein Recht, diese zu erfahren, weil ich quasi an ihrer Festnahme beteiligt gewesen war, die vor dem Manoir Saint-Pol-Roux erfolgt war.

Nachdem die Ambulanz mit Nadège weggefahren war, hatten Emil und weitere Gendarmen auf der Suche nach mir das Dickicht und Klippen durchsucht, Mahon war an die Plage de Pen Hat gefahren. Während er erzählte, streichelte er den Fellwirbel des Hunds, der sofort angeschwänzelt gekommen war.

In der Tat hatte Gwenn sämtliche Beweise gegen mich absichtlich platziert, Tante Annies Glas bei Severin, die Algen an Severins Körper und in meinem Kofferraum. Sie hatte eine riesige Charade aufgeführt, als sie so getan hatte, als wüsste sie nicht, dass Severin gestorben war, und mich damit getäuscht. Von Anfang an hatte sie mich im Visier gehabt, weil sie gehofft hatte, dass sich die »Villa Wunderblau« als Renditeobjekt entpuppte. Man hatte Schätzungen von Maklern gefunden, mit sehr hohen Bewertungen: die Lage, der solide Bau, das Land, der Meerblick.

Es hatte sich herausgestellt, dass Gwenn das finanzielle Wasser bis zum Hals gestanden hatte. Ihre Pläne für das Dorf entbehrten jeglicher Realität, sie hatte Misswirtschaft betrieben, die Mittel aus dem Trust genauso verschleudert wie diejenigen des Heimatschutzes. Eine Größenwahnsinnige, die sich Ingenieur Vauban zum Vorbild genommen hatte. In ihrer Zelle bastelte sie dauernd am Modell von Camaret herum, das sie sich hatte liefern lassen.

Zur Aufklärung beigetragen hatte vor allem Ranajey Patel, der Trustee aus St. Ives. Ursprünglich Nadèges Yogalehrer, war er ein Freund von Severin geworden, zusammen hatten sie die Idee zum Ruche Trust Beaux Arts gehabt.

Da Severin und Ranajey keine Mittel gehabt hatten, waren Leontine und Gwenn dazugekommen, die von der Bank als Trustmanagerinnen eingesetzt worden waren. Gwenn hatte äußerst perfide Tricks angewandt, um Paulette Galthert zu täuschen. Unterstützt worden war sie von Maître Rebetez aus Brest, der sich als Gwenns Vertrauter herausgestellt hatte. Er hatte ebenfalls ein Verfahren am Hals. Wobei er gute Chancen hatte, dieses niederzuschlagen. So war das Leben.

Dafür liefen die Untersuchungen der Strömungen weiter, in den Fokus geraten waren auch die roten Algen, die sich zu einer Plage entwickelten. Diesbezüglich hatten die Ereignisse einen längst fälligen Prozess beschleunigt. Die Strände waren alle wieder offen, Ayala konnte weiterhin bei Pen Hat und La Palue ihre Surfkurse geben. Mit den nötigen Vorsichtsmaßnahmen selbstverständlich.

Das war eine lange Rede gewesen für diesen schweigsamen Mann.

»Merci«, schloss er.

Hatte ich mich verhört? *»De rien.«* Ich lächelte ihm zu, drückte ihm ein Glas Cidre in die Hand und überlegte gerade, ihm das Du anzubieten, als er amtlich wurde.

»Tereza Berger, Ihre Einrichtung hier ist illegal. Sie sind aufgefordert, das ›DEJALU‹ bis morgen Abend zu schließen.«

Was?

»Oder den Nachweis für eine offizielle Firma zu erbringen.«

»Brauch ich das?«

»Natürlich. Für die Gründung brauchen Sie einen Notar. Und Bargeld als Einlage.«

Bargeld? Ich hielt ihm die volle Biskuitbüchse unter die Nase. »Das kann ich mir leisten. Ich gehe gleich morgen dahin.«

»Am Sonntag?«

Ein Kreuzfeuer der Blicke. Aus dem Augenwinkel sah ich, dass Isidore, einen Teller voller Würstchen in der Hand, das Daumen-hoch-Zeichen machte. Was so viel hieß wie »Keine Sorge, Tereza«. Er würde eine Lösung finden.

Mahon zuckte die Achseln. »Ich komme morgen Abend zum Kontrollieren.«

Bevor ich ihm eine passende Antwort geben konnte, sprang der Hund auf und schnappte sich Isidores Würstchenteller. Die Spannung entlud sich in Gelächter. Alle sahen auf den fressenden Hund.

»Wie heißt er eigentlich?«, fragte Isidore.

Ich hob zu sprechen an, doch Mahon kam mir zuvor.

»Merguez«, sagte er. »Der Hund heißt Merguez.«

Bravos und Klatschen, irgendwoher erklangen Banjo und Fidel, bald würde hier getanzt.

Ich trat zum Schaufenster. Und, was soll ich sagen, vor Schreck fehlten mir die Worte.

Wie lange die Schrift da schon prangte, konnte ich nicht sagen.

»Petite Suisse, go home.«

Dank der Autorin

Seit vielen Jahren fahre ich mit meiner Familie auf die Presqu'île de Crozon. Sie ist für uns Heimat und Sehnsuchtsort zugleich, ein Ort der Ferien, der Leichtigkeit und der Zusammengehörigkeit. Wohin auch immer das Jahr uns geführt hat, im Sommer treffen wir uns für einige Wochen in dieser unvergleichlichen Umgebung. Waren wir zu Beginn TouristInnen, so sind mit der Zeit Bekanntschaften entstanden und Freundschaften gewachsen. Die Tour de Vauban und Camaret-sur-Mer sind Herzensorte. Dass der Turm so lange nicht renoviert wurde, hat meine Phantasie angeregt. Alle Vorgänge in »Bretonisch mit Meerblick« sind jedoch reine Fiktion.

Ich bedanke mich bei Barbara fürs Brainstormen, bei Flo, Beni und Magdalena fürs genaue Gegenlesen und die vielen Tipps, bei Beatrice für die Boule-Rouge-Taschen. Bei Franz für die Kommentare und für die Royal Enfield, bei Walti und Eva für den entscheidenden Hinweis, »wenn das Männer lesen sollen, brauchst du ein Motorrad«. Ohne euch wäre Gabriel Mahon nicht der, der er ist.

Ich bedanke mich bei Gérard, bei Nadine, bei Gilles, bei Ueli und bei Nicole für die stundenlangen Gespräche bei Crêpes und Cidre (oder in meinem Fall einer Breizh Cola).

Ein riesiges Dankeschön an das ganze Team vom Emons Verlag, ihr macht einen wunderbaren Job.

Und ein »grand Merci« an meine Lektorin Susann Säuberlich. Ohne ihr Handwerk und ihre Inspiration wäre der Krimi vor lauter Atmosphäre fast vergessen gegangen.

Und zuletzt ein großer Dank an meine Lesenden. Ich hoffe, dass ihr Tereza mögt und Lust habt, mit ihr zusammen weitere Abenteuer zu erleben.

Gabriela Kasperski, im Januar 2020

Gabriela Kasperski
NACHTBLAU DER SEE
Broschur, 336 Seiten
ISBN 978-3-7408-0642-2

Kurz vor der Premiere eines Freilicht-Theaterstücks bei Schloss Greifensee stürzt eine junge Schauspielerin von der Tribüne in den Tod. Sie hätte in der Shakespeare-Komödie die Hauptrolle gespielt. War es ein Unfall – oder hat jemand nachgeholfen? Werner Meier übernimmt den Fall, während Zita Schnyder ihre eigenen Interessen verfolgt und verdeckt ermittelt. Sie stößt auf ein System voller Intrigen, Korruption und Gewalt, doch die Zeit läuft ihr davon. Denn bald wird sich der Vorhang heben …

»Kasperski nutzt das Krimigenre, um auf spannende und unterhaltsame Weise die Dynamik eines Systems zu analysieren, das auf Missbrauch, Intrige und Betrug gründet.« WOZ – Die Wochenzeitung

www.emons-verlag.de